［著］榛名千紘
［ILL.］てつぶた
THE THIRD VOLUME
3
せになる
義務がある。

CHARACTER

この△（さんかく）ラブコメは幸せになる義務がある。

椿木麗良
つばきれいら
めでたく生徒会長に
就任したクラスの天使。
それに尽力してくれた天馬への
想いを抑えきれず……？
矢代天馬
やしろてんま
まだまだ平凡な男子高校生。
恋愛経験ゼロの自分に
起こった突然の出来事に悩む日々。
（俺はどうすれば……）
返事は
急いでないですから
私、もっと3人で
一緒にいたいです

「ごめんなさい。
私、けっこうわがままを言っていますよね。
今でも十分、幸せなのに……
もっと、もっとって、思っちゃうんです」

「ねえ、矢代」

しばらくして口を開いた彼女は、
名前を呼びながらも視線は合わさず。

「もしも、だよ？
もしも、私が――」

CONTENTS

著／榛名千紘　イラスト／てつぶた　デザイン／百足屋ユウコ+フクシマナオ（ムシカゴグラフィクス）

TENMA
RINKA
さんかく
この
ラブコメは
幸せになる
義務がある。
3
THE THIRD VOLUME
[著]榛名千紘
[ILL.]てつぶた
REIRA

プロローグ

自分の好きな相手が、もしも他の誰かとキスをしていたら。

万が一そんな最悪の瞬間に出くわしてしまったのなら、あなたはどうする？

昔から訳もなく、そんな自問自答を繰り返すタイプの女だった。寝取られ趣味は全然なく。

系統としてはたぶん、「明日世界が滅びるとしたらどうする？」という質問に近い。

いわゆる自己防衛の一種だった。なぜなら皇凜華（すめらぎりんか）にとってそれは、世界が滅びるに等しいほどの意味を秘めている。心の準備なしにそんなシーンを目撃したのなら、一瞬で精神を破壊されてしまう自信があった。同時になんとなく、いつの日かそんな瞬間が訪れるのではないかとびくびくしている弱虫の自分が、胸の奥に潜んでいたから。

想定する好きな相手は言うまでもなく、幼なじみの椿木麗良（つばきれいら）。彼女の清廉な唇がどこの馬の骨ともわからない男に奪われたとあれば、間違いなく我を忘れて激高。そいつをたっぷり痛めつけた挙句、麗良（れいら）を力いっぱいに抱きしめて高らかに叫ぶのだ。

——あなたは私だけのものよ、と。

その後、自らの熱いベーゼで初体験をしっかり上書き。続きはR指定に引っ掛かるので割愛するが、最終的にはめでたしめでたしのハッピーエンドを迎える。百回以上のイメージトレーニングは例外なく同じ結末にたどり着いていた。

我ながら妄想の中ではどこまでも大胆になれる。裏を返せば、そこまで差し迫った事態にならなければ告白に踏み切ることすらできない。生来のヘタレが凛華だった。

しかし、一切合切が机上の空論にすぎず。

「………なんで……なんで？」

吐き捨てる言葉は誰に向けたものだろう。凛華は、走っていた。行き先もわからずに。

現実で『そんな最悪の瞬間』に出くわしてしまった彼女が取った行動は、全力の逃亡。激高もなければ、告白も熱いベーゼも存在しておらず。ただ背中を向けて逃げ去ることしかできない、情けない姿がそこにはあるだけ。

体は凍えそうなほど寒いのに、喉の奥は焼けるように熱かった。心臓が痛くてだんだん呼吸ができなくなる。このままでは死んでしまうと思ってようやく足が止まる。

気が付けば、廊下の隅で無様にうずくまっていた凛華。

世界から一人だけ取り残されたような静けさの中、嗚咽にもならない声と共に流れ落ちた雫が頬を濡らす。本当の意味での孤独――誰もいない、彼女の醜態をあざ笑う者も。

ましてや優しく慰めてくれる者も。黙って傍にいてくれる者も。それをできるかもしれないこの世で唯一の男が、手の届かない遠くに行ってしまった気がした。

「……なんで？」

もう逃げ場はない。震える唇から漏れ出た問いかけは、他の誰でもない自分自身に向けて。

──わかっていた、はずじゃない。

麗良の彼に対する気持ちが、本物であること。いつかこんな日が来る可能性も。いざそのときになって壊れてしまわないよう、必死に心を強く持っていたはずなのに。塗り固めた虚勢は一瞬で剝がされてしまった。一つだけならまだ、耐えられたかもしれないのに。

凛華は考えもしなかったのだ。大切なものが二つになれば、確かに幸せは増えるかもしれないけれど。それが消えたときの絶望は二倍どころではない。

失ったのは、なにか。奪われたのは、誰なのか。

「馬鹿だよね、私って……」

答えは最初から決まっているはずなのに。いつだって気付くのが遅すぎる。

一章　君が教えた恋だから

「……暑い」

口に出したところで解決するわけでもないのに、言わずにはいられないのが人の性。

使い古されたベッドの上、天馬の視界に広がるのは見知った天井。汗で貼り付いた前髪が不快感を煽ってくる。控えめに言っても爽やかな目覚めとは言い難く。

土曜日——六月に突入して最初の休みだというのに、幸先が悪いスタートだった。

アラームが鳴る前のスマホを確認すれば、時刻は七時ジャスト。季節外れの異常な暑さが続いているここ数日。今朝も張り切っている太陽のおかげで気温はぐんぐん上昇、このままのペースで行けば八月には琵琶湖も干上がるのでは（滋賀県に恨みはない）。

とてもじゃないが二度寝をする気分にはなれなかったので、天馬は仕方なく部屋を出たわけなのだが。階段を下りたところで不快指数は一気に下がる。むしろ涼しくて快適。それの意味するところは一つしか存在せず、別の意味で頭が痛くなってくる。

「……うぅっ！」

リビングに入った途端、思わず身震い。フロア全体を冷やすのが目的なのだろう、ドアを開け放った状態でガンガンに起動しているクーラーは、強風モードの十八度設定。それだけならまだ首の皮一枚レベルで許容範囲だったかもしれないが、問題はソファでくつろいでいる一人の女の姿にあった。

そいつは暖かそうなブランケットで体を綺麗にくるんでおり。どこから引っ張り出してきたのだろう、テーブルの上には手動タイプのかき氷機。ガラス皿の中には砕かれた氷がすでに山盛りで用意され、そこになぜかシロップではなくやけに度数の高そうな琥珀色の酒をドバドバかけながら、漏らした独り言はこうだ。

「起きろ〜。雪山で寝たら死ぬぞ〜？」

「どういうシチュエーションだよッ‼」

相手が血を分けた姉弟だということも忘れ去り、思わず後頭部を引っ叩いていた天馬。あいったー、と。昭和っぽいリアクションでひっくり返ったのは、今年で新卒三年目の矢代渚。化粧が落ちて髪もペタッとしているので、察するに風呂上がり。こうして見ると素材だけは良いのになぁ、とか。口に出したらシスコン確定なので黙っておく。

「ちょっと〜、天馬！　せっかくの高いスコッチがこぼれちゃったじゃないの〜！」

もったいない、と。手に付着した液体をペロペロ舐めている姉。昨日は深夜になっても帰らなかったので朝帰りした直後のはずだが、眠気とは無縁らしい。

「スコットランドに謝って？」

「お前は滋賀県に謝れ」

「お姉ちゃんときどき、弟が何を言っているのかわかりません」

「温室効果ガスがすごいんだよ。今に地球がもたんときが来るぞ！」

「だって暑かったんだもーん。クーラー使わないとやってられないでしょ。ついでに雪山で遭難ごっこするくらい許してほしいんだけど～」

「……」

　ぴくり、天馬のこめかみに青筋が立つ。

　あれは数か月前、暖房で熱された部屋の中で水着になって熱々のラーメンやカレーを頑張るという、社会人と思えない前科が彼女にはあった。曰く、海の家ごっこ。

　よもや同じ過ちを繰り返すとは。そもそも、

「暑いだぁ？　世迷言を抜かしやがって……」

　タンクトップにパンツ一丁、季節に関わらず常にクールビズな部屋着でいるのが渚。

　思春期の弟的には目に毒だが、環境には優しかったため。今日もどうせ裸同然の格好をしているのだろう、と。おもむろに渚の体に手を伸ばした天馬は、

「あっ」

　彼女が一瞬、大口を開けたのにも気付かず。一思いにブランケットを引っぺがした。

石鹸の匂いと共に晒されたのは、不摂生な割には健康的な色艶をしている肌。無駄にでかい乳房を包むのはベージュのブラジャー。

「ん、珍しく地味なデザインの下着……」

「あ、はははははっ」

苦笑いで固まる渚。何を今さら下着くらいで恥ずかしがるのかと思っていた天馬は、

「…………」

直後、理解する。人間の脳には補完機能が備わっているのだ。文章の誤字脱字に気付かない理由がこれで、不足部分を頭が勝手に補っているから。同じ現象がまさしく今、天馬の脳内では発生していた。つまり実際はベージュのブラなど存在しておらず。

「裸じゃねえかよこいつ⁉」

「いや～ん」

言動の不一致。わざとらしく恥じらいの声を上げる渚だったが、トップもアンダーも隠そうとはせず。むしろ見せつけるようなポーズを取ってきたため、目を潰されると思った天馬は急いで毛布を使って封印。コートの下が全裸の露出魔と遭遇してしまった気分で、網膜に焼き付いているあれやこれを必死に振り払う。

「いつから痴女になったの！　最低限の節度は守ってくれよ、頼むから！」

「しょうがないでしょー。エロい下着はぜーんぶ洗濯中なんだから。着るのがないのー！」

不満そうに唇を尖らせる渚。エロくない下着を着るくらいなら全裸を選ぶという、ある意味では潔いかもしれない生き様には頭が下がるのだが。

「全部、洗濯中？　いやいや、そんなわけ……」

両親が不在の現在、不健全な姉に代わって家事全般を担当しているのが天馬。

カビや雑菌の増殖を防ぐため、こまめに洗濯機を回して適宜に乾燥機も利用しているのだから、着るものがなくなるとか初歩的なミスを犯すはずがない。

そう、いつもの天馬なら、絶対に。

ピーピーピー、と。洗面所の方から聞こえてきたのは洗濯の終了を知らせる音。思い返してみれば、最後に洗濯したのはいつだっけ。少なくとも一週間は経っていそう。

「けっこう溜まってるみたいだったから、シャワー浴びたあとに回しておいたわよ」

「……ありがとう、ございい、ます」

どうやらチェックを怠っていたらしい。あまつさえ姉に指摘されて気が付くとは、もはや腹を切って詫びるしかない。

一事が万事、綻びは一つに留まらず。味噌汁を作ればボーっとしているうちに沸騰させて風味も香りも吹き飛ばし。リンスインシャンプーの容器にボディソープを詰め替えて髪の毛がカピカピになり。ストックしてあった冷凍飯や作り置きの出汁はいつの間にか底をつき。玉ねぎからは立派な芽が生える。

どこに出しても恥ずかしくない主夫（姉による評価）とは思えない失態の連続。注意力散漫なのは火を見るよりも明らかであり。

「ここ一週間くらいずーっと、心ここにあらずって感じじゃん？」

常識とは程遠い渚から、常識人みたいな心配をされてしまう始末。幸いにも原因ははっきりしているのだが。

「なになに。悩みがあるんならお姉ちゃんに相談してみなさいっての。学校のお勉強以外だったら、存分に手助けできると思うわよ」

「勉強だって俺よりできるでしょ、姉さんは」

「そうだっけ」

「とぼけるなよ。いい大学出てるくせして」

「保健体育以外もう忘れちゃったわ」

ギャグのつもりなのだろう、ヘラヘラ笑って見せる渚だったが、実際のところ天馬よりもはるかに人生経験は豊富。もしかしたら相談相手には最適なのかもしれない、とか。考えてしまっている時点で相当に追い詰められていた証拠。

「じゃあ、お言葉に甘えて質問するけど」

「どんとこい超常現象」

「女子が男子にキスするのって、どんな理由があるのかな？」

「………」

——やってしまった。

己の愚行にはすぐさま気が付いたものの、吐いた唾を飲めるはずもない。

案の定、こんなときだけ勘の良さを発揮する女は、全てを察したとでも言いたげな面持ち。

弟の肩にそっと手を置いて、ただ一言。

「詳しく」

「とりあえず服を着よう」

冷静さを取り戻した天馬は、ずり落ちそうなブランケットをかけ直すのだった。

矢代天馬には恋愛経験がなかった。

初心者とかの甘っちょろい次元ではない。経験自体がそもそも皆無なのである。

人生で一度も誰かに好きになられたことがない。逆に誰かを好きになったことも。

前半は客観的な事実で、後半は主観的なムーブ——振られて悲しむくらいなら、最初から何も期待せずに生きた方が良いのだと。予防線を張ってドロップアウト組を気取り、自他共に認める恋愛不適合者と化していた。

十年経っても百年経ってもそのポリシーに変わりはないのだと、疑わずにいたのに。

世界の法則が乱れたのが、今年の四月。きっかけとなったのは二人の女子。

一人は皇凛華。外見は校内で一番くらいに美人だけど、性格はお世辞にも良いとは言えず。身勝手だし血の気は多いし、極度の恋愛脳で人を見下してくるし、そのくせ自分一人では好きな相手の家に遊びに行くことすらできないヘナチョコで、だけどたまにかっこ良かったりするときもあったり、強そうに見えて実は弱い部分もあったりして。

第一印象は最悪だったのに、なぜだろう、いつの間にやら凛華の隣にいるのが日常となっていた天馬。彼女を幸せにしてやりたい。彼女の恋を叶えてやりたい。思ってしまったのだから仕方ないし、後悔は一ミリもなかった。

そんな凛華が愛してやまないのが、幼なじみの椿木麗良。天馬の人生に多大な影響を現在進行形で与え続けている、もう一人の美少女である。天使のように優しく可憐。凛華とは対照的に好意的な印象しかなかったのだが、親交を深めるうちになかなか、奇抜だったり頑なだったり、一筋縄ではいかない本質部分が露わになってきて。

どうにかこうにか彼女の本音を引き出して、生徒会の会長選挙に勝利したのが先月。そこまでは大成功だったはずなのに。もはやその功績もなかったに等しい気分。

きっと、変に欲張ってしまったせいだ。慎ましさを忘れてはいけなかった。勘違いしてしまったのだ。恋愛不適合者の自分にも、もしかしたら青春を謳歌できるのではないか。

無論、いつかの話だった。遠い未来にそんな自分もいるのかもしれない、と。分相応の幸せ

を願っただけの天馬を待っていたのは、

——今じゃ、駄目ですか？

その言葉までは、ギリギリ覚えていた。麗良から突然、唇を重ねられてしまい。身の丈に合わない青春の奔流に呑まれた男は、以降の記憶が曖昧。

麗良と会話をした気もするが、内容は頭に入っておらず。カラオケに行く気分にもなれなかったのでサプライズパーティは中止。その件で凛華にキレられなかったのが唯一の救いか。メッセージを送っても無反応だったので、元々あまり興味なかったのかも。

あの日から、気が付けばすでに一週間以上が経過している。特殊相対性理論なんて日常生活では役に立たず、楽しくても悲しくても時計の針は平等に進んでいくのだ。だから物理は好きになれない。

学生の本分的には中間テストの期間ど真ん中だったわけだが、こんな精神状態で勉強が捗るはずもなく、手応え的にはほとんど壊滅状態。いつも以上に悲惨な結果が待ち受けているのは想像に易い。そろそろ二者面談も近いし担任からお小言を賜ること必至だが、正直なところ全て些事に思えてしまう。

天馬にとってはそれほどのインパクトがあった。事件、事案、あるいは事故といっても過言ではなく。藁にもすがる思いで人生の大先輩にアドバイスを求めていた。

「ふむふむ、なるほどねぇ……」

あー完全に理解したわ、とでも言いたげに頷いた渚は、『ＫＩＳＳ　ＭＹ　ＡＳＳ！』とプリントされたダサTに無地のパンツを装着。別の意味でモザイク処理は必要そうだが、最低限の節度を獲得しており。一通りの説明を聞き終えての第一声。

「で、舌は入れてきたの」

「真面目な回答を期待した俺が馬鹿だった」

「大真面目。ほら、どんな感じだったかによってニュアンスも変わってくるでしょ」

「ど、どんな感じって……」

ロジックは理解できるのだが、感情が勝って言葉が出ない。ああ、実の姉に自分はいったい何を話しているのだろう。今さらになって羞恥心に苛まれ軽く吐きそう。

「じゃあ、擬音で表現したら？　ニチャア？　ブチュウ？　ジュポッ？」

「それは明らかに何か出し入れしてるでしょ！」

「ためしに同じようにお姉ちゃんにチューしてみなさい」

「この件はもう終了で！」

いっそ本当にしてやろうかとも思ったが、ダメージを受けるのは間違いなく天馬の方なので断念。ここは日本、欧米諸国からは遠く離れた島国なのだ。ファミリーでも軽々しくキスするような文化は定着しておらず。ましてや家族でもなければハードルはさらに高い。

その意味くらいはさすがに天馬もわかっていた。要するに、答えは半ば出ている。

だけどそれを理解したくなくって。どうにか誤魔化す手段を考えていた。あわよくばその結論を誰かに否定してほしいとさえ思っていたのだが、そんな都合の良い神様は現れず。

「そりゃあ最大級の愛情表現でしょー」

「え？」

「さっきの質問の答えね。好きだからするんじゃないの、普通は」

「…………」

むしろ純然たる現実を突き付けられてしまい、打ちひしがれる男が一人。聞くんじゃなかった。聞くまでもなくわかりきっているだろう。

「どうしてこうなるのかな、本当に……」

朝食代わりにお湯を注いだ即席の春雨スープに、天馬は口を付けることもできない。

放心状態でダイニングテーブルに突っ伏す弟を見ても、対面に座している渚が優しく慰めてくれる気配はなく。

「私からすれば、今さら感が半端ないんですけど？」

逆に追い打ちをかけるように、ひどく呆れた様子のため息。苦労して作っただろうかき氷はすっかり溶けてしまい、ただの水割りウイスキーと化していた。

「あんだけわかりやすく好き好きムーブしてくる女の子なんて、滅多にいないと思うわよ」

「好き好きムーブって……」

ネーミングセンスは別にして、何を指しているのかは心当たりが多すぎる。

あの日も、あのときも、あの瞬間も、ずっとそうだった。改めて振り返ってみればいつも、麗良は自分の感情を真っ直ぐに表現しており。

「少しスキンシップが過剰だとか、男を勘違いさせる魔性だとか、そういうちんけなレベルは絶対に超えてるでしょー。まあ、誰にでもベタベタする尻軽女も世間にはいるけどさ」

「椿木さんはそういうタイプじゃない」

「でしょぉ？　だったらあなたはそれらの行為に、どういう意味を見出してたのよ～」

ぐぬぬぬ、と。唇を噛むしかできない天馬はサンドバッグも同然。今まで意識しなかったお前の方が異常なのだと。気付かなかったお前が悪いのだと、やんわり非難されているわけなのだが。本音では「気付くわけないだろ」と言い返してやりたかった。

「あー、先に言っておくわ。『こんな冴えない男に、あんな激マブのかわい子ちゃんが言い寄ってくるなんてありえないよ、とほほ～』とか、思ってたとしても絶対口には出すんじゃないわよ。麗良ちゃんに対しても失礼だからね。謙遜に見せかけて卑屈なだけのクソ野郎は死刑」

「傷口に塩を塗り込むのはやめて」

「いやいや、別にいじめているつもりはなくってねぇ～。はぁ～、ホントに青春真っ盛り……羨ましい。私も戻れるんなら戻りたいわ。キラキラの夢で溢れていた生娘の時代にっ!!」

「そんな時代あったの？」

渚は若干の情緒不安定。素面で語るのはつらいと判断したのか、ガラス皿のアルコールを一気に呷った。Vシネ好きでもないのにヤクザの盃を連想する天馬。

「……つまりひぃ、わらしが言いたいのはねへぇ！」

「ちょ、あの、暑苦しい……」

呂律が回らない渚は、よろよろした足取りで天馬の隣に移動。典型的な酔っ払いのテンションで肩を組んでくる。血中アルコール濃度が急上昇している証拠だった。一気飲みが危険とされる理由の一つなので、賢明な諸君は絶対に真似しないように。

「今のあんたは、とりあえず素直に浮かれてりゃーいいのよう！　モテちゃってる俺、すげぇでしょ？　幸せで～すってアホ面で色ボケしてりゃーいいのよ！　でなきゃロマンスの神様に顔向けできないでしょうが！」

「姉さん、今年でいくつだっけ？」

二十代前半の姉からときどき古き良き時代の匂いを感じてしまうのは、割とどうでもよく。

――幸せ、か。

実際、嬉しいに決まっている。麗良は天馬にはもったいないくらいの女性で。幸せに決まっているのに。素直に喜べない理由は、皮肉にもこれまたはっきりしており。

「む、む、む、むぅ～」

意味深な唸り声。水晶玉に念じる占い師みたいに両手をうにょうにょさせた渚は、

「何を考えてるのか、当ててやりましょうか？」
「どうぞ」
「やることやっておきながら、別の女子の顔を思い浮かべちゃってる俺サイテー」
「その言い方だと本当に最低だな」

しかし、図星を突かれたので否定はできず。いざとなったらお姉ちゃんがいるし平気よね、と。出立の際に母親が残していった台詞の真意を、今さらになって理解させられた気分。これでいて渚の方が、天馬よりもはるかに大人の感性を持っているのだ。

「まあ、わかるわよ。凛華ちゃん、良い娘だもんね」
「……」

ある意味、奇跡に近い。恐ろしいほどだった。

凛華が麗良に恋心を抱いているなんて、渚は想像すらしていないはずなのに。おそらく壮大に誤解しているはずなのに、なぜか結果的には真理を突いているのだから。

そう、天馬の使命はまず、凛華を土俵に立たせること——彼女の気持ちを麗良に知ってもらわなければ、何も始まりはしないのだ。

シンプルなようで複雑。問題は全てその二律背反に集約されていた。

麗良の気持ちがあって。凛華の気持ちがあって。天馬の気持ちもあるにはあるけど……それはいったん、置いておこう。忘れておこう。自分一人ならいくらでも我慢できるから。

けれど、他の二人をないがしろにするのは決して許されない。そんなハッピーエンドはありえないと断言できる。だからこそ均衡が破れた現状が喫緊なのであり。

ここ一週間、繰り返されている堂々巡りだった。

そもそも全員が幸せになる方法なんてあるのか。そんなご都合主義の結末が存在しているのか。わからない。わからないけど、考えるのをやめてはいけない。

だから、頼む、神様。不甲斐ないのは承知で頭を下げる。土下座で足を舐めてもいいから。

「もう少し、時間を……俺に、考える時間を、くださいぃ。お願いしますぅ……うぅぅ……」

「あ、天馬が壊れた」

真夏の太陽を待たずして干上がりそうになっている天馬。

がっくり項垂れる弟の頭を、よしよしと気休め程度に撫でつけてくれる姉は、

「時間が欲しいのは、向こうも同じに思えるけどねー」

珍しくトーンを落とした呟き。

「え？」

「ううん、なんでもない。ま、存分に頭を痛めなさいよ。とことん悩み抜いて、それで万が一失敗したら、お姉ちゃんのでっかい胸で好きなだけ泣きなさい」

「………」

心配してくれている渚には悪いが、その考え方は前提からして間違っている。

天馬が泣く分にはいくらだって構わないのだから。泣かせてはいけないのは彼女、あるいは彼女たち。少なくともこのときの天馬はそう信じて疑わなかった。

それが思考放棄の逃避にすぎないと知るまでは、もう少し時間がかかる。

△

六月。祝日が一つもなかったり梅雨入りでジメジメしていたり、日本国民的にはネガティブなイメージが先行しがちに思えるこの季節。

中高生限定の話になってしまい申し訳ないが、そんな陰気臭いシーズンに突入している中でも唯一くらいに楽しみがあるとするならば、おそらく。

「ちぇすとぉぉぉ！」

「うっ」

示現流もかくやの豪快な掛け声。廊下をとぼとぼ歩いていた天馬の猫背に、全力の張り手が食らわせせられる。顔を見るまでもない。フランクを通り越してファンキーすぎる挨拶を繰り出してくる女子の正体には、一人しか心当たりがなかった。

「はっはっはっは。隙だらけだぞ、小僧！」

「……まやまや、さん」

案の定、一本取ったとばかりに勝ち誇っているのは小柄な女子。男子受けがすこぶる良さそうな栗毛のボブヘアに、人懐っこい猫を連想させるぱっちりした目。軽音部でドラム担当なだけあり鍛え上げられた上腕二頭筋……なんてことは全然なく、ほどよい肉付きで柔らかそうな肢体。健康的なので天馬としては好感触だった。

同じクラスの小山摩耶はいつも通り、いや、いつにも増して元気はつらつであり。

「何か楽しいことでもあった？」

チクチク言葉にあらず、純粋に気になった天馬は質問。

「ええ、ええ、ありますとも」

シュタタタタッ！　自前の効果音を口に出しながら、天馬の正面に躍り出た摩耶。人通りの多い登校時間帯のため視線を集めまくっているが、気に留める様子はなく。

「憂鬱だった中間テストに、アディオスアミーゴして……おまけに見なさい、暑苦しい装甲をパージしたこの姿を。フルアーマーのまやまやさんに死角はないのだよ！」

見得を切る歌舞伎役者みたいなポーズの摩耶は、宣言通り今までとは一味違う。薄い半袖シャツに短く折り込まれたプリーツスカートは、夏が近付いた女子高生の特権。パージしたのにフルアーマーなのは謎だったが、目の保養だったので揚げ足取りはせず。

六月唯一のお楽しみイベント——衣替えである。

誰もが身軽になるこの時期。透けブラとか腋チラとか鼻息を荒くしている連中ほどではないにしろ、天馬だって多少なりともテンションが上がっていた。

「つまりはスーパーまやまやタイム」

「ニチアサ？　懐かしいなぁ」

「うちは小さい弟がいるから今でも観てるよ。ちなみにこれは絶賛放送中、伝統戦隊カブキジャーがする決めポーズね。かぶいてなんぼの花道を……って台詞、聞いたことない？」

「ああ、ＣＭくらいなら」

「いや～、地味に最近はまってるんだよね、変身ヒーロー。気になりすぎて昔のやつもサブスクで漁っちゃったりして……あ、抱かれたいライダー一位は断トツでカリスなので、そこんとこよろしく」

「えーっと……平成は二期しかわからない、かな？」

「むむむ、もったいないぞ。ちょっち待ってね……ほらほら、これだよこれ」

スマホを取り出した摩耶は「かっこいいでしょ？」画面を共有するためか、ずいっと肩を寄せてくる。女の子らしくデコられたそれに映し出されるのは、女の子らしくない特撮ヒーローの画像。強化フォームの初登場する回が最高なのだと、熱く語っている彼女から漂うのは制汗剤と化粧の香り。いわゆるＪＫの匂いってこれを指すのだと思う。

心の壁を取り払うのが早く、オタク趣味にも偏見がなく、面倒見が良くて家庭的。誰が定義したのか定かではないが、二次創作に登場する理想のギャルみたいな属性を全て兼ね備えてい

るのが摩耶。まさしくブラックスワンであり、本来ならば陰日向を歩く天馬とは関わり合うはずのない存在だった。

　人脈とはつまり、他者とのつながりを指す。一つ増えただけでも無限に広がっていく。凛華との出会いはこんな場所にまで変化をもたらしているのだ。

「んー、コラコラ。見てほしいのはスマホちゃんの方なんだけど〜」

「ご、ごめん」

「まやまやさんのメイク、そんなに決まってた？」

　眼前の摩耶がにっこり微笑む。俗にいうガチ恋距離。マジで恋する五秒前。このスマイルでいったいどれだけの男を勘違いさせてきたのだろうか。

　恋愛にＲＰＧみたいなステータスが存在しているのならば、摩耶は間違いなく攻撃力に極振り。一方の天馬は回避特化で、どんな攻めも暖簾に腕押しで受け流すのだが、思いもしなかった。まさかそのスキルに重篤な副作用があるなんて。

「……スキルじゃなくて呪いだな」

「どったの？」

「いや、こっちの話」

　恐ろしいのは、その呪いすらもあっさり打ち消してしまう麗良。まさしく攻撃力に全振り。そのくせ他の能力値も高水準で、軒並み成長率も高くって、対峙した相手を弱体化させる主人公補正まで備えているのだから、手が付けられない。

　名付けるならば恋愛強者。今さらになって麗良のハイスペックぶりを思い知る。試験期間というのを名目に彼女との接触を回避していたが、今日からはそうもいかない。どこでエンカウントするかわからない以上、常に臨戦態勢で備えなければ命がないぞ。

　戦地に赴く兵士の気持ちで、天馬が気合を入れていた矢先。

「おっ、あそこにおられるは、レイラ姫じゃありませんか」

「んなっ⁉」

　びくん、と首筋に水滴でも落とされたように飛び跳ねる。摩耶の指差す先に見えたのは、掲示スペースで作業している一人の生徒。稲穂のように光り輝く黄金の髪。後ろ姿だけでも神々しい彼女を、見間違う人間はこの学校にはおらず。

「おっはよーう！」

　無邪気に駆け寄ってきた摩耶から、「いぇ〜い」なぜか右手を掲げられている麗良。めでたいことでも何かあったのだろうか、常人ならば疑問を持つ場面だが。

「はい。いぇ〜い、ですね」

　阿吽の呼吸でハイタッチ。コミュ力お化け同士のみに許された以心伝心だった。

「朝っぱらからこんなところで何してんのさー？」

「ああ、掲示物の張り替えですよ。月も替わりましたし、新たな気持ちで頑張りたいですね」

「えぇ！　新生徒会長様が直々に？　そんなの下っ端に任せておけばいいじゃなーい」

「いえいえ、今の生徒会はみなさん働き者で大助かりしておりますので、たまには私も仕事をしないと申し訳が立ちません」

「たっはー……さすがは姫。人の上に立つべき器だよ～、清き一票を投じた価値があるよ～」

「ありがとうございます。えっと……すみません、前々から気になっていたんですが」

「なになに、なんでも聞いちゃって」

「その『姫』という呼び方には、何か由来があったりします？」

「逆に知らなかったの⁉　あちゃー、スマンスマン。話せば長くなるんだけど、銀河系で戦争するSF映画に似たような名前のお姫様がいてね……」

ぶーん、ぶーん！　ブォーン、ブォーン！

剣戟時に発する独特のSEを口で表現しながら、フォースのなんたるかやダークサイドの恐ろしさについて語り始める摩耶。小難しい設定や世界観を一から解説するのは、一般的に作品の面白さを伝える際には愚の骨頂とされているが、

「ふんふん、超能力が戦闘のみならず物語全体のキーになってくるわけですね。それで？」

飽きるどころか興味津々に食いついている麗良。一般人とはかけ離れた彼女の感性が天馬はときどき心配になってくるのだが、今はむしろ僥倖だった。

——頼む、気付くなよ……？

会話に集中している二人を置き去りにして、抜き足、差し足、忍び足。ゲームがスタートして最初の村にラスボスが鎮座しているような絶望。生き残るルートは戦闘を回避する以外になく、持ち前の空気の薄さを武器に村人Aと化していたとき。

「おはようございます」

「ギャアァア!!」

ズササー！　横滑りするように目の前に立ちはだかった少女——金髪の大魔王に天馬は悲鳴を上げてしまった。視界の隅にすら入っていなかったはずなのに、どうやって感知したのだろう。それこそエスパー的な超常現象にしか思えなかった。

「どうしたんです、矢代くん。そんなに慌てて」

「あ、いえ、あのぉ～……」

夏服補正によって魅力が三割増しなのは、彼女も例外ではなく。瑞々しい二の腕が陶器のように光を反射して眩しかった。視線の置き場を決めあぐねている初心な男に対して、

「体調でも優れませんか？」

「……」

なぜだろう。丁寧な言葉遣いも、鈴を鳴らしたような声のトーンも、きょとんと小首を傾げる可愛らしい仕草さえも。麗良は何もかもいつも通りなのに。今はそれら一つ一つが全て天馬の心を締め付け糾弾してくる、地獄の業火にも等しい威力を秘めていた。

つまり、いつも通りでないのはこっち。キスされてしまったあの日からずっと。接触を極力避けつつも、気が付けば麗良の姿を目で追って、なぜか唇の動きに注視している自分がいたりして。キモすぎる。完全に意識してしまっているのだ。

一方の麗良は、そわそわも挙動不審もなければ、舞い上がったり落ち込んだりしている様子もなく。もしや、あの日の記憶は悪戯好きな妖精さんが見せた白昼夢だったのでは。そんな風に考えたのも一度や二度ではなかった。だからこそ真意を確かめるのが怖い。

明確に言葉にするのが、恐ろしくなっていた。その瞬間に魔法が解けてしまい、残酷な現実が襲い掛かってくる。言いようのない不安を抱かずにはいられなかった。

「あの～、やしろん」

「……はい？」

「うちの背中はお主が隠れられるほど大きくないんだよ」

「はっ⁉」

つぶらな瞳を糸みたいに細くした、摩耶らしからぬ困惑の表情。本当に無意識のうち、天馬は彼女の小さな背中に身を縮めて貼り付いており。そしてこちらも無意識だったが、薄い布越しに何かをばっちり触ってしまった気がして。

「ふぅ～、急にホック外されるのかと思ってビビったぜ」

「スイマセン！　わざとじゃないから！」

「お返しにやしろんの社会の窓、開けてもいい？」

「え……怒ってる？　あ、やめてぇ！」

チャックではなくベルトに手を伸ばしてきた摩耶と、一進一退の攻防を繰り広げていたら。

「……矢代くん！」

疾風迅雷——天馬の手首を白魚のように細い指が、しかし、がっちり拘束。

つかむというよりは手錠をかけられたような感覚。この人、痴漢です。そんな風に叫ばれそうな恐怖を覚えてしまったのは、野生の本能だったのだろう。

「少しお時間、よろしいですか？」

次の瞬間に天馬が耳にしたのは、不審者に職務質問する警察官の常套句。

——違います！　防犯登録はしていませんが、この自転車は本当に俺の物なんです！

コミュ障特有の突発的な言語能力の喪失により、弁明は上手く言葉にならず。

ああ、とか。うう、とか。代わりに天馬の口から漏れ出した蚊の鳴くような声を、向こうは都合良く合意に解釈したらしい。

「良かったです。じゃあ、行きましょうか」

続きは署の方で。任意という名の強制。公権力の横暴によって連れ去られていく哀れな男の図。潔白を主張してくれる身元保証人はどこにもおらず。代わりに、

「おおっと……こいつは夏の嵐が巻き起こる予感」

面白くなってきやがったぜ、とでも言いたげに腕組みした女が一人。特撮を観（み）まくっている影響なのは想像に易（やす）いが、できれば先に正義の心を学んでほしかった。

見かけによらず麗良（れいら）が万力じみたパワーを発揮していたせいで逃げられなかったとかは、全然なく。その手は振り解（ほど）こうと思えば容易（たやす）く振（ふ）り解（ほど）けたに違いない。

天馬（てんま）がそうしなかったのはひとえに、男として最低限のプライドが残されていたから。一生の中で三回くらい逃げずに立ち向かわなければいけない瞬間があるとすれば、今がその一回目に思えた。残りは就職活動のときとかに訪れそうなので温存しておこう。

「…………っ」

と、まるで腹をくくったかのような心理プロセスを並べておきながらも、覚悟なんて微塵（みじん）も完了してはおらず。天馬（てんま）は汗でびっしょりの両手をワイシャツで拭う。

渡り廊下と階段を経由してたどり着いていたのは、美術室だった。

理由なんてわからないが、二人きりになれればどこでも良かったのかも。朝から活動するような熱心な美術部はいないらしく、デッサン用の石膏（せっこう）像が無機質な視線を送ってくるだけ。嗅ぎ慣れない油絵具（あぶらえのぐ）の臭いが居心地の悪さを煽（あお）ってくる。

「ん～、と……え～、っとぉ……」

麗良(れいら)は到着してすぐ、画板やスケッチブックが収まっている後ろの棚を漁(あさ)り出した。何を探しているのだろう。天馬(てんま)の脳天をかち割るためのスレッジハンマーとか。だとしても文句は言えない気がする。

彼女はきっと、天馬(てんま)の答えを待っているのだ。イエスかノーの。言葉で告げられたわけではなかったが、言葉以上にはっきりとした態度で示してきたのだから。天馬(てんま)としても真摯に対応するべきだった。にもかかわらず、惨(みじ)めに逃げ延びて今日に至る。それだけでも十分悪者なのに。彼女の笑顔を曇らせたくないと、心底思っているはずなのに。

――ごめん。もう少しだけ、時間をくれないかな？

黒でも白でもない玉虫色。天馬(てんま)は今、最低最悪の答えを口にしようとしていた。自己嫌悪(じこけんお)に押し潰されそうになり頭を垂れる。

「おっ、ありました〜。すみません、お待たせしてしまい」

明るい声に顔を上げれば、麗良(れいら)の笑顔が目の前にあった。陽だまりのような温(ぬく)もりを発するそれが、今は却(かえ)って後ろめたさに拍車をかける。

「ん、浮かない顔ですね？」

「…………」

ターコイズブルーの瞳が天馬(てんま)を覗(のぞ)き込む。天界の泉からくみ取ってきたように神秘的な色合い。じっと見つめていると魔法にかけられそうな気分だった。いや、すでにかかっているのだと思う。考えてしまうのだ。麗良のくれた気持ちに答えるシンプルな方法を。彼女の求めている言葉の正体は、わかりきっていたから。

その一言を危うく口に出してしまいそうになり、慌てて飲み込んでばかりいた。ともすれば楽な道に逃げようとしている。弱い自分が現れるたび振り払う。それを口に出すのがどれだけ簡単かはわかっているけど、それじゃ駄目なのもわかっている。

これ以上は頭が変になりそうだったので、

「椿木さん……俺、俺！」

ここが正念場、生きるか死ぬかの瀬戸際で声を振り絞る天馬は、

「ずっと考えてたんだけど、やっぱり……」

「じゃ～～～ん！」

次の瞬間、視界を遮られて言葉を飲み込む。

「どうです、なかなかの出来でしょう」

「……？」

鼻先に麗良が掲げてきたのは、一枚の巨大な紙。真っ先に目に留まったのは、上の方に書かれている『生徒会役員募集中!!』の文字。カラフルな背景に校章のマークや、百パーセントモデルがいそうな金髪碧眼のキャラクターが描かれていたりして、人目を引きつけるための趣向が凝らされているのがパッと見でもわかるのだが。

「あー……上手な絵だね」

「はい、役員募集のポスターになります。美術部の人にお願いしていたんです」

「へぇ～……俺の知らないところで、そんな」

テスト期間中は部活も生徒会も基本的に休止になるので、これは麗良が個人的に進めていた案件ということであり。仕事熱心で頭が下がる。

しかし、だ。

「もしかして……ここに連れてきたのは、それを見せるためだったり？」

「ピンポーン。びっくりしましたか？」

「……うん」

予想の斜め上を行き過ぎて、違う意味でびっくりだった。肩透かしを食らった天馬を知ってか知らずか、はしゃいでいる少女。

「ちなみにこのキャラは私をモデルに、今風のデザインでそれっぽく仕上げたそうです」

「言われなくてもわかる」

「恥ずかしいから最初は断っていたんですけど、こちらの方が絶対に男子の視線を集められるからって、美術部の部長さんが言って聞かなかったんです。あ、前々からけっこうお世話になっている人なんですよ。少し変わった喋り方をする美人さんで、趣味は確か薔薇がどうとか言っていましたね。ガーデニングでしょうか？　他にも……」

いったん回り出した麗良の舌は誰にも止められず。天馬との会話がなかった一週間を埋めるようにして興奮気味に語る。彼女はお喋りが好きなタイプなので、本来ならばその点に不思議はないのだろうが。

断言させてもらおう。こいつはとんでもない異常事態だ。

「う〜ん、でもでも、私の胸ってこんなに大きいですかね？」

「待って、ストップ。そういう問題じゃなく……ねえ、椿木さん。俺がこれから言おうとしていることについて、何か心当たりはあったりしない？」

できるだけ冷静に、なおかつ真剣さが伝わるように声を落としたのだが、

「え、大きい小さいは問題じゃない？　なら、いったい何が…………あ、形？」

「……試されてるのかな、俺」

「矢代くん、さっきから怖い顔ですね」

なおもかまととを続けられてしまい、恨めしさすら湧いてきた天馬は、

——ああ、そうかい。そっちがその気なら手加減はなしだぞ。

「一つ、聞かせてもらっても良いかな？」

「はい」

遠慮とかオブラートに包むとか、クソ食らえ。一般的に日本人の美徳とされる全てを、虚空の彼方に消し去った。

「どうしてあんなことがあったのに、君は平常運転でいられるのさ」

「あんなこと？」

「俺にキスしたでしょ」

問い詰めるように間髪入れず。

「がっつりしたでしょ」

言い逃れできないようにまくし立て、

「忘れたとは言わせないぞー!!」

ビシィ！　犯人を追い込む探偵がごとく、麗良を指差すおまけつき。

まるでそれを貞操が奪われた事件にも等しい扱いをしている辺り、童貞が童貞たるゆえんに思えて仕方なかったが、ここまで来たら恥や外聞などかなぐり捨てる。

「…………」

てん、てん、てん、てん、てん。

沈黙が文字になって浮かび上がったのではないかと錯覚するほど、綺麗に麗良は固まってしまった。たぶん、カウンターのために言霊の弾丸を装填しているのだ。

一方の天馬は戦闘モードを継続。さあ、どう出る。この期に及んですっとぼけるつもりなら二の矢、三の矢を放つ準備があるぞ。あるいは「しましたけど、何か？」と開き直るつもりならば、別の路線に作戦を変更……と。

謎の心理戦を脳内で繰り広げる天馬は、すっかり忘れていたのだ。今、自分が対峙している人間、椿木麗良の特異性を。いつだってそうだった。遊園地に行ったときも、料理の勉強会を開いたときも、生徒会の選挙のときも、急にキスされたときだって。

無二無三の逸材——生まれつきの天才である彼女は、凡人の天馬が想定する枠の中に留まってくれた例は、一度だってなく。

今回の想定外な反応は、こうだ。

「や、やしろぉ～……くぅん？」

「はい」

「あのぉ、え～っと……あれれぇ～？　ひょっとしたら、私の方がおかしいんでしょうか？」

「はい？」

「きっ、きっす、とか。そういった、センシティブな内容を、面と向かって言葉にするのは……ルール違反に、思えるんですけどぉ～……ね？」

「ごめん、なんだって？」

難聴系主人公とかではなく。麗良が消え入るような声でボソボソ喋るものだから、一つも聞き取れず。元より大して空いていなかった距離を埋めるように一歩踏み出し、それだけでは足りそうになかったので耳を、というか顔全体を近付ける天馬なのだが。

ぷい、と。その瞬間、神速でそっぽを向かれてしまった。

　金色の髪がかかる耳の下から首筋にかけて非常にセクシーなのは、今はどうでもよく。最近になって知ったが、肌が白い人は色の変化も表に出やすいらしい。麗良の血色がみるみる良くなっていくのを、天馬は手に取るように把握していた。

「だ、大丈夫？」

　体調不良以外に理由が浮かばなかったため、攻め攻めモードを解除。わざわざ回り込んで麗良の顔を覗き込み、うわ、やっぱり赤いじゃん、とか心配になっているわけなのだが。その行為は温厚な彼女の逆鱗に触れてしまったようで。

「……大丈夫じゃ、ありません」

　じっとり、普段は絶対に見せない半眼で睨みつけてくる。明白な非難にほかならず。

　――え、なに、怖い！

　天馬は童女のように身を縮める。ことの重大さに気付いているようで全く気付いていない馬鹿を前にして、とうとう麗良は堪忍袋の緒が切れてしまったのだろう。

　両足をめいっぱい踏ん張り、最大限に力を込めたポーズで滅茶苦茶に叫ぶ。

「キスした女の子に対してお前キスしただろって言うとか、デリカシーなさすぎませんか!?」

「いきなり正論で殴ってきたね!?」

　反射的にツッコミは入れつつも、今さらになって自分の発言のエキセントリックさを認識した天馬は、「うわあああ！」耳を塞いで奇声を発するムンクの叫び。片や麗良も「うええええええん！」と冗談みたいな悲鳴を上げながら顔面を両手で覆っており、悶絶具合では良い勝負だった。キス程度でここまで恥ずかしがれるのは青臭い子供の特権。

同じだったんだ、と。なんていうこともない事実に思い至った天馬は、少し安心する。

彼女にとっても、その行為には重大な意味があり。勇気がいる行動であり。いくら平気そうに見えても、指摘されれば顔から火が出そうなほどに赤面してしまう。

突き詰めれば恋愛に弱者も強者も存在していない。平等に悩んだり落ち込んだりして、不器用に成長していくものなのだろう。教科書も説明書もないけれど、おそらくは。

「忘れるわけ、ありませんよ」

お互いに嫌というほど悶え苦しんだあと、先に口を開いたのは麗良だった。

「自分でしたことなんです」

まだ照れ臭さは残っているはずだったが、やはり芯の強さは常人の比ではなく。逃げも隠れもせず、真っ直ぐに天馬の瞳を見据えてくる。

「したくてしたんですから、覚えていて当たり前です」

「……だよね、ごめん。変に考えすぎてたかも」

「もしかして、ここ最近ずっと様子がおかしかったのは、そのせいですか？」

「バレバレだよな、そりゃ……」

麗良の方が一枚も二枚も上手。視界も思考も極端に狭まっていた天馬と違って、大局を見渡せる余裕があったのだろう。

「気にしなくてもいいんですよ。いつも通りで構いませんから、普通に接してください」

「椿木さん、それはさすがに……」

「すでに申し上げた通り、今すぐに答えは求めておりませんので」

「………むん？」

麗良の言葉に、二重の意味で理解が及ばなかった天馬は、無為に瞬きを繰り返す。

「真剣に、考えてくださったんですよね。ありがとうございます。私の気持ちはたぶん、矢代くんに正しく伝わっていると思いますので。それだけで十分です。それが私の全てです」

「十分。全て……」

「私も少々急ぎすぎてしまったというか……正確には、我慢できなかったんですよね」

お恥ずかしい限りです、と。おどけたように舌を見せる麗良。

「答えが欲しくなったら……時が来たらいずれ、今度はしっかりと言葉にして伝えます。その際は私も容赦しないので、覚悟しておいてください」

「………」

つまりは、ちゃんとした形で告白をしたい。そしてそれは今ではない。だけど、キスをした気持ちに嘘はないから、少しだけ待っていてほしい、と。

なぜ先延ばしにしたいのか、その理由までは不明だったが、彼女の言い分はきちんと理解したつもりだった。なるほど、かくして疑問の一つは解消されたわけだが。

「あー……えー、あのー……」

知能レベルが一段と低下した天馬は、目をぐるぐる回してしまう。

「どうされました」

「いや、すでに申し上げてたんだっけ、それ」

「え⁉」

「え⁉」

同じ調子で聞き返す二人。混乱の程度は同等だったはずだが、頼りになるのは麗良。すぐさま一つの可能性に思い当たったようで。

「……したあとの記憶、なかったりします？」

半分以上に呆れが混じった苦笑を浮かべられてしまう。

「曖昧、かな」

「今の内容をほとんどそのまま、あのときもお伝えしたはずですが」

「俺の中では初耳」

「うん、とか。わかったよ、とか。普通に受け答えもしっかりなさっていて、会話も成立していたように思えましたけど……？」

「それも初耳。あの日は気付いたら家にいたんだ」

意識がはっきりせずとも言語野は機能するという、人間の神秘を体感した気分。

なるほど、と。またもやお互いに異口同音で頷いていた。

麗良が不自然なまで普段通りに接してきた理由を、遅ればせながら思い知る。

自らそうしようと提案していたのだから、当たり前だった。むしろ彼女からすれば、合意を反故にして全然普通じゃない接し方をしてくる天馬に対して、こいついったい何を考えているのだと狼狽したに違いない。

なんなら腹を立てられてもおかしくない体たらくで、天馬は申し訳ない、いっそビンタの一つでもしてくれて構わないと、冗談抜きに思っていたのだが。

「はぁ～……良かった～……！」

手痛い制裁が飛んでくることはなく。麗良は大きな胸に手を置いて、ほっと一息。

「てっきり嫌われちゃったのかと思いましたよ、私」

それに、と。再び赤らみ始めた頰を冷ますように、パタパタ両手で顔を扇ぐ少女。

「矢代くん案外、普通にしているように見えたものですから。ここまでしても効果なし？　全然、効いていないのかと思って、ちょっぴりショック……やっぱり慣れてるのかな、とか。初めてなのは私だけなのかなー、とか。一人で考えて悶々としたり」

「『やっぱり』って……どういう理屈？」

「矢代くんはモテますから」

「彼女がいたこともないって、前に言わなかったっけ？」

「彼女はいないけど、愛人ならいらっしゃったりして」

「俺がプレイボーイだという幻想を君は早々に捨て去った方が良い」

「なら、しっかり効果はあったわけですね」

「なかったら洗濯物を溜め込んだりしないっての」

「それはよくわかりませんが……安心しました」

胸のつかえが取れたように、柔らかな微笑みを湛える麗良。

本当は不安だったに決まっているのに。誰かを責めるとか怒りをぶつけるとか、そういうネガティブな発想自体が彼女の思考回路には組み込まれていない。

こんなに良い子って世界中を探しても見つからない。天馬は改めて思った。彼女だけは絶対に、何があっても裏切ってはいけない。いつまでも待たせるのは許されない。だからこそ、早く伝えなければいけなかった。

「じゃあ、いつも通りの二人に今日からまた戻るということで、よろしいですね？」

「うん。今度こそ了解」

今はまだ、彼女の優しさに甘えるしかできない、無力な天馬だけど。

そんな麗良を一番に愛している女がいること――凛華の気持ちを、知ってもらいたい。知った上で、彼女には選んでほしかった。決めてほしいと思った。

その先の未来がどうなるのかは、正直に言えばわからない。きっと楽しいことばかりではないはず。むしろ悲しかったり、つらかったり、もしかしたら誰もが笑っていられるようなご都合主義の展開は、用意されていないのかもしれないけれど、それでも。

少なくとも彼女たちが納得できるような結末を、選び取れるようにしてやりたかった。

「この度は本当に、すみませんでした」

「謝罪すべきはアホな俺の方でしょ」

「とんでもない。私があんな風に、その……あのぉ、感情的、に？　なってしまったせいで。勝手なことをしたばかりに……矢代くんを悩ませてしまったようですので」

「……」

キスしてきた相手に頭を下げさせるという、最低な男の図。

本心では彼女よりもさらに頭を低くして謝り倒し、なんなら土下座でもしたいくらいの天馬だったが、謝り合戦が始まり収拾がつかなくなるのは目に見えていたので。

「嬉しかった」

「え？」

これだけは言っておかなければいけないと思った。

「そりゃ驚きもしたけどさ。俺はあのとき、嬉しかったんだよ。最初に浮かんだ感情は、間違いなくそれだから……ありがとう」

今まで誰に対しても抱いたことのない、特別な感情だった。

──もしかしたら、これが……

続きの言葉は蛇足に思えたので、飲み込んでおいた。麗良もそれは求めていないはず。

「あー……なんか、ごめんね。こんな言い方しかできなくって、俺……」

「なんでちょっと泣きそうなんです？」

「うーん、わかんないや」

今の天馬には、わかるわけがない。心に芽生えかけた感情の意味も、正体も、何もかも。

ただ一つ、こんな気持ちを教えてくれた麗良には、純粋に感謝しかなかった。

二章　彼女だけがいない日常

麗良(れいら)との一件が解決した――というのには大幅に語弊があるのだろうが、とりあえず猶予の時間が与えられたのは天馬(てんま)にとっても素直に喜ばしかった。

一方で、ほったらかしにしていた別の案件と否(いや)が応(おう)でも向き合わざるを得ない。自転車操業でも借金の返済からは逃れられないのと同じ。天馬(てんま)の背中に重く圧(の)し掛(か)かってきているのは学業の二文字だった。高校生にとっては本分と呼んでも差し支えなく。

テスト明けから一週間以上が経過して、すでに全科目の答案用紙が返却され順位も発表済みの現在。個々の能力や目標に照らし合わせて一喜一憂しながらも、謎の解放感だけは共有できている。学生諸君にとってはもはやおなじみのありふれた風景が広がる中、彼らの輪に加われずにいる不憫(ふびん)な男が一人。

四時限目終わりの昼休み、担任からひっそり呼び出しを食らっていた天馬(てんま)は職員室へ直行。普段ならば貴重なカロリー摂取の時間を奪われることに立腹して然(しか)るべきだが、今回ばかりは自分に非があるのを認識していたのでおくびにも出さず。

夏日の連続記録が継続される時候、クールビズの一環で設定温度が高めなのだろう、冷房完備の割には快適さをあまり感じられないのは、大人も子供も平等らしく。

「んあ〜、あっちぃ。六月なのにもうあっちぃ……って、これ去年も言った気がするな」

だらしなく椅子の背もたれに体を預けている女は、くすんだ色のアッシュヘアがよく似合う美人なのだが、そういう扱いをされているシーンはあまり見かけない。デスクの上には昼食と思しき未開封の焼肉弁当が一つ。手を付ける気力もないのだ。

「最近の日本、マジで異常気象だわ」

「同感ですね」

「このままだとヤバいぞ、矢代。どうにかしろ」

「史上最大級の無茶ぶりなんですが……まあ、クーラーあるし我慢しましょう」

「おいおい、もっと地球規模で考えろよ。遠く離れた北極では氷が溶けてシロクマさんが溺れ死んだりしてるんだぞ。可哀そうだとか思わないのか？」

「あなたはシロクマじゃないでしょ」

ちぇ〜、と不服そうに唇を突き出す。年齢に似合わずコミカルな仕草だった。

担任であるものぐさ教師——相沢真琴はいつにも増してだるそう。どこぞの飲み屋でもらってきたのだろう、ハイボールの広告がプリントされているうちわを使い、大きく開いたシャツの胸元からピンポイントで風を送り込んでいる。彼女に恋する年上好きの某バスケットマンからすれば垂涎ものの映像なんだろうな、とか思いつつも。

「はしたないですよ、先生」

天馬にとっては単純に目の毒。見かねて注意したわけなのだが地雷を踏んだのか、真琴の瞳には元ヤン仕込みのギラギラした光が宿り。

「うるせえ！　レディーは蒸れるんだよ！　体の構造上なぁ！　布も一枚多いしなぁ！　この苦しみが野郎共にわかってたまるか！」

「……スイマセンでした」

予想外にも本気のトーンでキレられてしまった。女性の中でも特に一部の層に限られていそうな気もしたが、デリケートな問題らしいので深掘りはしないでおいた。

しかし、女子が屈んだ瞬間にチラリと見える魅惑の谷間に興奮するのは男の性だが、ここまで明け透けに披露されると逆に萎えるのだから、人間は業が深い生き物だ。

「やっぱり恥じらいって大事だな、とか思ったりして」

「あたかも地の文の続きみたいに仕込んでいるが、おもっくそ声に出てるからな？」

はい、罰ゲーム。そう言ってうちわを渡される。しょうがないから扇いでやった。

「はぁ〜、生き返る」

途端に機嫌が良くなる担任。このまま本題を忘れてくれれば天馬的には御の字だったが、

「で、だ。本日みなさんにお集まりいただいたのは、ほかでもない」

「……へっ」

「はいそこ、露骨に嫌そうな顔しなーい！　先生も本来は休憩中なんだからねー」

適当なようで仕事をするときはきちんとするのが真琴。焼肉弁当をどけて机の上にノートパソコンを開くと、手早く操作して表計算ソフトを画面に映す。学年クラス氏名の横に『個人成績表』と書かれているそれは、先ほど天馬が教室で渡された紙の元データに当たる。

教科別や総合の点数・平均・順位などが表示されているのは、どこの学校でも変わりないだろうが。他にも前回試験からの推移を示すグラフやら、苦手分野を洗い出すレーダーチャートやらが作成されている。去年の期末からこの規格になっており、初めて見た際には感心させられた記憶が天馬にはある。

「何か言いたげだな、矢代？」

「私立ってこういう部分も地味に凝っているんだなー、と」

「ああ、すごいよな、これ。椿木女史がテンプレート作ってくれたんだぞ」

「へ～、椿木さんが…………椿木さんが⁉」

「一年生の頃、最初のテストのあとだったかな？　『これじゃ見にくくて仕方ねえから、私に新しいのを作らせろ』という旨を、最大限に婉曲的な表現で申し出てきてな」

「なにやっちゃってるの、あの人は……」

ここまで来たら学校側は彼女に給料を支払うべきなのでは。畏敬の念を通り越して末恐ろしさすら感じてしまう天馬だった。

「いや〜、そのくせ学年一位は譲らないだろ。いるところにはいるんだな、才媛って」

「仰る通りすぎます」

今回も首席の座は揺るがず。上位者は廊下に毎回貼り出されるので周知の事実だったが、そのすごさを真の意味で理解しているのは、もしかしたら天馬だけかもしれない。

——あんなことがあっても、試験に影響はないんだな。

完全に言い訳にすぎないが、例の事件により精神的に動揺しまくっていた天馬は勉強なんてろくに身が入らず。

こうして呼び出しを食らっている理由は、まさしくそこにあった。

「ま、今から頑張ってあいつを追い越せとか、それこそ温暖化を止めるレベルで不可能だろうから。無理ゲーを押し付けるつもりは、私も毛頭ないわけだが」

「……はい」

「単刀直入に聞くけど、どうしちゃったの、お前？」

パチーン、と。真琴がキーボードを叩いてアップにしたのは、天馬の個人成績表。

真っ先に目を引くのはあまりに小さすぎる五角形のグラフ。コーンフレークの栄養価を示すレーダーチャートの逆バージョンで、我ながら余白が勿体なくなってくる。

今まで要領が悪いなりに試行錯誤は重ねており、成績はなんとか中の中を維持。図ったように平均点の近辺をうろうろしていた天馬だったが、今回は目も当てられない点数を連発。初めて赤点も一つ取り、追試を控えている始末だった。

「まあ、毎回赤点の常連組とか、下を見ればいくらでもヤバいやつらはいるわけだし。そういう輩はそういう輩だと初めから割り切っている分、大して驚きもないんだけどな」

真琴のぶっちゃけに対して、それは教師としていかがなものかと、ツッコミを入れる余裕もない天馬は虚空を見つめるばかり。

「お前の場合、あまりに落差がすごいもんだから。何かあったんじゃないのかなと、先生はほんのすこ〜しだけ心配になっちゃったりして。余計なお世話だったかな」

「ご高説、痛み入ります」

「まだご高説は始まってないだろーが」

ウケ狙いのつもりはなかったのだが、盛大に吹き出して膝を叩いている女教師。二十代後半とは思えない無邪気さの中に、彼女なりの優しさを垣間見た。時と場合によってはネチネチと説教が始まってもおかしくない状況だろうに。

そもそも真琴は成績にうるさいタイプではなく、むしろ常日頃から放任主義に近い。教職者としての是非は別にして、天馬が彼女を気に入っている理由の一つに該当するのだが、そんな人間ですら一声かけずにいられなかった思惑は推して知るべし。

「誠に申し訳ございませんでしたー！」

「おおっと?」

唐突に頭を差し出してきた天馬に、真琴は虚を衝かれたのか仰け反る。何気に生徒会の選挙の際はお世話になっていたため、頭を下げるのに抵抗はなく。

「今回の失敗は全て身から出た錆、わたくしの不徳がいたすところでありまして。先生におかれましては無用のご心配、ご迷惑をおかけしてしまい、謝罪の言葉もございません」

「どっかの謝罪会見のコピペみたいだぞ」

「けど……まあ、ここだけの話なんですが、原因の所在は俺の中ではっきりしていまして。自分なりに一応……ケジメはつけましたから。次のテストからはいつも通り、ミスター平均点を目指していくつもりです」

目指すならもっと上じゃないのか、とは愚問。高望みしないのが天馬のポリシー。

「そ、そうか。珍しく物分かりが良くて先生びっくり……」

求められていた台詞を天馬はそっくりそのままプレゼントしてやったはずだが、なぜかほんのり残念そうな担任。いじいじ襟足を弄ぶおまけつきで、ため息を吐き出しており。

「どうしました?」

「いや、もう少し世間話というか……今日の矢代、ちょっと即物的すぎやしないか?」

「………」

ピロートークもなしに帰宅しようとする男へ非難をぶつけるような。天馬にしてみれば未知の領域にも等しい感覚に、満足を与えられるはずもなく。

「良かったら、辰巳辺り呼んできましょうか？　あいつなら喜んで付き合ってくれる……」

「ノーサンキューだよッ!!」

今日一番の迫真さに、真琴が本気で嫌がっているのを痛感。頑張れ辰巳、お前がナンバーワンだ。ここにはいないイケメンに人知れずエールを送っておく。

「くっそぉ……私のあしらい方が妙に上手くなりやがってからに」

「弱点を晒したのが運の尽きでしたね」

「覚えておけよ。吐いた唾は飲めんからな」

「と、言いますと？」

「次のテストは頑張るんだろ。万が一、期末でまた赤点なんぞ取った日には……マンツーマンの補習でみっちり教え込んで夏休みの思い出を私色に染め上げてやるからなこんちくしょう」

「……それはあなたにとっても拷問なのでは」

どこまで本気か読めない辺り、真琴の真琴たるゆえんが詰め込まれている気がした。

しかし、なんだかんだでお小言も終了。

かくして二人は自由を取り戻し、天馬は職員室を出て教室に帰還、真琴はパソコンを片付けて焼肉弁当を開封、一見すればそれがあるべき姿にも思えたが。

現実ではそう上手くもいかない。

「……ふぅ〜、それで、だな」

残念ながら、真琴はまだ昼休憩に入るわけにはいかず。むしろここからが本番だと言いたげにポキポキ首を鳴らしていた。その気持ちは天馬にも理解できる。

そう、これは素人目に見ても骨が折れる案件——なにせ、天馬と真琴が教師と生徒の垣根を越えたフレンドリー（？）な会話を、だらだら何分も繰り広げている間ず〜っと、微動だにせず。声どころか呼吸音すらまともに発していない。

精巧に作られた等身大の人形のように、たたずんでいる長躯の女が一人。

純一無雑の黒髪ストレートは職人に磨き上げられたように艶やか。理想的な小顔に細くしなやかな四肢は均整の取れた黄金比。上着を脱ぎ去ったことにより美しさが強調されている。

彼女こそ、言わずと知れた本校の美人枠代表、麗良とは双璧を成す傑物であり。

「次はお前の番になるんだが。呼び出された理由くらいはわかってるよな、皇？」

「…………」

担任から水を向けられた女——皇凛華は、しかし、斜め上の空中に視線を固定してだんまりを決め込む。いや、決め込むというほどの意思もそこには宿っていないのだ。

平常時ならばキリッと引き締まっているはずの端整な相貌は、骨を抜かれたようにだらしなく弛緩しており。デフォルトで殺気を放っているはずの鋭い瞳も、今は焦点が定まらず目力の片鱗すらありはしない。端的に表現すればアホ面。もはや別人と化していた。

「あー、うん……聞こえているのを信じて、このまま続けるが」

リアクションを待っていては永遠に話が進まないと判断したのだろう、真琴はマウスを動かしてダブルクリック。パソコンに映し出されたのは凛華の成績表だった。

他人の個人情報をじろじろ見るのは倫理違反に思えたので天馬は視線を切ったが、見るまでもない。この場に仲良く呼び出されている時点で想像はついていた。

「えーっと……テスト中、お腹でも痛かったのかな～？」

案の定、ギャグなのかマジなのかわからない台詞でジャブを打った真琴。

初めに言っておくが、凛華は意外にも（失敬！）勉強が得意なのである。学年首位の麗良の陰に隠れがちだが、貼り出される成績優秀者の常連組だった。

本人曰く、これはいわゆる免罪符——態度がどうの、服装がどうの、生活指導の教員から注意された際、「本業は疎かにしていませんので」と反撃できるように刃を研いでいるのだと。

いかにも彼女らしい理由付けだったし、それで実際に点数も良いのだからやはり凡人とはポテンシャルが段違いだな、と天馬は感服していたわけなのだが。

「個人的に、矢代よりもお前の方がよっぽど重症だと思ってるぞ。赤点こそギリギリ回避したみたいだが……見ろよ、この前回比のグラフ。元々の点数が高かった分、下がり幅で言ったら間違いなくトップクラス。日経平均大暴落ってレベルを超えてるな」

「……すいません。次は頑張ります」

「「えっ？」」

天馬と真琴の吃驚が重なる。耳を疑ったのはどちらも同じだったらしく、思わず二人でアイコンタクトをかわしてしまったほど。

——謝った、だと……？

こんなにあっさり。年齢や身分の差なんて関係なく、相手が誰であろうとも、自分が本当に悪いと思わない限りは意地でも謝罪をしない信念が、凛華にはあったはず。

たとえるなら、東京の夜空に鮮やかなオーロラがたなびいたような。美しさに心を奪われるよりも先に、天変地異の前触れにしか思えず戦々恐々だったのは、天馬一人ではなく。

「なるほどぉ、なるほどねぇー、そっかそっか……」

トントン、指先でデスクを叩いた真琴は、眉間に稲妻状のしわを刻む。

「何か、嫌なことでもあったのか？」

「……別に」

「先生で良ければ、微力ながら相談に乗るけど」

「……結構です」

「あれだな。最近は暑くてやんなっちゃうよな」

「……はい」

「皇も蒸れたりしないか。おっぱいの下辺りがさ」

「……いえ」

「ちなみに今日のパンツの色は？」

「……黒」

カウンセリングにかこつけた直球のセクハラに対しても、凛華が青筋を立てることはなく。

既視感の正体はおそらく、大昔にテレビで観た戦争映画。自白剤を飲まされて意識が朦朧としている捕虜が、尋問官の質問に答えるシーンを天馬は思い出していた。

打っても響かないという表現がしっくりくる患者を前に、

「駄目だなこりゃ」

早くも匙を投げてしまった藪医者は、面倒臭そうに後頭部をひとかき。どっしり構えていた安産体形の尻を重そうに持ち上げると、助手の男——ではなく、たまたま凛華の隣に立っているだけの一般人、天馬の肩にポンと手を置く。

「矢代、バトンタッチだ。あとは任せたぞ」

「……」

来た来た、と天馬はため息。用件が終わっても帰れと言われなかったため、心のどこかでそんな予感はしていたのだが、二つ返事で応じる気にもなれず。

「はい？」

「見てみろよ、あいつの顔を。まるで正ヒロインにもかかわらずAパートが終わるまで台詞が一行もなかったラブコメアニメの不遇キャラみたいになっちゃってるぜ」

「だからどうしろって言うんです」

「ほら、生徒のメンタルケアとか私は大の苦手だし、人様にアドバイスできるほど高尚な人生も歩んできちゃいないんだよ。暇さえあればヤニ食っていたいクズだからさ」

「青春がどうのこうの、俺にはしょっちゅう偉そうに助言してくるじゃないですか」

「それは特別、お前の反応が良好で扱いやすいからだな。ついでに壊れたり傷付けたりする心配もないから安定性も抜群。ホ○ダのＣＢ４００みたいな」

「乗られた覚えはないんですけど」

「育ってきた環境の違いもあるしな。夏が嫌いとかセロリが好きとか、思春期の女子高生のナイーブな気持ちなんて、私には一つもわかりゃーしない」

「セロリどっから出てきたんだよ……」

「つーことで！　保護者のお前がしっかりアフターケア、よろしくぅ！」

「保護者って……あ、おい！」

　──待て、諦めるな、十二年前を思い出せ、お前も思春期の女子高生だったろー！

　天馬の心の叫びを封殺するように、「いただきまーす！」満を持して焼肉弁当を開封した真琴は、割り箸を片手にイヤホンを装着。パソコンの画面には地方競馬の中継が映し出されていた。もしかしていつもこんな感じで昼食を取っているのだろうか。

汚れちまった悲しい大人との間に埋めようのない隔たりを感じてしまった天馬は、それ以上の交渉を断念するほかなく。

「あー……腹、減ったよな」

「……」

「帰るか、俺たちも」

「そうね」

わずかに頷いて見せた女。保護者というよりは飼育員になった気分。牙を抜かれた獣を後ろに引き連れて、天馬は職員室を出るのだった。


同じクラスに所属している男女、向かうのは同じ二年五組の教室に決まっており。

道中、渡り廊下にある自動販売機に立ち寄った天馬は五百円玉を投入。ビタミンB配合で美肌効果がどうのと謳っている、少しお高めの栄養ドリンクを購入。

「ほい、どうぞ」

「え、あ……」

「飲めばシャキッとするぞ。エナドリよりはカフェインも少ないから安心」

ぼーっと突っ立っていた女に有無を言わさず押し付けてから、自分の分のコーラを買った。

色々な意味で一息つきたい気分だったため、自販機の横に設置されている背もたれのないベンチに腰を下ろす。プルタブを開けてさっそく口を付けている天馬を、なぜか物珍しそうに眺めている女がいたため、座れよという意味で空いている隣を叩く。

恐る恐る、という表現が正しいのだろう。地雷原でも歩くような動きでゆっくり移動した凛華は、天馬から最大限に距離を取った椅子の端っこに腰掛ける。

昼休みも中盤を迎えており、今さらお茶を買いに走ってくるような生徒もおらず。

「……」

「……」

訪れた沈黙を紛らわすように、お互い清涼飲料水を喉に流し込む。

なんだろう、これは。

倦怠期で別れ話に発展するカップル。離婚届に判を押す前の仮面夫婦。どちらも近いようでしっくりもこない。カップルでも夫婦でもないのだから当然か、と自嘲する天馬。普段ならばなに笑ってんのよ気持ち悪いという無遠慮な罵倒が飛んできて然るべき場面だが、肝心のパートナーにはやる気が感じられず。

「珍しいこともあるんだな」

「え？」

お前がしおらしいなんてさ、と。真っ先に浮かんだ感想ではあるのだが、一概に悪い傾向とも言い切れなかったため（一部のクラスメイトには勘違いされているが、なじられて喜ぶ趣味は天馬にはないのだ）、とりあえず言及を避けておき。

「中間テストだよ。らしくもない結果だったな」

「ああ、そっちね……」

「うん？」

「なんでもない」

こっちの話だから、と。真意は不明だが、少し安心したようにも見える凛華。

「ヤマが外れたとか？　俺も数学は盛大に読み違えてさ。やってくれるよな、あの担任」

「あのさぁ……運任せって言葉、私はこの世で一番くらいに嫌いなんだからね。そんな博打みたいな勉強方法、するやつの気が知れないんですけど。範囲はちゃんと指定されているわけだし、全部やっておくのが当然の備えでしょーが。馬鹿なの？」

「ごもっともで耳が痛い」

言葉とは裏腹に天馬の口元は緩む。

――そうそう、これだよこれ、辛辣なこの感じ。

物足りなさの元凶を図らずも発見できた。スパイスの利いていないカレー。火薬が一匙足りない爆弾。何かが決定的に不足していたのだ。重ねて言うがマゾ豚ではない。いつもの調子が戻ってきたのでほっとしているだけ。

連日、麗良とのキスで頭が一杯だった天馬は周りに気を配る余裕なんてなく。必然的に凛華と接触する機会も減っていた。改めて自分の生活が彼女を中心に回っていること、良くも悪くも存在感の大きさを思い知る。

「そういうあなたこそ……」

チラリ、流し目に天馬を一瞥した凛華だったが、目が合うとすぐに視線を外し。

「いつも以上に悲惨な結果だったみたいね。ご愁傷さま」

「その言い方だと、普段からそこそこ悲惨みたいに聞こえるな」

「事実でしょ。舞い上がって勉強に集中できなくなるような出来事でも、何かあった？」

ドキリ、と。この時点ではまだ胸の鼓動が少し大きくなった程度。いくらでも誤魔化しは利いたし、なんなら言い返す気力も天馬にはあったのだが。

「何かって、たとえば？」

「好きな女の子にキスされたとか」

「ぶふぅっ！」

次の瞬間、炭酸を気管に詰まらせてむせる。呼吸困難に陥りそうになっている無様な男に向けて、小悪魔的な嘲笑を送ってくる意地の悪い女。しおらしさなんてとっくの昔に吹き飛んでいたらしい。安堵と憎らしさが半々の天馬だった。

「あら、ごめんなさい。図星だった？」

「ば、バカ言うな……」

わかっている。純粋にからかっただけ。他意はない。なぜなら、あの日あったことを凛華は知らない。知らなくて良いのだから。探りを入れられているとかは万に一つもないのだ。

もしもそんな風に感じているのならば、それは天馬自身に原因がある。罪悪感がないと言えば嘘になるが、毒を食らわば皿まで、咎を受けるのは全て終わってからだ。

「俺に、好きな人なんて、そんなの………お前が一番わかってることだろ?」

「もちろん。恋する心を知らない悲しきモンスターが矢代天馬だもの。私からすれば、あの娘を愛する幸せを一ミリでも分けてあげたいくらいだわ」

「おう、よく言った、その調子だ」

毒舌にはサムズアップで対抗。やっぱりMなのかもしれないと自分でも思った。

まだ半分以上残っていたコーラを一気に飲み干した天馬は、げっぷが出そうなのを我慢して空き缶をゴミ箱にシュート。

「これからもビシバシ、スパルタ指導で行くから覚悟しておけよ」

大丈夫。何も変わっていない。いつも通りだ。訳もなく自分に言い聞かせている天馬は、

「……そっか。変わるはずないもんね、あなたは」

「え?」

胸の内で何かを確かめるように頷く凛華。彼女の瞳に、今まで見たことがない色が宿ってい

る気がして息を呑む。単純に喜怒哀楽で分類できるようなものではない。その感情を理解できないのが、推測すらできないのが、今は不安でたまらなくなる。

だけどなんとなく、今この場で力いっぱいに引き寄せなければ、彼女の体も心も、遠くに旅立ってしまいそうな予感だけはしていたため、

「なあ、皇。お前……」

ただ漠然と言葉を紡ごうとする天馬だったが、

「あー、いたいた、やっと見つけたわ〜」

不意に第三者の声が介入してきて続きを飲み込む。

近寄ってきたのは中年の女性。おっとりした喋り方にベルサイユを思わせる巻き髪が特徴の音楽教師――大須賀先生だった。式典の際はいつも校歌や国歌の伴奏を担当している。

「こんなところにいたのね、皇さん。探したのよぉ〜……って、あらあら、何かお取り込み中だったりするのかしら？」

頬のラインに手を添えるマダム特有のポーズで、天馬にお伺いを立ててくる彼女。用があるのは自分ではないらしいので、

「あ、いえ、お構いなく。じゃあ俺、先に戻ってるからな？」

凛華からは「うん」と小さな返事。天馬はそそくさとその場を離れるのだが、

「…………」

後ろ髪を引かれるような思い。曲がり角を過ぎる前になんとなく振り返り、何事かを話し込んでいる女の顔を遠目に確認していた。気のせいではない。

天馬との会話が途切れたとき、彼女はまるで「助かった」というような吐息を漏らし。

――避けられてね、俺？

まさかな、と。そのときはまだ些細な綻びにすぎない。少なくとも数秒で振り払えてしまう程度で、気にも留めてはいなかった。

「あっれ～……やしろん一人だけ？」

席に着いてすぐ、パックのミルクティーを片手に話しかけてきたのは摩耶。最近は麗良や凛華よりも、さらに言えば他の男子よりも、彼女と話す機会が多いように思える。昼食はすでに食べ終えた生徒が多いらしく、あくび混じりの雑談で教室は満たされていた。

「おりんは一緒じゃないの？」

仏具を持ち歩く趣味はないんでね、とかつまらないボケはやめておこう。それが凛華のあだ名（もっとも使用者はこの世で一人）なのは天馬もよく知っていたが。

「なぜ俺とあいつがセットで扱われているのか、コレガワカラナイ」

「あらま、とぼけちゃう？　頻繁に二人でじゃれ合っているくせにさ、このこの～」

「それ、一部の男子からもときどき言われるんだけどさ」

何が羨ましいのか理解不能だった。叩かれたりつねられたり踏まれたり、単に天馬が一方的な折檻を食らっているだけ。向こうからすればじゃれ合っているだけなのかもしれないが、鋭利な牙と爪を備えた猛獣が凛華、それだけでも生傷が絶えないのだ。

「そりゃそうでしょ、同性のうちですらちょっぴりジェラっちゃうくらいだし。むしろそういうのは女子の方がとことん凶暴なんで、用法用量は守って見せびらかした方が良いよ？」

「四面楚歌になりつつあるな」

「だね。夜道でいきなり背中をぶすり！　グワー、ヤラレター！　アッハッハッハ！」

「あっはっはっは……ジョーク、だよね？」

「もちろん。強く生きてね。ちゅーかあんたら、まこちーから仲良く呼び出し食らってたでしょーが。だからてっきり帰りも一緒なのだと、うちは勝手に思ってたんだＹＯ！」

「なるほど。まこちーね、まこちー……」

元の名前は真琴なのであまり捻りはなかったが。見た目ヤンキーな教師ですらニックネームの餌食にしてしまう平等精神に、天馬は若干の畏怖を感じつつ。

「実は途中で大須賀先生に声をかけられてさ」

「ああ、オスカル？」

「髪型で命名するパターンもあるんだね。けど、なんの用だったんだろう」

大須賀先生といえば合唱部の顧問のイメージくらいしかなく、凛華に深い関わりがあるとは思えない。しかし、天馬と違って摩耶の方には思い当たる節があったようで。

「それはたぶんあれだ。二学期の『星プロ』に出てほしいっていうオファーでしょーな」

「ほしぷろ？」

「そうそう、去年もあったやつ。いや〜、すごかったよね、あんなおっきな劇場を貸し切っちゃったりして。財力モリモリの私立特有？　ここら辺じゃ地域の恒例行事みたいだね」

「あー、えっと……」

ミルクティーをちゅうちゅう吸いながら、みなさんご存知とでも言いたげに語っている摩耶には申し訳ないのだが。

「そんな行事あったっけ？」

「えぇ〜〜ッ⁉　覚えてないの〜〜⁉」

ストローから口を離した少女は素っ頓狂な声。食い入るように体を寄せてきたのは無意識だろうが、「当たる、当たるから！」ギャル耐性の低い天馬にとっては心臓に悪い。体を反り返して逃れようとするが効果なし、摩耶にしてみればそれほど信じがたいのだろう。

「星藍プロムナードコンサート！　略して星プロじゃん！」

のらりくらりが常態の彼女が、声を大にしてしまうレベル。

「うちの学校法人が主催する大規模な音楽イベントだよ！　他校の吹奏楽部とか合唱部の他に

も、テレビに出てるような人気のバンドグループや海外の有名な指揮者だったり、とにかく多方面から参加しまくって大盛り上がりしちゃう、ものすっごいやつ！」

「過不足のない説明ありがとう。色々やってるんだな、この学校」

「え、マジで思い出せない感じ？　うちの生徒は強制……ではなかったかもしれないけど、ほとんどみ〜んな出席してたはずなんだけど。創立記念日で部活も休みになるしさ」

「あー……そういえば、誰かに誘われてはいたような」

断ったけど。『暇だったら行かない？』というメッセージに対して、『暇じゃないから行かない』という味気ない返信をした記憶が、今になって蘇る。どうして暇じゃなかったのかはいくら思い出そうとしても判然としない。

「や、やしろん。お前という男は……」

恐ろしい子……！　とでも言いたげに顔面蒼白な摩耶。元ネタの少女漫画だったらおそらく白目をむいているのだろう。名前的には言われる側の気もする。

「もしや人間強度を下げたくないの？　孤高な吸血鬼もどき？」

「ごめん、ちょっと意味がわからない。まあ、気にしないでよ。まやまやさんは知らないかもしれないけど、俺って元々こういう人間だったし。それでも十分楽しいからさ」

社交的な友人には呆れられ、おせっかい焼きの担任からは憐れまれる毎日。大きなお世話すぎる面子の中に、どうやら新たなメンバーが加わってしまったらしく。

およよ、と目の下を擦るわかりやすいジェスチャーをした摩耶は、

「泣かせるなっての、バカ……よぉ～し、わかったぞ～。だったら今年は絶対、一緒に行こうね。まやまやさんとの約束だ」

ゆーびきーりげーんまーん、うーそつーいたーらー全校生徒の前で一発ギャーグ、と。

おもむろに小指を絡めてきた彼女から強制的に約束させられる。ペナルティがやけに具体的な辺り、守らせる気が満々なのだと思う。その手はイメージ通りに温かかった。優しさが肌を通して伝わってきたので、今年は暇じゃなくても参加しようと決意。

しかし、常にボソボソ喋りの天馬とは比べ物にならないほど明るく元気、一音一音をはっきり声に出すタイプが摩耶。有り体に言えば声がでかいため、今に限らず会話は周囲にだだ漏れであり。

「え～、なに、摩耶ったらさぁ」「二人で星プロ行くのか」「凛華ちゃんに怒られそうね」

ニコニコ顔で近寄ってくる女子三名。凛華とよく行動を共にしている軽音部のイケイケ三銃士だった。前髪ぱっつんの清楚っぽい園田さん。高めの位置のポニテがかっこいい霧島さん。お嬢様っぽいナチュラルウェーブの藤原さん。摩耶を含めれば四天王であり。

「は、はぁ～⁉　べ、別にぃ？　まやまやさん、漁夫の利とか間女とか、そういう野暮なつもりは一切ナッシングなんですけどぉ？　これでも清廉潔白な乙女なんですけどぉ⁉」

「必死に否定すると逆にそれっぽいからやめて」

苦笑いで諌める天馬に同意するように、だよねーと訳知り顔の三人。現在の二年五組ではありふれた風景の一つ。グループ内ではいじられる側に回ることが多い摩耶だった。

天馬の脳内では当初、『卒業までに一度も会話せずに終わりそうな人』リストに分類されていた彼女たちだったが。今やそういった垣根はすっかり消え去りつつあった。天馬が一方的に抱いていた苦手意識がなくなりつつある、という方が正しいか。

原因はやはり、そのリスト内でも絶対王者として君臨していたはずの一人の女が、早々に除名処分になったのが大きいのだろう。

噂をすればなんとやら。ガラガラガラ～と扉がスライドして現れたのは黒髪ロングの女。バンドを統べるリーダーにしてボーカル兼セカンドギターの凛華は、熱に浮かされたように体をゆらゆら揺らしながら、あまりに大きすぎるため息を一つ。ほとんど倒れるようにして自分の席に座り込んでいた。

遠目にもお疲れなのがわかってしまうのは、天馬だけではなかったらしく。

「こりゃまたオスカルから熱烈ラブコールされちゃったのかな？」

お気の毒だね、という感じに摩耶が口笛を吹き、

「あーね」「大変そうだな」「期待されてるんだよ～」

追従するように頷いた他の三人も凛華を慮っている雰囲気。

「そういえば……」

本題を思い出す天馬。人間強度云々のせいですっかり脱線していたが、

「オファーがどうとか言ってたよね」

「お、察しが良いじゃーん」

パチンと指を弾いた摩耶が説明を開始。

「星プロにはいろんな部門があるんだけどさ、中でも有名なのがピアノのソロコンクール。都内の上手い人がしこたま集まってくるから超絶ハイレベル。審査も本格的で優勝者には金ぴかのトロフィーが授与されちゃったり、時期的には全日本コンクールの前哨戦みたいな位置づけになってるんだよね」

「詳しいなぁ。さすがまやまやさん」

「ふっふん。存分に敬ってくれても良いのだよ？」

露骨に鼻を高くする摩耶だったが、「あんたも去年先輩から聞いただけでしょ」「偉そうにするな」二秒で総ツッコミを食らいしゅんとする。不案内の天馬が異常なだけであり、標準的な生徒ならば知っていて当たり前なのだろう。聞くは一時の恥、そもそもこれ以上に恥の上塗りなんて存在しなかったので、心置きなくご教示いただこう。

「それって希望すれば誰でも出られるの？」

「んー、主催者特権っていうのかな？　名目上はうちの生徒なら自由に参加できるらしいんだけど、そこはなかなか威信とか面目とかいろいろあるじゃん？　事前に一応、先生の実技チェ

ックが入って。生半可な仕上がりだと『来年頑張ろうね』になるらしい」

「実際は狭き門ってわけか」

「まあ他所の大学生とか音楽科の生徒が出るわけだから、それくらいはしなくちゃね。あ、でもでも、稀に先生の方から『お前、見込みあるぜぇ？』って声がかかる逆パターンもあったりしてさ。その場合はチェックも免除、本人が承諾すれば出場が決まるの」

「へぇ〜。ご指名ってやつだ」

「ね、かっちょいいでしょ。甲子園の地区予選で一回戦を快勝して乗りに乗ってる新設校をシード枠の古豪がボコボコにしてコールド勝ちするみたいな」

「……それは意味合いが違ってくるね」

かっこいいかも微妙。おそらく飛び級や推薦みたいなたとえを出したかったのだと思う。しかし、特別扱いするともなればそれだけの実力、一般人を黙らせるだけの確かな実績を兼ね備えていなければ不満が出るのも事実。

ようやく話がつながった。そのチェックや人選の権利は無論、音楽担当の大須賀先生が有しているのであり。見事かっちょいい枠に選ばれたのが凛華だったと。

「ねえねえ、皇さん、皇さん！」

興奮気味の黄色い声が離れた天馬の席まで届いてくる。

誘われるように見れば、凛華の席を取り囲んでいたのは女子数名。全体的に派手目の化粧。

見覚えのない顔ぶれだったので、他所のクラスから遠征してきたと思われる。

「聞いたよ。星プロのピアノソロ、推薦もらってるんでしょ？　いいな〜」

「大須賀先生、音大でピアノ専攻だったから。ああ見えてすっごく審査は厳しいんだよ？」

「三年の一番上手い先輩もお祈りメールもらったっぽいし。すごいじゃん！」

歓声のように褒め称える言葉の数々。音楽に疎い天馬には想像もつかなかったが、あの反応を見る限り相当の名誉なのだろう。

「合唱部の娘たちだな、あれは。一年生も交じってるぞ」

凛々しい霧島女史が呟いたことで、名も知らぬ彼女らの所属先を天馬は知るのだが。

「え、皇ってそこまで有名……いや、ピアノ関連って意味でね。知ってる人、多いの？」

亡くなった母親がピアニストで、自身もコンクールでは入賞常連の腕前。

麗良や本人から聞かされてはいたが、表立ってその件に触れる人間は今までいなかった。天馬も深掘りはしてこなかった。軽率に踏み入って良い領域ではないのだと、自然に自制心が働いていたのだ。なにせそれは彼女の家庭事情にも深く関わってくる。

軽音部一同も思うところがあったのだろう、一様に難しそうな顔で唸ってしまい。やはりというかなんというか、外見も内面も男前（？）な霧島女史が代表で口を開く。

「私たちのように近しい人間は、大体の事情を聞かされているが。だからこそ立ち入った話はしないように心がけているね。他界したご母堂の件にも関わってくるだろう」

「俺もおんなじです」

「うん、ペラペラ他言するような内容でもないしね。そうやって秘密のまま……まあ、隠しているつもりは凛華としてもないだろうが、最低限の人間しか彼女がピアノ奏者であるのは知らなかったわけさ。証拠に、去年は星プロへの誘いなんて一声もなかった」

「それがどうして今になって」

「生徒会選挙の少し前だったかな。凛華が合唱部の手伝いに行ったそうでね。その際に伴奏を聞いた大須賀氏がいたく感動、自分よりも上手いと大絶賛したそうだ」

「合唱部の手伝い……」

麗良が体育の授業で倒れた日の出来事を、天馬は思い返す。彼女に代わって凛華が合唱部のヘルプに向かっていたのだ。今まで披露する機会のなかった特技が、それきっかけで急速に一般の層にも広まったのだろう。

多少なりとも凛華を知っている人間——最低でもクラスメイトだったら、適切な距離を保てるのだろうが。今日の今日まで凛華と話したことすらない、同じ学校に在籍している芸能人程度の感覚で捉えていた人間に、暗黙の了解を求めるのは至難の業。

ましてや他所のクラスから出張してくるような行動力の化身ならば、なおさらだ。

「ギターのイメージしかなかったけどピアノもすごいんだね、皇さん」

「ってか、ジュニアコンクールで一位取ったこともあるんでしょ？　ヤバッ！」

「検索したらいっぱい出てきたよ。ほらほら、天才美少女とか書かれて写真も載ってる」

きゃっきゃとはしゃいで甲高い声を上げ、馴れ馴れしく肩に触れたり、スマホを片手に顔を近付けたり。ハイテンションのあまり相手が狂犬なのをすっかり忘れている彼女ら。悪気はないのだろうが、凛華を怒らせる絡み方をパーフェクトに実践していた。

十秒も持たずに爆発するのでは。冷や冷やしているのは天馬だけにあらず。いつの間にか凛華の付近には誰一人座っていない。大噴火の予兆を察知して避難しているのだ。賢明な判断だった。ついでに天馬の方を横目でチラチラうかがってくる者が多数。

女子も男子も例外ない。淀んだ瞳の群れから送信されてくる言外のメッセージは、

——おい、矢代。どうにかしろ、お前の仕事だろ？

気のせいなんかじゃない。こういうときだけはやけに一致団結する彼らの性質を、天馬もいい加減に熟知していた。なぜか自分が凛華のストッパー役、あるいは鉄砲玉という共通認識が形成されている点も。『なぜか』と疑問を呈してはみたが、八割方自業自得のような気もしてくるのがミステリー。おまけに、

「やるしかないんじゃないのか」「行ったれ行ったれ、やしろん」「怪我はしないようにねー」

とどめを刺すように軽音部から尻を叩かれてしまい。

「ふぅ……」

どこでクラス内のキャラ付けを間違ったのやら。高校生活を顧みるには残りわずかな昼休み

では到底足りないので、とりあえずは対症療法、目先の問題から解決しよう。爆発物処理班と化した天馬は重い腰を上げるのだが。

己の目を、耳を、疑ったのはすぐ。

「ごめんなさい。盛り上がってるところ申し訳ないんだけど……」

別人のような優しげな声音に二度見、三度見、四度見くらいしたのだが。その言葉を発した人間が凛華であるという事実は一分も変わらず。それだけならばまだ、謝罪に見せかけたクロスカウンター、絶対零度の皮肉で全てを氷漬けにすることも、彼女ならば十分に考えうる展開だったのだが。

「先生から薦められてはいるんだけど、今のところ出るつもりはないのよ」

瞬間、天馬はあまりの恐怖に背筋がぞわりとした。

凛華の顔面に貼り付いていたのは、屈託のない笑顔だったから。冷たさや刺々しさは鳴りを潜め、小うるさい連中を黙らせるための凶器や敵意だっておくびにも出さず。博愛の精神に溢れかえっており、今にもこぼれそうなほど。

思い起こされたのは、全てのきっかけになった出来事。凛華の百合小説、ひいては麗良への溺愛をしたためたポエムを見てしまい、厳しく追及されてしまったあの日。自分の秘密が洗いざらいバレてしまったと悟った凛華は、今のように笑って見せたのだ。死にたいくらいつらいときだって、それを隠して笑ってしまえるのが彼女だった。

「えぇ〜、どうしてどうして？　もったいないよ」

「真面目に弾いてたのは中学まで。ろくに指も動かないから、出たって恥をかくだけよ」

「十分上手かったよ……って、そもそもどうしてやめちゃったの？」

「特に理由はないかな。勉強も忙しいし、今はバンドの方がよっぽど楽しいから」

「そうなんだー。でも、皇さんが劇場で演奏するの聞いてみたかったな〜」

「また別の機会があったらね」

「……にしても、皇さんって話してみるとすっごく感じ良い人だね」

「うんうん。私らみんな、ファンになっちゃったよ」

「ありがとう、嬉しいわ」

じゃあね、応援してるから、と。本当に応援するつもりなんてサラサラなさそう。教室を出ていくミーハーたちに向けて、手を振る余裕さえ凛華にはあった。

問題——どうして彼女はこんな風に振る舞ったのか？

答えは単純明快、それが最良の選択だと判断したから。下手に癇癪を起こせば、少なくともこの場は彼らを撃退できても、「なんだよ急に怒って」「さては何かあるな」と下種の勘繰りは加速する。その可能性を排除したかったからこそ、穏便に済ませたのだ。

裏を返せば凛華にとって、それほどまでに触れられたくない何かが潜んでいる証。

天馬が出張るまでもなく、血を見るような惨劇は回避されたはずなのに。教室中を瞬く間に席巻して埋め尽くしてしまったのは、平和とは真逆の殺伐とした感想。

「……かってないほどブチギレてるね、おりん」

震えるように絞り出された摩耶の呟きが全てを物語っていた。

その意味を天馬は誰よりも正確に把握しているつもりだった。天馬だけは知っていた。

いつも傍若無人に振る舞っているようでいて、実は誰よりも他人の目を気にしていて、世間のイメージを意固地に守ろうとして、人一倍大きな仮面を身に着けている。

それが皇凛華という女の実態だったから。

もっとも、そんな面倒臭い生態を知る由もない一般層ですら、由々しき事態なのはなんとなく理解できていたのだろう。一見して平常時の喧騒を取り戻しつつあった教室内、そのくせ裏では統一された集合意識を天馬にぶつけてくるクラスメイト。ある意味それは、爆弾処理の丸投げをしてきた先ほどよりもはるかに理不尽なメッセージかもしれない。

——お前、皇さんに何かしたの？

「…………」

何もしてねーよ、と。全力で睨み返すしかできない辺り、どこまでも無力な男だった。

そう、最近の天馬は特に何もしていないのだった。問題の本質がまさしくその部分に隠されているのが、身に染みるのは割と早かったりする。

△

憂鬱すぎた追試をなんとか乗り越えた翌日の朝。

起床した天馬が爽快感マックスでカーテンを開けてみれば、どんよりした曇り空に雨もぽつぽつ。出鼻を挫かれたというか、すこぶる損した気分になるのはなぜだろう。人間の心の浮き沈みと天気の良し悪しに相関関係を見出す論文があっても驚きはしない。

朝食を適当に流し込みながら、ニュース番組で関東地方が梅雨入りしたのを知った。平年よりも少し遅いタイミング。傘を手放せないのはいただけないが、暑さはいったん収まるしダムの貯水率は高くなるし、なんといっても恵みの雨だ、悪いことばかりではない。

悲観主義は気分により楽観主義は意志による。名前も思い出せない哲学者の言葉を、柄にもなく実践しながらテレビのリモコンに手を伸ばす。

『順当に行けば、梅雨明けは七月の後半になる模様で……』

消す直前に聞こえてきた気象予報士の台詞がやけに耳の奥に残っていた。

七月後半——学校は夏休みに突入する頃だな、とか想像しながら家を出る。

夏の楽しみといえば、海水浴にプールにお祭りに肝試しに野外フェス、ハイキングにキャンプにバーベキューに昆虫採集、エトセトラ、エトセトラ。いちいち検索するまでもなく、とにかくイベントに事欠かない季節である。

去年までなら「だからどうした？」と笑い飛ばしている天馬だったが、今年に限ってはそうもいかない。凛華と麗良、女子二人の仲を深める使命を背負っている現在は、決して見逃せないシチュエーションの宝庫。昔は持て余していた長期休暇だったが、今はむしろ足りないくらい。一日でも惜しいと思っているのだから甲斐甲斐しい。

無論、梅雨が明けるまで手をこまねいているつもりもなかった。雨の日でも楽しめるレジャー施設はきちんとチェックしてあるので、早く予定を組みたいくらい。まあ、天馬がそわそわするまでもなく、そろそろ凛華の方から「次の作戦をさっさと寄こしなさい」「最近ツバキニウム足りてないんだけど」と、我慢できずに催促をかけてくる頃合い。

「……って、あれ？」

そういえば、と回想が始まる。脳内で日記帳をパラパラめくり、金髪の少女と黒髪の少女が連れ立っているページを探すのだが、なかなか見つからず。

凛華と麗良が話しているのを最後に見たのは、いつだっけ。

選挙で協力した際はまさに一蓮托生。二人一緒にいるのが日常と呼べるくらいにはたっぷり時間を共有して、さらには麗良の家に遊びに行く（お邪魔虫は一人いたが）というステップアップにも成功。両者の仲は着実に深まっていたはずなのに。

直近では仲良くお弁当を食べることも、肩を並べて下校することも、手を繫いだり寄り添ったりのキャッキャウフフ、夫婦的な蜜月はもちろん一切なく。

何をやっているんだ。馬鹿じゃないのか。天馬、一生の不覚だった。

忙しさとはつまり心を亡くす罠。麗良との一件に中間テストや追試が立て続けに重なって、忙殺されるあまり本業（？）を疎かにしていた。きっと凛華はへそを曲げている。いつ鉄拳が飛んできてもおかしくない……と、そこまで思って察する。

「皇のやつ、最近……」

家に入り浸られて作戦会議をしたり、仕方ないから飯を用意してやったり、余った分はタッパーに入れて渡したり、夜はウザいくらいにメッセージ攻撃をされたり。

あれほど天馬の生活に密着していたはずの女の姿が、今やどこにも見当たらなかった。

要するに、前提からして誤っている、凛華と麗良——二人の会話シーンを目撃していないとか以前に、そもそも天馬自身が凛華とろくに話をしていないのだった。

——どっち、だ？

思い当たる原因、その一。麗良とキスしたのが後ろめたくって、無意識に天馬が距離を置いていたから。いたってシンプルで解決も容易だった。

もしかしたらという原因、その二。こちらは全然シンプルでも容易でもなかった。

距離を取っているのは、天馬の方ではなく……

「それは両方でしょ」

「なに⁉」

「君と皇さん、二人ともおかしいんだよ」

天馬の抱える問題に秒も考えず即答したのは、級友の速水颯太。岡目八目とはよく言ったもの。それだけでも驚きなのに、二者択一のつもりが第三の選択肢が飛び出しており。

「いやいや、瓢箪から駒みたいな反応をしなくても良くない？」

怒鳴られたわけでもないのにオロオロしている天馬を見て、面白がっているのか不憫に思っているだけなのか、相も変わらず爽やかな笑顔。温和な雰囲気の中にどこか底知れなさを感じてしまうのは、彼との付き合いが長いゆえになのだろう。

「ラスボス倒したと思ったら拍手しながら登場する裏ボス的なポジションだよな、颯太は」

「あー、初期から仲間キャラなんだけど実は黒幕だったたっていう心折れるパターンかな」

「そうそう……………えっ？」

「あくまでゲームの話だから」

胸を撫で下ろす天馬。現実でそんなことになったら立ち直れる自信がない。

放課後に訪れていたのは生徒会室。窓の外でしとしとと降り続ける雨が耳障りな雑音を吸い取ってくれるおかげだろうか、フロア全体に心地好い静けさが広がっていた。

紆余曲折で執行役員を務める天馬は、颯太と共に鋭意お仕事の真っ最中。長テーブルに積み重なっているのは資料の山、前年度までの書類が綴じられたファイルだった。床に置かれた二個の段ボールには『保存』と『処分』の文字が書かれている。

ロッカー内にスペースを作る目的で仕分けをしているのだが、これがなかなか途方もない作業であり。黙々とやっていたら五分も経たずに精神を病みそうだったので、互いに手は休めずも口ではすっかり世間話に興じていた。

「でも、概ね予想通りだったかな。やっぱり変だったもんね、ここ数週間の矢代くん」

「……やっぱり、ときたか」

自然な流れ、あるいはそこに介在する作為に気付いていないだけなのか、天馬はいつの間にかお悩み相談を持ち掛けていた。彼と話していると大体こうなる不思議。

もっとも、神の御前に全てをさらけ出すような青天白日さを、天馬が持ち合わせているはずもなく。プライバシーやコンプライアンスに配慮しすぎた結果、あまりに中身のない無味乾燥な相談に成り下がっていた。訳がわからないと顔をしかめられてもおかしくない体たらく。にもかかわらず割と的確な回答を授けてくれたのが颯太。まさしく全知全能だった。

「ちなみにいつ頃から俺の異変には気が付いていた？」

「新生徒会一回目の集まりがあったでしょ。その翌日にはもう確実に確変だったね」

「断言できるのかよ」

「だって、あのときは露骨に椿木さんのこと避けてたじゃん。今は直ったっぽいけど」

「情報のアップデートが早い……」

「中間テストの点数も急降下で、初めて追試にもなって、先生に呼び出しを食らって、まあそれについてはすでに解決しているんでご心配なくって宣言したみたいだけど、なぜか皇さんも同じような境遇で呼び出されていて、何があったのか聞きたいけど聞けずにいるんでしょ」

「なあ、俺の心に盗聴器でもしかけてるの、お前？」

「この程度は盗聴するまでもないって」

「凡人とは聴力からして異なるんだな」

いわゆる地獄耳。神は神でも冥府の長——閻魔大王の前では隠し事など無意味。その気になれば盗聴もできるみたいに聞こえたのは、思い過ごしであってほしい。

「ま、わかりやすい矢代くんについての検証はこれくらいにしておいて」

「面白みのない研究対象ですまん」

「僕にもいまいちわからないのは皇さんかなー」

と、まるでそれが喜ばしいことのように目を輝かせている辺り、彼は根っからの知的探究者なのだと思う。

「僕が観察していた感じだと、皇さんに異変が生じたのは矢代くんとほぼ同時期」

「テストの点、悪かったわけだしな。けど、それはたぶんたまたま……」

「さーて、どうかな」

「なんだよ」

「偶然にしては出来すぎているな、というのが大局観」

妙に含みを持たせてくるのは確証がないから、なのだろうか。

「うじうじ悩んでないで本人にズバッと聞くのが一番なんだけどね」

「議論の価値がなくなる発言はやめろ」

「ないんだよ、実際。それを実行できていない時点で答えはもう出てる」

「…………」

天馬と凛華、距離を置いているのは両方。先ほどの回答が正しいと証明されてしまう。

いつからだろう、天馬の体はすっかり固まって仕事を放棄しており。対照的にテキパキ作業に勤しむ颯太は、手元に視線を落としたまま。

「少し趣向を変えようか」

だけどおそらく、第三の目により天馬の様子は手に取るようにわかっているのだろう。

「これは僕の勝手な一人語りなんで、聞き流してもらって構わないけど」

穏やかな声色も変わらず。片手間のように軽い乗りで語るのだが、天馬はそこから「しっかり聞いておけよ」という真逆の意図を読み取ってしまう。

「人間同士の付き合い方っていくつかの種類があると思うんだよね」

「付き合い方に種類？」

「中にはたとえば、なれ合いを可能な限り排除して生きる、狼みたいに孤高な人がいたり」

「それって……」

名前こそ出さなかったが、誰のことを言っているのかは想像がついた。

「逆にいろんな人と深く付き合えて、平等に愛せて、仲良く生きられる人もいたり」

わかりやすい対比。彼としてはおそらく麗良を想定しているのだろうが、天馬的にはその代表格が目の前にもう一人いた。

「颯太もこのタイプだよな」

「えへぇ？」

自覚がなさそうなので口を挟んだところ、裏ボスらしからぬ間抜けな声が返ってくる。

「あー……嘘。そんな風に見えちゃってる感じ？　あはははっ……そっかそっか、ふふふ」

「なぜ照れるのか」

「だったら僕もなかなか、捨てたもんじゃないのかなって思ったり。ありがとね」

「なぜ感謝をするのか」

「いや、うん、えっと、いや！　僕のことはどうでもいいんだっての、今はーっ！」

恥ずかしそうにブンブン手を振っている好青年から、珍しく（というか初めて？）年相応の幼さを感じるのだった。颯太の方も今や完全に作業は中断している。どこら辺が彼の羞恥心を刺激したのか、謎は深まるばかりだが可愛かったので良し。

「ご、ゴホン。それでね、もう一つのパターンとして挙げられるのは……」

わざとらしく間を持たせるが、もはや大した感慨もなかった。誰を指そうとしているのかは言う前から予想がついていたから。

「普段から誰とでも当たり障りなく平均レベルで接することのできる人間だね。特に好かれもしなければ嫌われもしない。良く言えば人畜無害で悪く言えばつまらない人種。体育の時間に二人組を作れって言われて困ったり、クラスみんなで遊びに行こうってなったときにハブられたり、そういう悲しい事件は別に起こらないんだけど、逆に河原で殴り合ったり放課後の体育館裏で告白されたりする青春イベントも皆無。友人は一定数いるからぼっちと呼ぶほどの孤独ではないんだけど、親友と呼べる存在になると限りなくゼロに近いのを本人も自覚……」

「こいつだけやけに具体的で長尺だなぁ⁉」

「誰とは言ってないでしょ」

言ってはいないけど、言っているようなものなのだ。

自分の性質を客観的に分析されるのが、ここまでむずがゆいとは思いもしなかった。新手の拷問、あと少しで「殺すなら殺せぇー！」と床を転げ回るところだった。

「ここからが重要なんだけど。そんな彼——あ、この場合は男って意味じゃなく、ただの代名詞だからね——彼は最近になって、親しく接する女の子が二人できてね。しかも片方はさっき言った唯我独尊の生き方を地で行くタイプ……昨今では間違いなく絶滅危惧種、それこそニホンオオカミみたいな人だったから、さあ大変」

「……」

「彼は度々、悩むんだよね。踏み越えてはいけないラインがある。一線を越えてはいけないのでは。近付きすぎると彼女に迷惑をかけるんじゃないか。触れてはいけない部分に触れてしまって、粉々に砕けてしまうんじゃないかってさ。今もずっと悩んでる」

図星を突かれていた。自らの性質を他人の口から聞かされているのは、さっきの長尺となんら変わりないのに。今度は背中がかゆくならなかったのはおそらく、颯太と目が合っていたから。目は口ほどに物を言う。茶化した雰囲気は一切ない。

「まあ、悩むのは全然悪いことじゃないけど。一つアドバイスするなら……」

一瞬、口にするのを躊躇うように唇を結んだ颯太。彼にとってはそれがたぶん、踏み越えるのに勇気がいるラインに該当していたのだろう。

凛華と麗良との関係性について、当初から興味津々な彼ではあったが、純粋に成り行きを見守るだけの第三者。思い返せば、自分の意思を介入させてくることは一度もなかった。颯太は颯太なりに線を引いていたのだと思う。

「僕からすれば、全く違うように見える君たち三人が一緒にいること自体、奇跡みたいなものだし。三人でいるのが一番楽しそうに見えるから。もっと先の未来を見てみたいな。今さらバラバラになったらもったいないよ」

「……君たちって言っちゃったじゃんか」

「皇さんも嫌じゃないと思うよ、矢代くんが相手なら」

「だと良いな」

「少なくとも僕は、君にグイグイ来られたら嬉しくなっちゃうもんね。なーんて」

その意見は果たして参考になるのだろうか、とは思ったが、指摘しなかったのは、天馬も彼にグイグイ来られるのは嫌いじゃなかったから。むしろ嬉しい。同じ穴の狢だった。

「まあ、君の親友候補の一人の戯言と思って、頭の隅にでも置いてもらえれば」

「候補とか付けないでいいっての」

「あー、うん……はい」

乱れてもいないふんわりヘアを直す仕草で、視線を逸らしてきた男は、

「椿木さんが前に『矢代くんは天然』って言ってたんだけど。意味がよくわかった。これは想定外の威力だな……」

「あの人を超える天然は他にいないと思うが？」

そういう意味じゃないよ、と。クスクス笑い出してしまった。ぽかんとするのは負けを認めたようで癪だったので、天馬はもっと大きな声で笑ってやった。競い合うように颯太の笑い声も勢力を拡大していき。結果、意味もなく肩を叩き合う不審な男たち。

そうこうしているうちにセロトニンでも分泌されてきたのだろう、だんだん本当に楽しくなってきたのだから人間の脳も案外と騙されやすい。

本来の目的である仕分け作業は甘く見積もっても半分すら終わってはおらず、上司に目撃されたらお叱りを頂戴するのは必至に思えた中、

「お疲れ様でーす、二人とも」

音もなく引き戸が開かれて、現れたのはまさしく直属の女上司。

「資料整理の進捗、どうですか～…………………」

やめろよー、そっちこそー、と。任された仕事はそっちのけ、男同士で乳繰り合っている最高潮に気持ち悪い二人を視界に収めた麗良は、まるで見てはいけないものを見てしまったかのような。感情がぽっかり抜け落ちた青白い表情でフリーズしてしまう。

「………」

「あ、いや、違うんだよ、椿木さん？」

たとえ身内であろうとも、サボタージュに対しては容赦なくたしなめる。意外にもシビアな感覚を麗良が持っているのを、天馬はよく知っていたから。とりあえず羽交い絞めにしていた颯太の体を解放しておき。

「これはいわゆる一つの、箸が転んでもおかしい年頃……」

「女の子にしか使わないんじゃないかなその表現」

「うるせぇ女の子みたいな顔しやがってこいつ！」

「えぇ……せめて中性的と言ってよ」

釈明の一つもまともにできない最悪のチームワーク。

ああ、怒られる、絶対に雷が落ちるよー、と。大の高校生が小学生みたいにビクビクしている辺り、天馬は幼稚性が抜けきっていない。

「あ、あの〜……えっと、ですねぇ〜……」

「ん？」

しかし、何やら妙なムード。微笑みながらも理路整然と詰め寄ってくる少女（彼女から注意を受けるときは大体そうだ）を予想していたのだが、現実の麗良は豊満な胸の前で手を組んだ乙女のポーズ。まるで初めて生まれた感情に、自身も戸惑っているような。

「こ、こんなこと……私が言えた身分ではないのかもしれませんけど」

薄ら紅潮した頬で天馬と颯太を交互に見やった彼女は、最終的にどちらでもない虚空を見つめ、あたかも己の心に言い聞かせるようにして力いっぱい叫ぶのだ。

「生徒会室はふしだらな行為をするための場所ではありませんっ!!」

「ふしだら!?」

「後ろからギュッとハグなんて私もされたことないんですよ!!」

「ハグゥ!?」

「いやー、ごめんねー、僕ったら。初めてを奪っちゃったみたいで」

あははは、と。後ろ髪を撫でつけた颯太はなぜか申し訳なさそうにしており。もう何が何だか天馬にはわからない。ただ一つはっきりしているのは、やはり天然ボケとは麗良にこそ相応しい称号だったということ。


下駄箱で上履きに履き替えてすぐにある、教室棟一階のちょっとしたスペース。

廊下の掲示板に貼られるポスター類は全て事前の申請が必要で、審査が通ると生徒会の認証印が押される。その権限は会長の麗良が握っており。

「これでよし、と」

貼り付け自体は主に他の役員の仕事だった。もっとも、通常は何かのついでに済ませてしまうことがほとんど。誰かの手助けが必要な重労働でもないのだが、生徒会室からここまでずっと亡霊のように天馬の後ろをつけてきている少女の影があり。

「……男の子……想定外の刺客……フィフスチルドレン……カヲルくん……大人気……」

おまけに上の空で何事かをぶつぶつ呟いているのだから、軽いホラーだった。

「ねえ、さっきから何言ってるの？」

画鋲を留め終えたところで我慢できずに聞いてみる。天馬の声に「……ハッ⁉」と、虚ろだった瞳を膨らませて意識を取り戻した麗良。今さら誤魔化すように微笑んで見せるのだが、完全に表情筋が痙攣を引き起こしており。

「い、いえ、いえ！　速水くん、お可愛く遊ばせていらっしゃりますものねぇ、オホホホ！」

「未だかつてないほど奇妙な敬語なんだけど」

「……矢代くん、変わりましたよね。出会った頃はもっと初々しい……」

「なんでちょっと遠い目？」

「もとから素質はあったんでしょうが。嬉しいような、悲しいような」

独り立ちしていく息子に感慨深さを覚えているような。はたまた自分だけが知っていた推しメンの魅力に世間が気付き始めて闇落ちする同担拒否勢。前者と後者で天と地ほどに趣旨は変わってくるが、あくまで天馬の勝手な認識を言語化しただけなので信憑性は皆無だった。

雨の日の風物詩――階段ダッシュしている野球部たちの元気な足音が響いてくる中、

「あら～、プロムナードコンサートのポスター、出来上がったのね」

バインダーを片手に話しかけてきたのは巻き髪の女性。ロングスカートにレースをあしらったブラウス。落ち着いたファッションの似合う音楽教師だった。

「オスカ……ではなく。大須賀先生、どうも」

いつの間にか摩耶のあだ名がうつってしまっており、慌てて言い直す天馬だったが、見た目通りに物腰柔らかな大須賀先生が目くじらを立てるようなことはなく。

「オスカルでもいいわよ。かっこよくて先生も好き」

「そ、そうですか」

さすがにど真ん中の世代ではなさそうだが、理解のある人で助かった。というかこの言い方だと公認に近いのだろう。摩耶のコミュ力恐るべし。

「今年度はピアノソロの代表、もうお決まりなんですか？」

と、ちゃっかり正しい敬語が復活していた麗良が尋ねる。話題は先生の指摘もあった星プロのポスター。中心の一番目立つ位置に貼られているそれには、当日のスケジュールや来賓紹介の他に『ソロコン参加者まだまだ募集中！』という文字が躍っている。

「演奏者の選抜、昨年はギリギリまで難航していたそうですが」

「さすが椿木さん、よくご存知ね〜。ありがたい話で、出たいっていう子たちは今年もいっぱいいるんだけど……う〜ん、体感はもう少し頑張りましょうって印象かな？　まだオッケーは出ていないの……って、この言い方は卑怯よね。オッケーしてないのは私なんだから」

眉を下げている先生はいつになく悩ましげ。彼女のゴーサインが出ないと参加が認められないのは本当だったらしい。名も知らぬ合唱部員たちが言っていた通り、その審査は想像以上に苛烈を極めるようであり。

「また来年ねって言うと泣いちゃったりする子もいて心苦しいんだけど、別にみんなのレベルが低いってわけじゃないのよ。ただ今回は特別、耳が肥えちゃってるのかな。私の中で勝手にハードルが上がっちゃってるだけだと思うの。上には上がいるものよね、どこの世界にも」

「もしや、皇のことを言ってます？」

「やだ、矢代くんも知ってたの？　さすが仲良しコンビだけあるわね」

「な、仲良し……」

担任以外にすらそういう認識を持たれているのに驚いたのは、この際どうでもよく。

「あんな娘が身近にいるんなら、もっと早く教えてくれれば良かったのに。先生、才能の違いに嫉妬しちゃったのは二十年ぶりくらい」

「いや、俺も実際に弾いているところは見たことないんですが……そんな風に絶賛するくらいの腕前なんですか？　最近は真面目にやってないから全然だって、本人が」

「あらあら、まあまあ。バレないと思って周りにはそんな嘘をついちゃってるのね」

一瞬、先生の瞳が不似合いなほどに鋭い光を宿した気がしたが、瞬きするうちに消え去っていた。その言い方は裏を返せば、見る者が見れば簡単に見抜けるという意味。

「恥ずかしながらこれでも一応、昔はプロを目指していた女だから。あの指がピアニストの指なことくらいは、一目でわかっちゃうわよ」

握手しただけで初対面の相手の素性を見破る、某私立探偵を思い出した。

「あいつは今も鍛錬を怠っていないと？」

「一朝一夕じゃないのは確かね。三日練習しなかっただけでも観客には伝わるって、偉い人は言っているくらいだし」

だとすればあれは有象無象の衆を黙らせるための方便。

「私はとっくにもう、リタイア組だからね。今になってできるのは精々、現役の世代に羽ばたけるステージを用意してあげるくらい」

懐かしむのか羨むのか、大須賀先生の言葉には重みがあった。こうして話していると、凛華のことを本当に高く評価しているのがひしひし伝わってくる。

「もちろん本人の意思が最優先だから、先生も無理強いするつもりはないんだけど……気が変わったらいつでも連絡ちょうだいって、あなたたちからも言っておいて。じゃあね～」

小さく手を振り去っていった先生。一貫して大人の落ち着きや包容力に溢れており、悪ガキみたいなどこかの担任にも見習ってほしいと思った。

「なんていうか……ものすごい褒められ方だったね、皇のやつ」

「それはもちろん。凛華ちゃんはいつでもスペシャルですから」

ふっふん、と。まるでそれが自分のことのように誇らしい様子の麗良。今に始まったことではなかった。思い返せば、出会ってからずっとそう。

彼女にとっての凛華は幼なじみの親友であると同時にかっこいいヒーローで、なおかつ尊敬できるスーパースターで、良き理解者でもあったりして、かけがえのない存在なのは今さら言及するまでもない。言うなれば凛華ガチ勢にほかならず。

「その素晴らしさを学外のみなさんにも知ってもらいたい……いえ、海を越えて世界中に名声を轟かせてほしいくらいですね、私としては」

「急に壮大な話になってきたな」

しかし、あながち絵空事ではないのかもしれない。どんな分野であろうとも、他者の心を動かす能力を持っているのは天性、カリスマとでも呼ぶのが相応しいのだろう。人を惹きつけて離さない魅力を凛華は確かに秘めており。

「……俺が隣にいていいような器じゃないよな」

「え？」

「なんでもない。けど、だったら是非とも星プロには出演してもらいたいね」

「はい、それはもう。久しぶりに本気になった凛華ちゃんの演奏、聞いてみたいです。いろんな人から期待されて、それに見合うだけの才能も持っているんですから。大いに応えないともったいないです……って、少し身勝手な考え方でしょうか？」

「全然。俺もまるっきり同感だよ」

うんうん、と。推しのアイドルについて語るように頷き合ってしまった。

これでも天馬は――麗良ほどではないにしろ、皇凛華という女に強く魅入られてしまっている人間の一人だったため、ある程度の意識は共有できている自負があった。

だからこそ、共通の話題として凛華の名前が登場することが多かったし、彼女を好き勝手にいじったり称えたり、あるいは知らない部分を知れたりして、ありふれた日常を楽しむことができていたのは、否定のしようもない事実。

だからこそ、同時に、今は寂しいと思わずにはいられなかったのだ。その寂寥はもはや天馬の中で疑いようのない感傷に姿を変えて心を占領しており。

「ですが……無理強いはできません、よね」

「無理強い、か」

「そもそも凛華ちゃんはどう思っているのか……大須賀先生の仰る通り、そこが肝要なのに。私たちだけで勝手に盛り上がってもらちが明きませんね、アハハハ……」

力のこもっていない笑い。心にぽっかり穴が空いてしまったような。伏し目がちに呟いた麗良が、何を悔やんでいるのかは痛いほどわかった。

――どうしてこの場にあいつがいないのだろう。

極端に言えば一つの学校の生徒。毎日同じ教室で授業を受けているわけだし、放課後は軽音部の部室にでも行けば会えるだろうし。物理的には隔たりなんてないに等しいはずなのに。

なぜか凛華との間に、距離を感じてしまった。

前よりも体が一歩、あるいは二歩、引いてしまっているのを天馬は自覚している。腫れ物に触れるように意気地のない及び腰。きっかけは明々白々だった。他所のクラスからやってきたミーハーたちを、凛華が偽りの笑顔によってあしらったあの日。

今でこそわかる。その姿をあえて見せつけることで、彼女は周りの人間に明確な線を引いたのだ。この先には立ち入ってくるなよ、と。言外に警告を発していたのは、理解の範疇を超えて本能が教えてくれたから。誰しもが見て見ぬふりをしていた。

もしもその領域に侵入できる者がいるとすれば、一人しか思い浮かばず。

「椿木さんなら、さ」

他力本願だと重々承知、天馬は言わずにはいられなかった。

「俺は正直……お母さんのことを含めて、あいつにとってピアノがどういう意味を持っているのかも、ほとんど知らないし。想像すらつかないけど」

どうしても脳裏をちらつくのは、あのときの凛華——くそったれの父親のせいで、大好きだった母親が不幸な死を遂げてしまい。その影を追い求めるようにピアノを弾いていた日々。どん底の過去を自ら語っていた凛華は、気丈に振る舞いながらも壊れ物のように儚く、天馬の目には映ってしまい。

「幼なじみの君だったら、そんなことは……」

あんな顔は二度と見たくないと、怖気づいていたからこそ、他の誰かに役目を押し付けようとしていた。神頼みに近い感覚なのだと思う。あまりに独りよがりだった。

「知っていても……ううん、知っているからこそ」

自問自答するように首を振った麗良を見て、自分のうかつさを思い知らされる。目の前の彼女は救いの手を差し伸べてくれる神様なんかじゃない。天馬と同じ血の通った人間――笑ったり泣いたり、喜びも痛みも感じる繊細な少女であり。

「私は余計に、臆病になってしまうんですね。今でもふとした瞬間――一番、悲しみの底にいたときの凛華ちゃんを、思い出してしまうことがあるくらいで。放っておいたら、私の手が届かない世界に旅立ってしまいそうな無力感も一緒に」

やはり似た者同士。同じ種類の躊躇いを麗良も感じていたのを知る。

いや、同じなんて括るのはあまりにおこがましい。彼女の抱く不安の方が、天馬のそれよりもはるかに深くて強大に決まっている。

「下手に言葉にしたら、あの頃にまた逆戻りしてしまうんじゃないかって」

あの頃――麗良がそう表現した凛華の姿を、天馬は知らない。いったいどれだけの絶望を味わい、どうやって乗り越えられたのかも。

「ごめん」

「謝る場面ではありませんよ」

心優しい彼女は許すどころか怒ってすらいないが、十分に罪深い。忘れてはいけないはずのことをすっかり忘れていた。凛華の言葉を借りるなら、どんなにつらいときも悲しいときもどこにも行かず、心の支えになってくれたのが麗良。彼女がいなければ壊れてしまっていたのだと、ただの友達以上に意識するようになったきっかけ。

二人を繋ぎ止めている絆の固さに改めて圧倒された気分。これからもこの先も絶対に誰一人として、入り込む余地はないのだと天馬は思っているのだが。

「むしろ、謝らなければいけないのは私の方かもしれませんね」

「え？」

「実は、怖がっていたというか。長い間、放置してきた問題だったので。わざわざ触れる必要もないかなって、見ないふりをしてきた気がするんです。それにこうして向き合うチャンスをいただけたんですから、毎度のごとく矢代くんの偉大さには驚かされますね」

「俺のおかげだって言うの？」

「もちろん」

いつもそうだった。分不相応な評価——麗良は天馬を、凛華に並び立つヒーローのように扱ってくる。

「前にも言ったかもしれませんけど……矢代くんと出会えたおかげで、凛華ちゃんとまた仲良く笑い合えるようになって。一緒にいられるようになって。感謝しかありません」

「もとから十分、仲良しだったでしょ」

「昔より、も〜っと仲良しなんです！　今の方が、ず〜っと楽しいんです！」

大げさだね、と。喉を出かけた天馬の卑屈が、引っ込んでしまうくらい。それほどに説得力のある、突き抜けた明るさを麗良は振りまいており。

「もっと、もっと……昨日よりも今日が一番、幸せだと感じられていて。そう思った次の日には記録が更新されたりするんですから、本当に魔法をかけられたみたいです」

「…………」

だとしたら冥利に尽きる。涙が出そうになった。最も認めてほしい人に認められて。今までやってきたことは無駄じゃなかった。曲がりなりにも凜華の傍にいて、彼女の恋を応援してきて良かったと思える。

「さっき、颯太にも言われたんだけど……」

「速水くんに？」

「俺たち、三人一緒にいるのが一番楽しそうだって」

二人の繋がれた手が、解けてしまわないように。互いを愛する気持ちが、悲しいすれ違いを起こさないように。頼りない背中を支えてやって、ときにはそっと押してやる。

初志貫徹の原点回帰。答えは全てそこにあった。

「……な～んだ。私たちのこと話していらしたんですね」

「なんだってことはないでしょ」

「ごめんなさい」

くすぐったそうに微笑んだ麗良につられて、天馬も笑いがこみ上げてくる。

「三人一緒に……そうですよね。行動を起こさないと、何も変わらない」

「うん？」

「任せてください。私も私なりに頑張ってみますので」

やる気に満ち溢れている麗良。いつだって彼女は一生懸命だった。

何かがズレている気もしたが、不思議と悪い気分ではない。颯太に限らず、考えてみれば最近はどこに行ってもずっと、彼女たちの話ばかりしている気がする。

そんな他愛もない日常を取り戻すのが、天馬の責務だった。

△

梅雨の始まりを告げたその日、天馬は確かに覚悟を決めていた。

己の責務を全うする。文字にするとやけに勇ましい。少年漫画的に言えば心に炎を燃やしていて然るべきだろうが、現実はそう上手くことが運ばず。

それからの話をざっくりまとめたいと思う。

もしもこれから書き連ねる記述を期待に胸膨らませて読み始める者がいるとしたら、あとで「騙された」「がっかりした」「時間を返せ」「低評価押しておきますね」と非難囂々に責め立てられるのが容易に想像できるので、結論から先に言っておこう。

天馬は何の成果も得られていなかった。

最大の敗因は、相手が予想以上に手強かったことにある。物欲センサーの一種、あるいはハエ叩きを持った瞬間に忽然とハエがいなくなる例の現象にも酷似している。

あれだけ天馬の周囲をぶんぶん飛び回り、しっちゃかめっちゃかに翻弄してくれていたはずの凛華だったが、それらのドタバタ劇が全て嘘だったように大人しく。

猫と女はなんとやら。向こうからやってこないのはもちろん、こちらから歩み寄っても、「部活が忙しいから」「先生に呼ばれてるから」「部屋の掃除したいから」「新曲作ってるから」塩対応のオンパレードで煙に巻かれて、しまいには、

「あんた私のストーカーなのぉ!?」「シャ――!!（威嚇のポーズ）」「ついてくるな変態!!」

口汚い罵詈雑言をまき散らす始末。最後の発言はトイレに行くタイミングだったせいもあるが、とにかく取り付く島を与えず。注射を打つ前のペットにそっくり。ピアノのピの字も口に出してはいなかったが、動物の本能で不穏な空気を察知したのだろう。

一方の天馬も、担任相手に「期末ではミスター平均点を取る」という大見得（当社比）を切った手前、勉学を疎かにするわけにはいかず。生徒会の仕事も地味に忙しく。それを言い出したら会長の麗良は次元が違う多忙さで、以前より減ったにせよ相変わらず部活の助っ人や先生の頼み事で奔走し、休日には外部の模試や予備校に通っている。

すれ違いが続いた結果――ジメジメした六月はあっという間に過ぎ去ってしまった。

早く三人に戻らなければいけないのに、どうやって三人でいたのか思い出せなかった。やり

方を忘れてしまったのではない。それは元々、意識の外にあったのだ。

思い起こせば凛華が隣にいるのは当たり前で、常に彼女を中心に世界は回っていた。いかに天馬が受動的な生き方をしてきたのかを物語っている。彼女の身勝手さによってストーリーは進行していたから、主人公を失った物語ほど脆いものはない。

七月の中旬――気が付けば期末テストも無難に乗り越え、あとは夏休みの突入を待つだけ。例年なら大量リードで迎えたロスタイムのようにゆったり過ごせていたはずなのに。その余裕が今の天馬にはなかった。

ただひたすら、凛華のために。

そうやって忙殺されていた日々が、どれだけ幸せだったのか。失って初めて気付かされた。

彼女のいない生活は、なんて張り合いがないんだろう。

天馬に限らず、モヤモヤしているのはきっと麗良も同じ。なんだったら摩耶や颯太、クラス全体が停滞して消化不良に思えた。太陽が陰れば等しく光を失うのが人類。

無論、年齢や貴賤を問わず……。


「矢代ぉ～……いったいどういうつもりなんだぁ～？」

「は、はいぃ？」

俺、何か気に障るようなことでもしちゃったのだろうか、と。

担任がテーブルに叩きつけた一枚の紙っぺらを、天馬はまじまじ見つめてしまう。それは世間一般で言うところの進路調査票で、今は二者面談の真っ最中だった。

しかし、真琴がまなじりを裂く理由についてはてんで思い当たらず。

「十年後のあなたはどうなっていますか？」という質問に対して「眩しくて見えない」というイケメンにしか許されない回答をするような勘違い野郎でもなく。目の前の紙には自分の偏差値に見合った大学名が第一志望から第三志望まで手堅く記入してあった。

教員の反感を買う要素は皆無。現に真琴からは「今の段階から一丁前に科目を絞ると選択肢が狭まるから、苦手意識を持たずに満遍なく勉強するように」という、元ヤンにあるまじき真っ当なアドバイスを賜って、滞りなく面談は終了するかに見えたものを。

現実では怨嗟に塗れた声を発する女が、小さな机を挟んだ対面に一人。

息が詰まりそうに狭苦しい進路指導室にて。四方を取り囲む赤本の大群が絶妙に居心地の悪さを掻き立てる。校則遵守の天馬にとっては滅多に足を踏み入れない空間だった。

クラス担任の都合で開催場所がころころ変わる二者面談ではあったが、大体は適宜に空き教室を利用して実施される。わざわざこんなところに連れてこられた時点で嫌な予感、身の危険を感じていたのは気のせいではなかったらしい。

「お前、先生に謝らなきゃいけねぇこと、ぬわぁ～にかあるんじゃねぇのかぁ～、ん～～？」

「ヒェッ……」

ヤクザかよ、この人。久々に彼女に恐怖を感じたかもしれない。からかう側に回る機会が多すぎたあまり、すっかり忘れていた感覚を呼び起こされる。

巻き舌でまくし立てられただけでも天馬は十分ちびりそうなのに。肘を突いた真琴はずいっと前屈みに体を押し出し、物理的に距離を詰めてくる。首から提げたネックレスが胸元を離れて宙に浮かぶ。絶好の角度で眺められる煽情的な谷間に、普段ならば視線を奪われたりするのだろうが、今はチラ見する余裕さえなく。

「え、えーっと……期末テストは、頑張りましたよね、俺？　ほ、ほら！　特に数学なんて過去最高得点を叩き出して……」

「そんなことはどうだっていい」

「数学教師の発言とは思えない！」

「大人になったらどうせ微分も積分も使わねえんだよ覚えておけ」

「あなたは使ってるでしょ」

「秒で論破するな‼　ロジハラって言うんだぞ！　先生、泣くからな！」

「すみませんね……」

ハラスメントはどっちだ。理不尽の極み。会話が成立しているだけまだマシか。

無闇に教え子を萎縮させているのには、さすがに反省したのだろう。前髪をわざとらしく払った真琴は「……こっちこそすまんな」戒めるように一言、背もたれに体を預けた。ネックレスのトップ部分は谷間に不時着。落ち着く場所が見つかって良かったなお前、と。今度こそ天馬が心置きなく凝視していたら。

「私が言ってるのは、他でもないぞ。ここ一か月半ほどの教室の雰囲気が、だなぁ……クラス全体のムードが、だなぁ……」

「ムードが？」

「すっとぼけるな。どいつもこいつもお通夜みたいにしんみりして闘争心の欠片もない」

「闘争心は元々なかったと思いますけど」

何を言いたいのかはわかってしまう。梅雨空のせいで気分が滅入っているからとか、そういうレベルをはるかに超えて、この頃は教室全体に活気が見受けられず。

二年五組に所属する彼ら（我らと括らない理由は察してほしい）の団結力が、無駄に高いことによる弊害だった。はしゃぐときは全力ではしゃげる一方、ひとたびテンションが下がるとその陰鬱さまでもが伝染して気力を失う。引きずってしまうタイプなのだ。

「私の考察によれば、全ての元凶——特異点は間違いなく皇にある」

名探偵真琴、なんて賛美する気はさらさら起きない。誰もが導き出せる結論のはず。

「なんなんだあいつ。空気めっちゃ悪いぞ。変なもんでも食ったのか？」

「……わかってるんなら、直接その元凶様に改善を要求するべきなのでは？」

「いいや、違うね。確かに原因はあの女だろうさ。しかし、『責任』があるのは……」

ドラマの再放送でも観たのだろう。フレミングの左手を顔面にあてがい溜めを作った女は、そのまま同じ手でビシっと天馬を指差す。

「お前だ、矢代。じっちゃんの名を懸けてもいい。ミッション・アコンプリッシュド」

「混ざってるんですよ色々」

名指しされたじっちゃんが「わしっすか⁉」と草葉の陰でたまげていそう。

「マネージャーとしての管理不行き届きだ。即刻の是正を求める」

「マネージャーって……え、俺が悪いの？」

「おうとも。矢代のせいで皇が不機嫌なのは明らか。心当たりがないとは言わせん」

「……」

正直、ぐうの音も出なく。天馬は口をつぐむしかないのだが。

「ついでに私のお通じが悪いのも矢代が悪い。心当たりがないとは言わせん」

「言いますよ！　逆にあったら怖いでしょ！」

「いーや、なんもかんも矢代が悪いね。マルボロがイギリスで販売終了するのも、宝塚記念で私の三連複が紙くずと化したのも、死ぬほど行きたかった夏フェスのチケットが全て抽選落ちしたのも……ぜーんぶまとめてどっかの誰かのクソ野郎のせいだ。そうに決まってる」

「ただの愚痴じゃないですかー」

「終業式の前日に、なんだよこの気分。生足魅惑のマーメイドはどこに行ったんだ」

「……疲れてます？」

「フジもロックもサマーもソニックも、今の私にとっては遠い世界……」

真琴はいつにも増して気だるそうで、一気に老け込んで見える。ファンデーションに覆われた肌の向こう側に十年分くらいの疲れが凝縮されていた。頼むから良い人見つけてくれ。定期的に彼女の幸せを祈らずにはいられないお節介な天馬だった。

「というわけで、お前に夏休みの宿題を課そうと思っているんだ」

「文脈が行方不明です」

「教師命令だ。二学期が始まるまでに皇との関係を改善しておくように、以上。なお、手段はこの際問わん。火遊びや一夏のアバンチュールも一向に構わないからな。九月には一皮むけたお前の姿を見せてくれ。二重の意味で一皮むけたお前を」

「うちの姉みたいな下ネタ吐きますね」

しかし、と。天馬は考える。彼女のセクハラ発言もあながち馬鹿にはできない。

夏といえば誰もが開放的になる季節。それにかこつけたナンパや痴漢が増えるのはいただけないが、高校生としては健全な利用方法——気になるあの娘にアタックを仕掛けて、親密な仲へと発展するのには絶好の時期だったりする。

火遊びも本気でやれば遊びにあらず。温存してきたプランを解放するならば今。

「……時は来た、のか？」

「なんだ。プロレスでもする？　先生、コブラツイストが得意でさ」

問題はあのわからず屋をどう言いくるめるか。かつてなく研ぎ澄まされた天馬の脳内が、そろばんを弾くくらいの原始的な方法で算段を組み立てていたとき。

「おっじゃましまーす！」

ノックもせずにいきなりガラガラガラガラガラ〜〜〜ッ……パァンッ！

勢いよく引かれすぎた戸が反対側に衝突、ド派手な爆音を奏でる。どこのアホだと思って見やれば、すらりと高い身長に整いすぎたハンサムフェイス。

両手を広げた支配者のポーズで入ってきたのは、全女子生徒憧れの的にしてバスケ部期待の新星——名前を辰巳竜司という。スポーツマンだけあって夏服もよく似合う。

「やあやあ真琴ちゃん。今日は一段とくたびれた様子で、良い匂いがここまで香ってくるよ」

そのくせ本人はこの通り真琴一筋。ちょっと訳アリな年上にしか興味を示さないという、女子高生泣かせの性癖を抱える男だった。

「げぇっ……見つかっちまったか」

と、辰巳を天敵にする女教師は苦虫を噛み潰したような顔。察するに、特別棟の片隅をロケーションに選んだのは彼から行方をくらます意図もあったようだ。

「いや〜、是非とも見せたいものがあってね。学校中を探し回った所存……って、おやおや、天馬もご一緒？　もしやお取り込み中だったかな」

「ご名答だ。先生はありがたい指導の最中だから、お前は大人しく田舎に帰れ」

「もう終わったから別に良いでしょ」

　あとは煮るなり焼くなり好きにどうぞ。生贄を差し出すように立ち上がった天馬に対して、「覚えてろよこいつ」と真琴は完全な恨み節。お通じがますます悪化しそう。往々にして辰巳は彼女のストレス要因になりがち（悪気はない）なのだが、

「じゃじゃーん。これなーんだ」

　今回は趣が異なる。トランプを扱うマジシャンのように鮮やかな所作で、辰巳が指の先で広げたのは四枚の紙切れ。なんらかのチケットなのは天馬にも把握できたが、それを見た途端に眠たげだった真琴の瞳がみるみる色を変えていき。

「そ、そ、それは……まさかお前ぇ!?」

　喉から手が出るという表現をここまで的確に体現する者はいない。

　そんな真琴の反応を前にした辰巳は実に満足そう。非の打ち所がないイケメンは、狡猾な悪魔のような微笑みを顔中に湛えている。

「フ、フ、フジの……ソ、ソ、ソニックの、チケットなのでは!?」

「うん。二枚ずつあるんだ。おまけに両方ＶＩＰ席」

「ホァ――ッ（声にならない声）」

「真琴ちゃんが行きたがってるって聞いて、なんとか手に入れたんだよね～。あ、もちろん転売とかの違法な手段は一切使ってないから安心して……」

辰巳の説明が終わるよりも早く、

「そいつを寄こせぇー!!」

血走った目で飛びつこうとしたのが真琴。流血沙汰の臭いに、天馬がすぐさま割って入れたのはおそらく、喧嘩っ早い凛華を相手にしていたおかげで慣れていたから。

「ちょ、ちょ、落ち着いて、せんせぇ！」

「くふぅ～（声にならない吐息）」

火だるまのように熱を帯びている女体を天馬がなんとか抑え込んでいる中、辰巳は挑発するようにペラペラと真琴の眼前でチケットをちらつかせ。

「欲しいんならあげてもいいんだけど……条件が一つ」

「なんだぁ～!?　金かぁ～!?」

「台詞がもう完全に三下のドチンピラじゃんこの人！」

「簡単さ。この誓約書に署名と捺印をしてくれるだけで構わない」

と、辰巳が取り出したのは一枚のA4紙。パソコンで打ち出された細かい字が何行も書かれており、一目に全容を把握するのは困難だったが。

「わかった。言う通りにしよう」

二つ返事で答えた真琴は、急に冷静になり誓約書をひっつかむ。さらさらとボールペンを走らせて捺印、二秒もかからず記入は完了していた。「ほら書いたぞ」「はいどうも」書面と交換する形で念願のチケットを手中に収めた女は、

「うわぁ～、本当にVIPじゃん。初めて見たわ」

純朴な少年のように瞳を輝かせている。心なしか肌年齢も若返っているような。

「辰巳、お前ってほんとはイイヤツだったんだな……先生、今まで誤解してたよ」

「少しは好きになってくれた？」

「うん。シケモクくらいには」

実に愉快そう。黙っていれば美人とも評されるルックスが帰ってきたのは喜ばしいが、天馬が気になったのはもう一人。真琴を凌駕するホクホク顔の辰巳を見れば当然、裏があるとしか思えず。恐る恐る彼の手にする書面を覗き込んでみれば、

——私は上記のチケットを譲り受けるに当たり、以下の事項を遵守すると誓います。

一　フェスには必ず辰巳竜司（以下、甲）と二人で参加します。

二　当日、甲と共に写真を撮影します（枚数に上限はなし）。

三　当日、甲とは恋人のように振る舞います。

四　当日、甲と手を繋ぐあるいは腕を組みます。

五　当日、甲の呼び名は「竜司」「竜司くん」「竜ちゃん」あるいはそれに類する——

「あ、裏にはデートプランまで書いてあるよ」

「無茶苦茶だなお前ぇっ!!」

「この程度で大げさだなぁ」

「程度の問題じゃないんだよ!」

今どき闇金だってこんな奴隷契約は結ばない。公序良俗違反どころの話ではなかった。

自らの人身を売り渡したとも露知らず、「わーい、楽しみだなー」幼児退行気味にキャスター付きの椅子でくるくる回っている大人が一名。刹那主義の神髄を見た。

「ま、狙いはいわゆる吊り橋効果ってやつかな。初めはただの『ふり』だったのが、徐々に本気に変わっていくのはよくある話だろ。もっと過激な注文はそれから……ね?」

「……辰巳って案外、小賢しい恋愛をしてくるんだな」

「見習ってくれてもいい。あと竜司って呼べな」

皮肉も通じないのだからどこまでも最強。むしろ清々しくて、天馬は応援さえしたくなってくるのだから不思議だった。

「しっかし……天馬、どうだい?」

ニヤリ、辰巳はしてやったりの笑みで天馬を一瞥。

「いくら真琴ちゃんに気に入られている君でも、さすがにここまでは経験ないだろう」

「ここまで?」

「ああ。休みの日に私服で会ったり、食事をしたり、二人きりで仲睦まじく語らったり」

「…………」

「恋人のふりをしたり、下の名前で呼び合ったり、手を繋いじゃったりしてさ。そんな行為を年上の、ましてや担任の教師としたことなんて、この俺ですら一度も――」

「…………」

「え。まさか、あるの？」

「…………」

「あるんだなぁ⁉」

「俺は何も言ってないわけだが」

「ちょ、は、ちょ、はぁ〜〜？　そんなのママ活、インモラル、犯罪……いや、なんて羨ましいやつなんだ！　詳しく聞かせてください、師匠‼」

「いちいち体に触るな」

思った。彼ほど行き過ぎた方法はNGにしろ、ときにはチャレンジも必要。

何をビビっていたのだろう。ルール無用の辰巳を見た今なら、どんな禁じ手も荒療治も可愛く思えてくる。無理やりにでも前に進まなければいけない。

「……悪い。俺、ちょっと用があるから」

はやる気持ちを抑えて進路指導室を飛び出す。柄にもなく青春チックな天馬だった。

スマホの未読メッセージに気が付いたのはすぐ。

『大切なお話があるので、面談が終わったら教室でお待ちしております』

相手は麗良だった。それだけでなぜか、通じ合えているように感じた。彼女も業を煮やしていたに違いない。打開するには夏休みに突入する今しかない、とも。

夏といえば、定番のイベントはなんだ。辰巳はフェスに行くと言っていた。凛華も音楽は好きだから選択肢の一つには入るが、これからチケットを入手するのは難しそう。

でも、大丈夫。海だろうと山だろうと、他にも行ける場所は無限にある。三人でいられさえすれば、どこだろうと問題はないはず。

一段飛ばしで階段を上っていく。放課後の澄み切った空気が広がる中、注意してくる教員の姿も見受けられないので、廊下も軽快に駆け抜けていった。

飛び込むように教室に入ったところで、

「あ……」

待っていたのは二人。「いらっしゃいましたね」と、笑顔を咲かせるのは麗良。

こちらは想定通りだったが、もう一人は意外——目が合うとばつが悪そうに眇めたのは濡烏の女。露骨に不機嫌そうな凛華はおそらく、本音ではこの場を去りたいと思っているに違いないが、それを許さなかったのは麗良。がっしり腕をつかまれて、乱暴に振り払うこともできなかったのだろう。物理ではなく精神による拘束。天馬も同じ経験があるのでよくわかる。

「よ、よう……皇も、いたんだな」

「知らないわよ。急に連れてこられたんだから」

「そうか」

どこかぎこちないやり取りなのはたぶん、こうして三人揃うのが久しぶりだから。

そんな中でも唯一いつも通り。ひょっとすればいつにも増して、朗らかで一点の曇りもなかったのが麗良。振り返ってみれば、彼女はずっとそう。良い意味で他人に流されない。勇猛果敢な凛華とはまた違った意味で、我が道を行く剛胆さを備えており。

救われたことは一度や二度ではなかった。過去にも、そして現在も。

「は〜い、失礼しますね」

「え、あの、椿木さん？」

と、いつの間にか天馬の手も握られており。麗良によって謎のトライアングルが形成。

向こうもそうだろうが、凛華とは目を合わせて良いのかもわからず。微妙な雰囲気を作り出している二人とは打って変わって、

「本日はお忙しいところお集まりいただき、ありがとうございます。お二人にお越しいただいたのは、ほかでもありません」

社会人御用達の定型句を流暢に使いこなす少女は、

「ご存知の通り、明日は終業式。明後日からいよいよ夏休みが始まりますね。学生にとっては嬉しい長期休暇になります。関東甲信越は昨日の時点で梅雨明けが発表されましたので天気も快方に向かい、本格的な暑さがやってくることでしょう」

温めてきた論文を発表するように明朗闊達。始まるのはプレゼンかスピーチか。その程度の当て推量しかできない天馬は、直後に想像力のなさを思い知る。

「そこで、です！　私からのご提案になるのですが～……」

ふっふっふ、と謎のテンション。ピンと人差し指を立てた麗良は、さも当然のように、まるで自然の摂理であるかのように、声高な宣言をする。

「合宿、しましょう！」

——合宿、しましょう！

————合宿、しましょう！

——————合宿、しましょう！

耳の奥で三回はエコー。反復するまでもなく意味は理解できそうな単語に、

「え？」と、タイミングもトーンも何もかも同じ。今度こそ目を合わせるしかなかった天馬と

凛華。思った通り、生き写しのように共通の疑問が浮かんでいた。

——合宿って……なんの？

合宿

三章　合宿には目標がつきものだ

　七月下旬──一学期では最後となる登校日が訪れていた。つまりは翌日から夏休み。

　だからといって小躍りして喜ぶ気分になれないのは、この日差しを見れば一目瞭然。

　どんよりした曇り空に覆われていた梅雨のシーズンから解放され、いよいよ本性を現した灼熱(しゃくねつ)の太陽がアスファルトをジリジリ焦がしている。吸い込む空気すら痛いのは、コンクリートジャングル特有の照り返しが原因なのだろう。

　勉強はおろか何もする気が起きないのはおそらく日本国民の総意であり。学生に夏季休暇の特権が与えられているのは理にかなっている。逆に言えば社会人になるのが今から末恐ろしいわけだが、そんな心配を口に出そうものなら鬼に大笑いされるので黙っておく。

「ハァ……体液、蒸発するかと思ったぜ」

　時刻は午後一時、三時限分の授業と終業式を終えて帰宅した天馬(てんま)。無人だった家の中は案の定、生暖かい空気で満たされており。

「冷房、冷房」

いの一番にクーラーを起動、稼働初期に発生するフルパワーの冷風を顔面でしばらく受け止めた天馬。人類の生み出した発明品で最高傑作は何かと聞かれたら、個人的にはエアコンを推したい。同様の質問に姉は「ビール！」と即答していたので、大人になれば回答も変わってくるのかもしれないが。

体が十分に冷やされたら腹の虫が騒ぎ出したので、手洗いうがいを済ませたら昼食の準備に取りかかる。手軽にさっぱりそうめんにしようと、帰りの電車に揺られながら決めていた。

大きめの鍋にたっぷりのお湯で二人前——いや、健啖家もいるので三人前の麺をばらけるようにぶち込む。茹で上がるまでに薬味の長ネギを小口切り。キュウリとトマトもあったので刻んで冷やし中華風に仕上げよう。どうせなのでめんつゆも多めに作り置きして、と。

いくら手際よくやっているとはいえ、ここまでそこそこの時間を要しているはずだが。

「おい、何してるんだ？」

「え、あー……」

その間、所在なく立ち呆けている制服姿の女が一人。行儀よく通学鞄を両手で前に提げ、足を揃えて背筋を伸ばす。モデル体型に麗しい黒髪も相まって、そのままスポーツドリンクのCMに出演できそうなくらい。中身は抜きにして清爽な面構えだった。

無視するにはいささか存在感がありすぎたため、

「座ったらどうだ、とりあえず」

「……いいの？」

「駄目って言ったら一生突っ立ってるのか」

「うん」

冗談にマジレスされるほど悲しいことはない。

過去には冷蔵庫すら勝手に開けるほど図々しかったはずが、どういうことだろう、二か月以上ぶりに矢代家を訪れた凛華は嘘のように淑やか。第三者——渚の前だったならまだ、借りてきた猫という意味で納得できたものの、

「そういえば今日、渚さんは？」

「平日だぞ。あれでも仕事はちゃんとやってる」

「そ、そうよね。ごめんなさい。じゃあ、私たち二人きりか」

「当たり前だな」

「…………」

意味を成さない質問に回答。気まずい空白を埋める機能すら果たせていない。うざったくて仕方ないはずの能天気な姉だったが、今はいないことが悔やまれる。

「あ、そうめん作るの、私も手伝おうか？」

「うるせえ。お前は食う専門だろ」

「やりたいの。たまにはいいでしょ。野菜くらいなら切れる……」

「……んあ～～もお～～～！」

本当に一瞬だけ、エプロン姿で仲良くキッチンに並ぶ自分と凛華を妄想してしまい、頭をかきむしって振り払う天馬。違うぞ。この絵は絶対に間違っている。

「いいから座れ！　とっとと座れ！　黙って座ってろぉ！」

「なんで怒ってるのよ。意味わかんない」

命令に従ってようやく腰を下ろした凛華だったが、様子がおかしいのは変わらず。天馬が茹で上がったそうめんを洗って、丁寧に水切りして、綺麗に盛り付けをして、飲み物と一緒にテーブルにセッティングするまでの間、ずっとそわそわ落ち着きがなかった。

クーラーの冷気はしっかり行き届いているはずなのに、ほんのり上気したままの頬。もじもじと内ももを擦り合わせたり、手持ち無沙汰に前髪を引っ張ったり、汗をかいた体の臭いをバレないように（バレているのだが）くんくんチェックしたり。ボタンを外したシャツの胸元とそこから覗く少し湿った肌が、いつもよりなぜか気になってしまう。

白状すれば、天馬も若干ハラハラしていた。次の瞬間「先にシャワー浴びてきてもいいかしら？」とか、爆弾発言が飛び出すんじゃないのか。そう、たとえるならば今の凛華は――実体験はないので想像の域を出ないが、完全にアレだった。

「初めて彼氏の家に来た彼女か貴様ぁーッ!!」

「ハァ!?」

見ているこちらが恥ずかしくなってきそうな恥じらい具合に、辛抱たまらずツッコミを入れていた。口に出さないと天馬の方が先に悶え死にそうだった。

四月にアポなしで押し掛けてきた際、あまりに堂々としている凛華に「恥じらいを持て」と説教したのは記憶に新しいが、いざ実践されるとここまで威力が凄まじいとは。一周回って今さら青春を味わっている気分の天馬だったが、嬉しいかは微妙なところ。

「だ、だ、だ、誰が彼女かー！」

ばちんとテーブルに手のひらを叩きつけた女。お手本のような激怒に、来るのか、と。リバーブローの一発でも飛んでくるのを天馬は覚悟していたが、やはり本調子とは行かず。凛華は真っ赤な顔のまま、ヘロヘロと振り上げた拳を下ろしてしまう。

「そ、そういう台詞は、れ、麗良のために……」

「ああん？　なんだって」

「べ、別にぃ」

「お前さぁ……何を過剰に意識しちゃってんの。正直、かなりキモいぞ。きしょいといっても過言ではない」

意識している度合いでは天馬もどっこいどっこいのため、自戒の念が多分に含まれていた。

今の自分たちは客観的に見れば、かなり気色悪いはずだったから。

「合わせてキモきしょい」

「変な造語で罵らないで」

罵られているのを自覚しながらも怒ってこない辺り、彼女らしからぬ温情。

「ハァ……もういい。とにかく、飯を食おう。打ち合わせはそれからだ」

「同意ね。長くなりそうだし」

どちらからともなく食卓に着いた二人は、いただきます、と声に出してから無心にそうめんをすすり始める。さすがは三大欲求の一つ、認識にズレが生じる心配はない。

腹が減っては戦ができぬ――至言だった。戦というのは当然もののたとえだろうが、今回に限ってはほとんど戦争にも近いと思っている。

「……にしても、三日後に合宿だなんて」

つゆに生姜を混ぜて味変しながら、思い浮かべているのは金髪の少女。

「さすがに突然すぎるよな、椿木さん」

「あの娘、その辺は頭のネジが大量に抜け落ちてるから」

「……せめて二、三本に留めてほしかった」

本来なら一本でも勘弁してほしいところだが、抜け落ちているからこそ一般人には不可能な偉業を成し得たりするのも、天馬は知っていたから。一概に欠点とも呼べない。むしろ大助かりする場面だってある。

彼女の発想力と行動力には実際、救われている部分が大きかったのだ。

合宿――なんらかの目的を共有する複数人が、一定期間の共同生活を送る。

部活動や運転免許の教習、受験対策の勉強合宿などが例としては思い浮かぶだろうか。いずれにせよ帰宅部の天馬にとっては馴染みの薄い単語であり。

「父が、横須賀の方に別荘を持っておりまして」

時間は前日に遡る。謎の発言にポカンとしていた天馬たちに、麗良はそう切り出した。

「海のすぐ近くで絶好のロケーションなんですよ～。私も何度か行きました」

「ほほう。リッチだね」

「まあ、ちゃんと管理しないと潮風のせいであちこち汚れちゃったり錆びちゃったり、大変すぎて毎年の費用も馬鹿にはならないんですが」

「……夢がない話はあまり聞きたくなかった」

「真面目にお勧めしませんよ。風も強いですし津波も怖いですし、私だったら絶対に買いませんね。それ以前に別荘の購入自体がハイリスクすぎて、もう。節税の観点で不動産に投資するにしたって他にもっと手堅い方法がいくらでもあると思います」

「妙なところで現実的だよね、椿木さんって」

彼女が開業医の血筋で豪邸に住んでいるのも知っていたので、ここまではなんら疑問点はなく。そりゃ別荘の一つや二つは持っているだろという感想。固定資産税が怖かったらあんなバカでかい戸建てに住むはずがない。問題は、ここからだった。

「なので、三人で合宿しましょう！」

「なのでの使い方が独創的すぎる」

断っておくが、回想だからといって途中の会話を省いたり、ネットニュースのように意図的な切り抜きは行っておらず、原文を忠実に書き起こしている。

「そもそも、合宿っていったい何を……勉強するってことなのかな。偏差値的に教えてもらう立場になりそうだから俺はありがたいけど、君はそんなに暇じゃないでしょ？」

「あ、いえいえ、別にお勉強会のつもりは全然なく。まあ、してもいいですけど。それだったら遠出する必要もありませんからね。どちらかといえば、親睦会というか、交流会といいますか。ゆったり羽を伸ばして夏の思い出を作れればなー、という印象です」

「……それは一般的に、旅行と呼ぶのでは」

「そうとも言いますね」

「合宿ってワードのせいで大いに混乱したんだけど」

「すみません。一度は言ってみたかったんです。だって、合宿ですよ、合宿！　憧れるじゃないですか～、青春じゃないですか～、夢がいっぱい詰まってるじゃないですか～！」

「……一分前に節税がどうとか言っていた女の子とは思えないね」

早い話、遠方に泊まり込みで遊びに行きたいという提案。

高校生くらいの年齢なら——少なくとも天馬に経験はないが、それは並の社交性すら持ち合わせていないせいであり——日常的にこなしていてもおかしくない範囲だし。宿泊地が別荘な辺り友達の家に泊まる延長線上なので、わざわざホテルや旅館を予約して泊まるよりもハードルは低い気がする。

しかし、いくつか気がかりな点が存在していたのも事実。天馬はそれらの不安点を一つずつ提示したと思うのだが、麗良から余すところなく解消されてしまったので、ここにはそのときの問答を簡単に載せておく。

「別荘を使わせてもらうこと、親御さんに許可は取ったの？」

「もちろん。他に使い道もないので、存分に楽しんでこいと申しておりました」

「電気とかガスとか水道とか、諸々の設備はどうなってるのか……使い方とかわかる？」

「ばっちり。近くに管理人さんも住んでおりますので、有事の際は助けを求めましょう」

「ああ、そう、抜かりないね。で、これが最大のネックなんだけど………俺、男だよ？」

「はい。知っていますが？」

「俺は男だよ！」

「部屋は当然、別々になりますし。大丈夫ですよ。矢代くんのこと、信用していますから」

「……俺は俺のことを君ほど信用しちゃいない」

「ふっふっふ。この点に難色を示されるのは予想できたので、頼りになる同行者が一人。楽しみにしておいてくださいね。ヒントはブラジリアン柔術の使い手です」

「ヒントではなく答えだ」

そんな使い手が身近に何人もいてたまるか。同行者が天馬の想定通りの人物ならば、確かに安心安全ではあった。どう転んでも勝てる気がしないし。

「では満場一致ということで。詳しい予定は追って連絡しますので、よろしくお願いします」

「……了解、です」

異論がないわけではなかったが、最終的には笑顔の麗良に押し切られてしまった。

おそらくは、日頃から他人を優先してばかりの彼女にも少しくらいは女子高生らしい余暇を過ごしてほしい、という考えが天馬の根底にあったからだと思う。

と、以上のやり取りをご覧になった諸氏は、登場人物が足りないのではないかと訝るに違いない。不気味なのはそこだった。当事者であるはずの凛華は初めから終わりまで、ほとんど一言も口を挟んでこなかったのだ。

肯定も否定もせず。かといって海辺にエロい水着でキャッキャウフフしている麗良の姿を妄想して悦に入っているアホ面でもなく。アンニュイな視線を窓の外に投げながら、物思いにふけったようにため息を吐き出すばかり。

真意を知るのは翌日、天馬の家でそうめんを食べ終えたあとになる。

「ねえ、本当に私も行っていいの？」

「は？」

何を言われたか理解できずに、天馬は聞き返す。ダイニングテーブルに向かい合って座り、お茶を飲みながら食後の休憩をしている最中の出来事だった。

「合宿。あなたと麗良の二人で行った方がいいんじゃないの？」

「お、お前……」

念を押すように言われてしまい、空耳でも幻聴でもなかったのを知る。天馬の驚愕になど気付きもせず、凛華は昆布茶の注がれた湯呑に両手を添えながら、口に運ぶでもなく、昨日に続いてどこかしっとり思いを馳せているような。

「お邪魔じゃないの。私なんかがいたりしたらさ」

「……邪魔、だと？」

一を聞いて十を知る。その瞬間、天馬はピンと来てしまった。

心の中に長い間わだかまっていた謎の歯がゆさ、原因すら皆目見当もつかずにただモヤモヤしていた徒な日々に、一つの明確な答えを与えられた気がした。

「マジかよ、お前……」

しかし、晴れやかさはいささかも生まれず。胸の内から湧き上がってきたのはどうしようもない、煮えたぎるように熱い……いや、なんなんだろう、この感情は。

ただ一つはっきりしているのは、天馬が無意識に拳を強く握りしめていたこと。

「まさかずっと、そんなこと考えてたのか」

「考えるわよ。あの娘、本当に楽しみにしてるみたいだし」

「昨日からって意味じゃないぞ」

「え？」

「本当にずっと……そんなことばっかり気にしてたのか、お前は」

「…………」

「辛気臭くウジウジ悩んで延々俺たちを避け続けていた理由はそれかって聞いてるんだよ」

「だったら、なに？」

食ってかかるようにまくし立てる天馬にも、凛華が気圧された様子はなく。

お互いの意思が激しくぶつかり合っているのを肌で感じた。これを喧嘩と呼ぶ人間も世間にはいるのかもしれないが、断じて違う。なぜなら今、天馬を突き動かしているもの、原動力になっているのは怒りではない。そんな単純なものではなかったから。

「一つ、これだけは言わせてもらうぞ」

「……どうぞ？」

確固たる信念に導かれるまま立ち上がった男。対抗するように女も腰を上げる。出来上がったのは睨み合いの構図。全てを見透かしたように威圧してくる凜華の眼光にも、天馬は揺るがない。今回ばかりは引き下がる気はなかった。

人の感情は表裏一体——失望が期待の裏返しであるように、重すぎる愛が憎しみに変わるように、ありったけの好きと嫌いをない交ぜにした結果、天馬の口から飛び出したのは。

「どうしちまったんだよ、皇凜華ァァァ～～ッ!?」

「……え？」

我ながらあまりに情けない。慟哭にも似た叫び。舐めさせられたのは苦渋か辛酸か。今にも泣き出しそうなほどくしゃくしゃに歪んだ顔からは、もしかしたら本当に涙の一滴くらいは零れていたのかもしれない。嗚咽も一緒に漏れていたのかもしれない。

「あの、矢代……だ、大丈夫？」

悲嘆にくれる男を前に面食らっているのが凜華。寸前の天馬からは鬼気迫るオーラが立ち昇っており、怒鳴りつけられるか、胸倉をつかまれる予感すらしていたのだろうが。

現実はどちらにも当てはまらず。勝手にダメージを食らって意気消沈しているのだから、困惑を通り越して心配したに違いない。

「ぐ、ふぅ～～……うぅ～～！」

「な、泣かないで。どこか痛いの？　苦しいの？」

　つらかったね、よしよし、と。甘やかすように柔らかな声音を発したり、あまつさえ背中を優しく擦ってきたりして。彼女らしからぬ人間味の数々が、しかし、天馬の胸をより一層に強く締め付けたのは言うまでもない。

「離せぇ！」

「わっ、ごめんなさい」

「俺は一つも、泣いちゃいねえんだよ！　ホントに泣いてんのは……痛いのはなぁ……！」

「う、うん？」

大して厚くもない胸板を力の限りに叩いて見せた天馬は、

「俺の心だー‼」

　くわっと見開いた瞳で叫ぶのだが、

「………」

対峙した女には激情の一粒さえも伝わってはおらず。まんま「何言ってんだこいつ」と顔に書いてあった。

「今回は一切合切、初動からしておかしいんだよ、お前ぇ……」

「あなたねぇ、さっきから非難するような目を私に向けて、なんなのよ！」

悲愴の向こう側にあったのは、怨恨にも似たドロドロの感情。一つだけ言わせてもらうと前置きしてはいたが、一言ではとても終わりそうになかった。

「俺の想定ではお前は今、喜んでいるべきなんだ」

「はいぃ？」

「大喜びでむせび泣きしてなきゃいけないんだよ、本来は！」

「な、なにかものすごい押し付けと熱量を感じる……」

　メン地下の厄介ファンみたいな、小声でぼそりと付け足した凛華。

　半分は当たっていそう。確かに天馬はファンのようで、オタクのようで、プロデューサーのようでいて、どれも少し異なっている。喜びを分かち合う一方で、ときには心を鬼にする。お前は王道を外れているぞ、と。軌道修正してやらなければいけない立場。

「冷静になれよ。お前にとってはこの合宿……好きな女の子と一緒にお泊まりできるんだぞ」

「そ、それは……」

「あの椿木さんと一つ屋根の下なんだぞ？　海で泳げるかもしれないんだぞ？」

「そうなんだけど……」

「水着姿を拝めるチャンスかもしれないんだぞ⁉　こんなに嬉しいことはねえだろうが！」

　あまりにも下種の極みで自分でもどうかと思う発言に、「簡単に言うんじゃないわよ！」凛華が声を荒らげるのも無理からぬ。

「脳味噌から下半身が生えている野蛮な猿共とは違ってねぇ、私にはちゃんとした理性ってものが備わっているの。肉欲と自制心を天秤にかけて、一線を越えないよう常に心がけているんだから。隙あらば胸とか脚とか腋とかチラ見してばっかりいるどっかの常時発情ムッツリ男と一緒にしないでくれる？」

切れ味鋭い毒舌は健在。くそみそに貶された男が一名いるのはさておき、

「わかるぞ」

「はぁん？」

「今までどれだけ振り回されてきたと思ってるんだ」

だからこそ少しくらい、お節介を焼く権利がある。

「そういう面倒臭い性質を、俺なりに理解した上で言ってるんだよ。今の皇凛華は、超絶かっこ悪い。全盛期の見る影もないほど、落ちぶれちまったってな。過去のお前自身から嘲笑が飛んできてもおかしくないぞ」

「なんでわかるの。そんな風に断言できるの？」

「見てきたから。近くで熱を、感じてきたから」

「…………」

「たぶん……傍にいたから、言えるんだと思う。押し付けがましくなるつもりは、さらさらないけど。迷ったときの道標くらいには、使ってやってほしい」

喋っているうちに熱も冷めてきて、急に気恥ずかしくなった天馬は声を落とす。口下手が災いして伝えたいことの半分も伝わっていない気はしたが、それでも。

「かっこ悪いのは、嫌ね。確かに……」

彼女に届いていたらしい。顎に手を添える仕草で思案する凛華。

「参考までに、聞かせてもらいましょうかしら。あなたの思い描く理想像では、私はいったいどうするのが正解なのか。今の私はなぜ駄目なのか、理由も含めて詳しくね」

「長くなるぜ」

「早くしなさいよ。逃げも隠れもしないから。もう……」

呆れ果てたような、観念したような。やっぱり話し合って正解。もっと早くこうするべきだったと反省する天馬は、「んんっ！」大げさな咳払いで間を空ける。放っておいたら異常な早口になりそうだったので、クールダウンの必要があったのだ。

「まずもって、お前は他者からの自分に対する評価を『クールビューティー』『孤高な一匹狼』『天才肌』概ね以上の三大要素に分類して、普段はそのイメージを損なわないように立ち回っている。ここまでは良いな？」

そうね、と頷いた凛華。実際はもう少し複雑な分類があったが、掘り下げると時間がいくらあっても足りないので割愛。

「椿木さんとの親交を深めるにおいて障害となるのは前二者。感情を極力表に出さないクールさと、不必要に群れたりしない気高さ。これらのキャラを守るため心の中ではどんなに嬉しかったとしても、表面上は『それがどうした？』という塩対応で振る舞わなければいけない。能動的にアクションを起こすのは大の苦手で、常に受け身の立場に回らざるを得ない」

「まあ、的確な評論だけど……」

「これが恋愛面において重い枷になるのは、俺も真っ先に気が付いたわけだが。お手上げなのかと言えば答えはノー。お前ルールの条件を満たしつつも椿木さんと仲良くなれる、一つの冴えたやり方が存在しているからだ。学校で一緒に昼飯を食うときも、ゴールデンウィークに水族館や動物園に行ったときも、あるいは家に遊びに行ったときも、例外なくこのパターンに該当している。もう言わないでもわかるな、そう……向こうから誘ってくるように仕向ければ良いんだ。もちろん二つ返事でオーケーはしない。いったん乗り気じゃない風を装い、彼女がさらに押してきたところを渋々承諾する。これが確立された黄金ルートだ」

「いや、あの、ねえ……」

「んあああ、言うな、わかってるから。ここで邪魔になってくるのがもう一つの要素、欲望と自制心の対立ってやつだな。変に保守的になってはいけないし、逆にがっつきすぎてもいけない。そのバランス調整が自分では難しいため、お前は冷静な第三者——俺にストッパー役を務めてほしいと思っている。自転車でいう補助輪だな。長期的に考えれば外すのが前提だし、見てくれが悪くなるから俺はあまり好きじゃないけど、不安のあまり全力を発揮できないよりはましかと思って最近は甘受している——」

「黙れぇぇぇ～っ!!」

「むっ？」

にわかに耳を塞いで絶叫したのが凛華。生かさず殺さずの辱めを受けたような。自らの生態を詳らかにされたせいなのか、もしくは天馬の語り口調に誰かの姿を照らし合わせたりしたせいなのか、とにかく真っ赤な顔で吐き捨てたのは、

「異常な早口で喋るな!!　真顔で分析もするな!!　あんた私の研究日誌でも付けてんの!?」

「ば、馬鹿な……」

よもや聞き手をないがしろにするとは。知らず知らずのうちに天馬は、一番なりたくない存在になってしまっていたらしい。

「まだまだ語り足りないくらいなんだけどな」

「これ以上は耳が腐るから簡潔に述べなさい」

ひどい言われようだったが、今までにない種類のキレ方が怖かったので素直に従おう。

「つまり、この合宿はお前にとってこれ以上ないくらいのお膳立てがされているんだよ」

「お膳立て？」

「椿木さんから強引に誘ってきた上に、俺が同行するのは確定。棚ぼたどころか僥倖、お前にとってはなんの不満もないはずなのに……どうしちまったんだよ？」

「そ、それは、だって……」

「私がいたら邪魔になるんじゃないか、だって？　あなたと麗良の二人で行った方がいいんじ

ゃないか、だって？　もしも本気で言ってるんなら、俺はたぶんお前を嫌いになると思う。もしかしたら許せないかもしれない」

「……」

あえて強い言葉を使ったのは無論、本心では嫌いになんてなりたくなかったから。天馬の真剣な訴えに、同じく真剣な眼差しで答えてくる凛華。

「お前の椿木さんに対する愛情は、そんなもんだったのかよ」

目を覚ましてほしい。強い彼女を取り戻してほしい。その一心で言葉を紡ぐ。

「彼女を誰よりも愛していたお前は、どこに行っちまったんだよ！」

力を込めて放った言霊が、凛華の体に吸い込まれていくのを感じた。よろよろ崩れ落ちるようにへたり込んだ彼女は、

「ど、どうしちゃってたの、私……いえ、どうかしちゃってたの、私⁉」

殺人級の大罪を犯してしまったあとの顔。血に染まった肢体を嫌悪するかのように、わなわな両手を震わせている。

「か、観察日記が……あれだけ欠かさずしためていた『椿木麗良を愛でるダイアリー』が、もう一か月近く更新されていないじゃないの……！」

「マジで日課だったのか」

「シャンプーの匂いチェックもパンストの伝線チェックも枝毛の本数チェックも、私としたこ

とがすっかり怠ってるじゃない……！」

「さらりと初耳のストーキング要素が混じってるぞ」

「いつよ……あの娘のストッキングが新品に交換されたのは、いつなの――!?」

それを知ってどうなるんだと心底思ったが、本人にとっては死活問題、熱帯魚の水温管理並みに必須のチェック項目だったらしく、口惜しそうに唇を噛んでいる。

「わ、わからない。思い出せないの……ただがむしゃらに麗良のエロスを追い求め、邪な愛欲を己の中でひたすらに凝縮して再生産を繰り返していた、あの頃の淫猥な自分が……！」

「唐突にブラックボックスの中身を開示したな」

「私はいったい、どうやって椿木オイルを補給していたの？　どうやってツバキニウムを摂取していたの？　需要と供給は、渇望と成就は、どうやって均衡を保っていたの!?」

「……こいつは重症だぜ」

跪いて頭を垂れる女を前に、天馬は悲惨な現状を再認識。たとえるなら野球のピッチャーがイップスに陥る現象。外部からの抑圧や内部の精神不安により、今までスムーズにできていたはずだった動作に支障を来たす。ルーティーンだったがゆえに、一度その『当たり前』が失われてしまったら最後、取り戻す方法は誰にもわからない。

「もっと、もっと……変態チックだったはずなのに。気持ち悪さの中に洗練された美しさがあったはずなのに。ねえ……矢代、教えてちょうだい。私、どうしたらいいの？　元に戻れるんなら、あなたの言う通りにするわ。なんでもするから！」

　下半身にすがりついてきた美人からなんでもすると懇願されるという、世界観が壊れそうなシチュエーションにも天馬が我を忘れることはなく、

「そんな要求を誰かにする時点で、今のお前は二流以下の三流に成り下がってるんだよ」

「ぐはっ！」

　冷酷に現実を突き付ける。他人から変態になれと命令されて変態になるような輩は、本物の変態にあらず。変態ならもっと自由だ。凛華＝変態という大前提で話を進めているが、本人も認めているので文句はないはず。

「ひどい。だったら私、これから麗良とどう接すれば……どうやって生きていけばいいの？」

　わかりやすく絶望に打ちひしがれている女。凛華にとって麗良を愛でる行為は、生きることと同義——人生そのものなのだ。道を見失ってもそれだけは揺るがないのだと知り、天馬は闇の中に一筋の光を見出した気分。

「決めたぜ、皇」

　活力が、生命が。心臓から、血潮から。熱くみなぎってくるのを全身で感じる。

「この合宿は……お前の根性を徹底的に叩き直すための旅だ！」

　そうだ。合宿には等しく、目的が存在せねばならない。

「……私の、ために？」

「ああ、そうだ。俺とお前だけの裏目標を設定しておくぞ。最低ライン、イップスの克服。そしてあわよくば……上ろうぜ、大人の階段を」

「それって……まさか⁉」

「今まで見たことがなかった向こう側の景色、見せてやるよ」

　正直、半分以上は自分でも何を言っているのか理解できなかった。場の空気に酔っているといえばわかりやすい。理性担当であるはずの天馬が熱血にほだされているせいで、ツッコミ不在のシュールな領域が展開しており。

「いや、違ったな……見せるんじゃない。俺とお前、二人で一緒に見にいこうぜ」

「私と、矢代が、二人で……」

「見てみたいんだよ、俺も。その先に何があるのか、確かめたいんだと思う。だから……力を貸してくれないか？」

　臭すぎる台詞に凛華が吹き出すことはなく、

「……うん、ありがとう」

　俄然やる気が湧いてきたのか、反撃の狼煙とばかりにゆらりと立ち上がる。

「やるわ、私……やってやるわ！　自分自身のためにも」

　見ての通り、彼女もすっかりほだされているのだ。病めるときも健やかなるときも――初めは一方的に結ばされた運命共同体の契約が、いつの間にか随分と板に付いてきている。

「こうしちゃいられないわね。早く新しい下着を買いにいかないと」

「下着限定なのか？」

　とにもかくにも、甲子園にも負けないくらい暑い夏が幕を開けるのだった。

△

　約束の三日後はあっという間に訪れた。

　三日なんて元々すぐだとは思っていたが、体感ではもっと短かったという意味だ。

　着替えなどの荷物を準備する以外にも、ギリギリまで絶対に自分もついていくと言い張って聞かなかった二十四歳の面倒な姉に対して、絶対についてくるんじゃないぞと言い聞かせる作業に追われて予想以上にうんざりしていたせいだと思われる。

　家を出る本当に直前、最後の最後まで醜く粘り続けて、しまいには後ろから抱きついて胸を押し付けてきた渚を、無慈悲な肘打ちで黙らせたのが天馬。もんどりうってフローリングに転がった女はなぜかハイレグの際どい水着を着用、髪は入念に編み込まれてセット済み。朝っぱらの屋内で意味がわからなかった。

「じゃ、いってきまーす」

　閉められる扉の向こうで「くぅ〜ん……」と、捨てられた子犬のような悲しい鳴き声を発する女がいたような気もしたが、全力で見て見ぬふりをして天馬は歩き出す。

「……まだ大して暑くはない、か」

中学の修学旅行ぶりに引っ張り出したボストンバッグを肩に担いで、空を見上げた。

幸いにも快晴で遠くに入道雲が浮かんでいる。熱気に包まれる前の空気をいっぱいに吸い込んでから、向こうも同じように晴れているよう祈っておく。なんだかんだで俺も楽しむ気満々だよな、と今さらになって気付かされる天馬だった。

集合場所に指定されていたのは最寄りのターミナル駅。

家計を支えるワイシャツ姿の企業戦士たちに交じり、私服の学生グループや親子連れもちらほら目に留まって、世間様も夏休みに突入しているのだと実感させられた。

人通りが激しい構内には立ち入らず、手前のペデストリアンデッキで待機する。スマホで時刻を確認しながら、少し早く着きすぎたかな、と。他の面子を探すまでもなく一着の自信があった天馬は、丸いベンチに荷物を下ろして一息ついていたのだが。

「遅かったじゃないの」

「うおっ」

ちょいちょい、と背後から肩をつかれ飛び跳ねる。まさかと思い振り返れば、どこかくたびれた様子の凛華があくびを一つ噛み殺していた。見覚えのある銀色のキャリーバッグを引き連れている。

まさかと思った理由は、彼女が自分よりも先に集合場所に到着しているなんて、過去にほとんどなかったから。大体は定刻ジャストか少し遅れて登場するのだ。早く来すぎて「暇なのかこいつ」と思われるのを防ぐ目的だと聞かされ、天馬は心の中で「中学生かよ」と唾棄したのを覚えている。非常にくだらない見栄っ張りである。

「成長したもんだな。真人間に一歩近付いておじさんは嬉しいぞ」

「誰目線なのよオヤジ臭いわね」

口元が緩くなっている天馬を煙たがるように、黒髪を払って見せた凛華。それだけで道行く人の視線を集めてしまうのだから恐ろしい。肩を晒した涼しげなシャツにショートパンツで、日本人離れした長い手足がさらに強調。首からは派手すぎないクロスのネックレス、胸元には高そうなブランド物のサングラスを引っかけていた。

夏らしく軽めにまとめつつも、ポイントポイントでしっかり自己主張はする感じ。素材の良さを最大限に活かしたシンプルな装いであり、キャリーケースも相まってハワイの空港に降り立った芸能人にしか思えない。

「なーにジロジロ見てんのよスケベ」

「相変わらず気合入ってるなって」

「は？　矢代に気合が足りないだけでしょ」

「いやいや、そのグラサンの持ち歩き方、実践してるやつ初めて見たぞ」

「……単にしまうところがないだけよ」

ならば家に置いてくれれば良かったのに、とはファッション素人の意見。一般人が真似したら絶対に許されない、条例違反か何かでしょっぴかれそうなコーデだった。

「これは完璧に渋谷……いいや、原宿？　代官山、なのか」

「あなた、私の服装に対してたびたびその馬鹿みたいな表現方法を使ってへつらうけど、こっちは褒められてる気が全くしてないからね？」

「じゃあなんて褒めりゃあ良いんだ」

「知らないけど、『流行のカラーを取り入れてるね』とか……まあ、何を言われるかより誰に言われるかの方がよっぽど重要でしょうけどね」

「……要するに、俺にはお前を喜ばせる手立てがない、と？」

「やっぱり馬鹿だわ、こいつ……」

唐変木を前に説得を放棄するような凛華の嘆息。理不尽に罵られるこの感じが懐かしい。取り留めもない会話に謎の郷愁を覚えていると、

「お待たせしましたー！」

明るくてはきはきした声に目を覚まされた気分。視線を向けた瞬間に思わず「おっ」と漏ら

してしまった自分に驚き、天馬は慌てて口を押さえるのだが、駆け寄ってきた彼女には辛うじて気取られなかったらしい。

「あちゃー、言い出しっぺの私がビリでしたか……申し訳ありません」

よほど急いで来たのだろう、麗良は膝に手を突いた中腰のポーズで「ふぅ」と息を整えてから、少しだけ乱れていた前髪を直してにっこり。

「おはようございます」

「おはよう、椿木さん。晴れて良かったね」

「ええ、本当に。天気情報はきちんとチェックしていたのですが、週間予報なんて当てになりませんから」

ふふふ、と微笑んだ麗良は、天馬のよく知る同級生の少女なのに、そうは思えない新鮮な感覚。真夏モードの私服を目にするのが初めてだからだろう。

落ち着いた色のキャミソールに、ゆったりしたシースルーのシャツを羽織るように重ねている。ふわりと広がる短いフレアスカートは、清楚ながらも男心をくすぐる魔性。

アンティーク調のトランクケースを右手で引いているせいもあってか、日本ではないどこか遠くの国、まるで古い洋画の世界にでも没入したような気分になる。

「あー……もしや今日も、例のメイドさんにコーディネートしてもらった感じ？」

「え、あ、ご明察ですが……お気に召しませんでしたか？」

「まさか」

お気に召しすぎて天に召されそうなくらいだったが、気持ち悪い本音はゴミ箱に捨て去り。

「流行の色を取り入れていて、椿木さんにも合ってるね」

「詳しいですね、矢代くん。聞いた話では、流行色が沢山入っているそうで」

「はっはっはっは。いや〜、それほどでも」

無論、言った本人が一番驚いている。まぐれ当たりを引いたにすぎないので、すぐさま凛華から「真に受けてさっそく実践してるんじゃないわよ」と罵倒される。ゴミを見るような目で唾を吐きかけられる……と、いくら待っても何も起こらず。

今日は存外、優しい。気配だけはしっかり背後に感じている天馬だったが、

「あ、あの——……凛華、ちゃん？　そのぉ〜……えっと〜……」

ゆっくりした瞬きを挟んだあと、不思議そうに目を丸くしてしまった麗良。異変を察知して振り向いた天馬が見た光景は、顔の高さに構えたスマホとにらめっこしている女。画面を覗き込むまでもなく、レンズ部分は明らかに麗良の姿を画角に収めている。つまりはカメラが起動しており。

「おいぃ！」

——とうとう一線を越えやがったなこいつ⁉

シャッター音が鳴るより先に、天馬は神速で凛華のスマホを奪い去った。ついでに羽交い絞

めにして彼女の身柄を拘束。

「ちょ、ちょ〜っとだけお待ちくださいねぇ、椿木さ〜ん？」

「あ、はい、どうぞ」

ずるずる引きずるようにして距離を取っていき、麗良に聞かれる心配のなさそうな隅っこまでやってきたところで、

「お前ぇ、初っ端から何をしてくれてんだよ、バカヤロー！」

魂の叫びをぶつける。壁ドンのような体勢で凛華に詰め寄った天馬は、そこで初めて彼女の表情を確認したのだが、

「は？　何ってそんなの……撮影に決まってるじゃない」

反省の色など微塵も感じられない、極限の無表情——自分がなぜ怒られているのか、何か悪いことをしたのか、一切の理解が及ばずにいるのっぺり顔を前に、天馬は良心の欠如という言葉の意味が身に染みるのだった。

「麗良の私服がぷりってぃすぎてつらい。記憶のフィルムに焼き付けるだけじゃ足りないわ。電子データに残してバックアップして千年後まで語り継がなきゃ不敬よ」

その感動はわからないでもない。むしろ握手して一杯やりたいくらい。天馬も麗良の私服姿にときめいている人間の一人だったから。しかし、

「だからって本人の許可も得ずにいきなりカメラを向けるな！　理性はどうした、理性は！」

「は？　じゃあなに、面と向かって麗良に『写真撮らせてください』とか頼み込めと？　急にそんなこと言い出したら私のキャラが崩れちゃうし、あの娘にも変な顔される……」

「そうだよ！　崩れるんだよ！　変なんだよ！　だからいつものお前なら、本人にバレないようにこっそり隠し撮りするのがお決まりだろーが！」

「あっ……」

まるで盗撮を推奨しているかのようで心苦しいが、もちろん見過ごす気はない。

バレなきゃ犯罪じゃない理論でカメラを向ける凛華↓気が付いて止めに入る天馬↓仕方ないから三人一緒に写真を撮る――これが平常時の健全な流れ、にもかかわらず。過程をすっ飛ばして都合の良い結果だけを残すスタンド使いと化した女。

「さすがの変態でも前はもう少し慎ましさがあったぞ？」

「言われてみれば、確かに……そうよね、そうだった、思い出したわ」

いったんは納得したようにも思えた凛華は、でもぉ、とすぐさま親指の爪を噛み締める。悔しそうな渋面で視線を送るのは、待ちぼうけを食らっている遠くの少女。

「しょうがないじゃないの。あんな……あんな格好……本人は薄い布でガードしたつもりなんでしょうけど、全然ガードできてない……お胸が、お胸がぁ！　はち切れそうになって……見るなって方が無理でしょ！　撮るなって方が酷でしょ！　生殺しじゃない、こんなの！」

要約するなら私は悪くねえ、官能的なお洋服で誘惑してくるあの娘がギルティなのだと。

取り押さえられた痴漢が逆ギレして叫ぶ最低の責任転嫁(せきにんてんか)にほかならず、天馬(てんま)は開いた口が塞がらなかった。

「よ、よ、よ……」

よもや、ここまでの末期患者だったとは。

てっきり、臆病になっているのかと思った。及び腰で一歩か二歩、体が引いてしまっているのだと思った。だからその背中をそっと押してやる。あるいは強引に蹴っ飛ばして、前に進ませるのが自分の役割なのだと。しかし、現実はそんな生易しい問題ではなかった。

今の凛華(りんか)は、守りすぎるか攻めすぎるかの二択しかない。スイッチをＯＮにするかＯＦＦにするか、ゼロか百かのピーキーすぎる仕様。乗りこなすのは難しい。

「やばいわね。濃いわ……あまりに濃厚なのよ」

胃腸からせりあがってくる内容物を堪(こら)えるように、口元を手で押さえ背中を丸めた凛華(りんか)は、「うっぷす！」と、二日酔いのときに渚(なぎさ)がよく見せる吐き気のサイン。

「ほら見て、急性ツバキニウム中毒になりかけてる」

「ほら見て、じゃねーよ。万国共通じゃねーんだよ」

「久々に過剰摂取したもんだから胃がびっくりしちゃってるのね」

冷静な分析に思えるが言っている内容はカオス。そもそもツバキニウムって身体的接触を伴わないと補給されないのでは。どうでもいい設定だったので指摘はせず。

「まだ試合は始まってすらいないのに、これからどうなっちゃうんだよ、お前」

「……ホントね、情けないわ……やっぱり私、行かない方が良い……合宿なんてする資格ないんだわ……帰る……おうちに帰って服を着たまま冷水のシャワーを頭にかぶる……」

「躁鬱が激しすぎないか!?」

「なら麗良の成分を薄めてよ！　このままじゃ私、目から焼かれて死ぬわ！」

「あーもー、わかったよ、オラッ！」

やけくそ以外の何物でもなかった。天馬は目の前の薄っぺらな胸元にぶら下がっていた高そうなサングラスを手に取り、凜華の顔に装着。無駄に似合っていて腹が立つ。

「これで我慢しとけ、もう！」

「いやいや、あなたねぇ。こんなもんで防げるのは紫外線くらいが精々……」

馬鹿にするなと言わんばかりの凜華だったが、何かに気が付いたようでハッと息を呑む。

「もしかして、これをかけていれば……麗良のおっぱいや太ももをチラチラ見ていてもバレないのでは？」

「…………」

「むしろ、凝視できるのでは……え、天才なのでは？」

無駄遣いなのか有効活用なのか、自画自賛する女は天才どころか知能が低下したアホ面。そしてぐっふっふと気持ち悪いにやけ面。幼稚な発想に失笑が漏れそうだったが、盗撮に比べればまだまだ可愛いものなので良し。

「あの～、そろそろよろしいですか？　電車の時間もありますので…………おお～っ！」

遠慮がちに近寄ってきた麗良は、凛華がかけているサングラスを見て、

「かっこいいですね、ハリウッドスターみたい」

純粋無垢な反応だった。よもやそれが盗み見目的のアイテムだなんて、ましてや自分がターゲットになっているなんて夢にも思っておらず。

「私、そういうの似合わないので羨ましいです。背伸びしている感じが出てしまい」

「これはまあ、フォルム的に人を選ぶかもしれないけど。今はもっと可愛い形……レンズも色なしのだってあるから、麗良にぴったりのやつも見つかるはずよ」

「そうなんですか？　良いですね、今度、買いに行きましょう」

「ええ、機会があれば」

「絶対に、ですよ。あ……ひょっとして、写真撮りたかったりします？　出発前にも一枚、記念に撮っておきましょうか」

「私は別にどちらでも構わないけどあなたがそこまで言うんなら仕方ないわね」

早口やべえな、と誰にも聞こえない声で天馬はぽつり。一種のプラシーボ効果、グラサン大活躍で凛華は急性なんちゃらを発症せずに済んでいた。

いつぶりだろう。自然に会話している女子二人を見守りながら、天馬は思う。攻めすぎず守

りすぎず丁度いい塩梅、これくらいが落としどころだろう。

かつての凛華が少しだけ戻ってきた気がして、ほっと一息ついていた。


麗良の別荘までは、特急列車を乗り継いでおよそ二時間弱かかるという話だった。

お盆の帰省シーズンにはまだ早く、車内はまずまずの乗車率といった具合。

二人掛けの座席の一列を回転させてボックス席を作成。窓際の席には女子二人が向かい合って座る。天馬は荷物棚に自分のバッグと麗良のトランクを載せてから（どちらでも良かったのだが、なんとなく）凛華の隣に腰を下ろした。

列車は定刻通りに動き出し、次の停車駅の新宿までは二十分というアナウンスが流れる。

「そういえば、他にも同行者がいるんじゃなかったの？」

言わずと知れたブラジリアン柔術の使い手を思い浮かべながら天馬は尋ねる。メイド服を着用した巨体は電車内で見たらさぞかし壮観なのだろう。

「あ、はい。おき……ンンッ！　同行者の方とは現地で落ち合う予定ですので」

「わざわざ名前を伏せる必要ある？」

「まあ、ちょっとしたサプライズということで。キャンピングカーで前乗りしております」

確かに沖田の容姿は何度見てもサプライズ、と思いつつ。

「キャンピングカー……」

地味に気になるワードが飛び出していた。そもそもスケジュール管理は全面的に麗良に任せているので、天馬は二泊三日ということ以外は何も知らされていない。

「俺たち、キャンプするの？」

「場合によっては。自由時間の選択肢の一つとして用意してあります」

「豪華絢爛なオプションだぁ……」

俄然、楽しみが増えてきた。修学旅行の班別行動じゃないんだから、元よりオール自由時間だろという野暮なツッコミはなしにしておこう。

「ふっふっふ……三日間は思ったより長いですからね〜。お二人を退屈させないよう色々と考えてありますので、どうぞご期待ください」

キラキラの瞳でぎゅっと手を握る麗良。天馬の目が正しければ、最も期待に胸を膨らませているのはほかでもない彼女。普段から生徒会長として生徒を楽しませるための企画をバンバン出しているだけあり、麗良はこういった舵取りが大の得意だった。そこへ人一倍やりがいを感じるタイプなのだから、まさに天職と言える。

「頼もしい主催者だね」

「……実は前から少し、忍びないと思っていたりして」

「忍びない？」

「三人で遊ぶときはいつも矢代くんから誘われて、予定も矢代くんに組んでもらってばかりでしたからね。男らしく引っ張ってもらって、感謝しております」

「そんなの気にする必要ないけど」

「いえいえ、大変だったでしょう？　今回くらいは私に任せてゆっくりしてください」

つまりこの旅は麗良がホスト役であり、天馬たちはお呼ばれしたゲストに近い。

凛華のサポート役を担うようになってから成り行き上、デートコースの下調べや段取りをこなすようになっていた天馬ではあったが、元をたどれば専門外も良いところ。

「……まあ、お言葉に甘えようかな」

「はい。存分に甘えて羽を伸ばしちゃってくださいね」

まさか同級生に母性を感じようとは。女神のような外見とも相まって、麗良の言葉には全てを受け入れてくれる包容力——疲れを吹き飛ばす癒やしのパワーさえ秘められていた。

素直にありがたい。天馬はこれで、凛華の性根を叩き直すという裏目標に専念できる。体力ゲージがゴリゴリに削られそうなので、今のうちにしっかり癒やされておこう。片方では回復して片方では消耗して、プラスマイナスの収支はどちらに傾くのやら。

さすがは校内の飴と鞭、正反対の特性を持つ二人だけはあった。

「だから凛華ちゃんも……って、言うまでもなくリラックスしていらっしゃいますね」

肩を揺らして静かに笑った麗良。そういえばやけに大人しいと思い見てみれば、腕組んだ隣の女は窓にもたれるようにして目をつむっている。

「まさかこいつ……」

おっかなびっくり顔の前で手をヒラヒラさせてみたが、凛華のまぶたが開かれる気配はない。リラックスどころか完全に寝入っていた。意識がないくせに凛とした雰囲気を保てるとは、脳のどこら辺を鍛えれば習得できるのだろう。

「……遊び疲れた帰りの電車じゃねーんだぞ？」

呆れた天馬は無防備な横っ面にデコピンの一発でも食らわせてやろうと、中指をすでに丸めているくらいだったが、「まあまあ」麗良に諫められたので仕方なく引っ込める。心優しき幼なじみを持って幸せなやつだ。

「きっと色々、お疲れなんですよ。気を張っていることが多いですから」

「どうかな。十中八九、昨日はワクワクして眠れなかったとか、ガキみたいな理由だよ。でなきゃこいつが一番乗りで待ち合わせ場所にいるわけがない」

推理と呼べるほど大それてはいないが、すっかり謎が解けてしまった気分の天馬。

「布団に入って横になったはいいけど一向に眠れず頭は覚醒したまま。やっと眠気が襲ってきた頃にはすっかり日が昇っていて、そこで眠ったら寝過ごして遅刻するのが確定だったから、不承不承にさっさと家を出て、俺が到着するまで立ちながらウトウトしていたんだ」

自信満々、映像まで脳裏に浮かんでいる天馬に対して、麗良は微笑ましいものでも見るような温かい視線を向けており。

「どうかしたの？」

「あ、ごめんなさい。さすが矢代くん、と思ってしまい。凛華ちゃんのことをきちんと理解してくれているんですから、嬉しくなってしまいましたよ」

「えーっと……嬉しくなる要素、あったかな？」

「私の親友にいつも目を掛けていただき、ありがとうございます」

「……その言い方だと、まるで俺がこいつの愛好家みたいに聞こえるんだけど」

「違いました？　もうなんでもお見通しじゃないですか」

結構なお手前で、とばかりに頭を低くされてしまうのだが、内容はズレているのでありがたくなかったりする。もっとも、彼女がズレているのは今に始まった話ではない。

「なんでもお見通しってことは絶対ないし、椿木さんには敵わないと思うよ」

「んー、どうでしょう？　たとえるなら私が博士で、矢代くんは職人みたいな」

「……皇の？」

「はい。知識の系統が違うので比べられませんね」

わかるようで、さっぱりわからない。みんなちがってみんないい――金子みすゞ先生リスペクトなのだろうか。

「とりあえず博士としてのアドバイスは、こうなってしまった凛華ちゃんを無理やり起こすとひどい目に遭うので、そっとしておきましょうというだけです」

「君の方が一枚上手だったか。まあ、どうせ着くまで暇だしね。というか……」

流れていく窓の外の風景を眺めながら、思ったことが一つ。

「わざわざ電車を乗り継がなくても、おきたさ……ではなく、前乗りしている謎の同行者Xさんの車に、乗せてもらえば良かったのでは？」

交通費をケチりたいわけではなく、その方が麗良もゆっくりできただろうに。

「そのパターンも一応、考えはしたんですけど……ボツにさせていただきました。やはり合宿といえば、こうやって電車でわいわい向かうのが醍醐味じゃないですか」

「あー、確かに。漫画とかではよく見るシーンだね」

「ですよね、ですよね！　いわゆる一つの『行くときから遠足』ってやつですよ！」

「……『帰るまでが遠足』って言いたかった？」

「そうとも言います」

えへへ、とはにかむように麗良は微笑む。あどけなさの中に幸福の光が差していた。

――合宿、しましょう。

あの日、突飛な誘いに天馬は狼狽えるばかりで、麗良の本心なんて憶測どころか想像すらできなかったけど。大きく分けて二つの目論見があるのだと、今になって分析する。

一つは、元気のない凛華に本調子を取り戻させる――ひいては、よそよそしくなっていた三人の関係を修復する目的。麗良が麗良たるゆえんの利他的な側面である。

　そして二つ目はおそらく、単純に憧れを抑えきれなかったから。仲の良い友達同士で合宿や旅行をしてみたい。青春らしい青春を謳歌したくて、たまらなかったに違いない。

　一転して利己的な側面——とはいっても、実に可愛らしい自我の出し方。日頃の恩を返す意味も込めて、麗良の願望は可能な限り叶えてやりたいと思う天馬だった。ひそかに新たな裏目標が設定されていた。

「矢代く〜ん？」

　と、甘えるような声に呼ばれる。いつからだろう、気が付けば麗良はポンポン、と空いている隣のシートを叩いている。その行為の意味は一つしかないが、

「こっち、来ませんか」

「………………」

　答えに窮する天馬。勘違いしてほしくない。嫌だったとかでは全然なく、今の位置関係に別段の不都合を見出せなかっただけだ。

　沈黙を拒絶と解釈したのか、麗良は見るからに悲しそうな愁眉を作り上げてしまい。

「駄目、でしたか？」

「いやいや、全く！」

　条件反射的にお尻を持ち上げた天馬は、そのまま対面の座席にすっぽり収まる。危ない危な

い、自分で設定したはずの目標にさっそく背くところだった。

もっとも、たかだか一歩半もない距離の移動にどんな効果があったのかはわからず。代わり映えするはずもない感触の背もたれに、天馬がただ体を預けていると。

「えい……ふう、よし♪」

席の間にあった肘掛けを、撥ね上げて格納した麗良。必然的に二人を隔てる物理的障害は皆無となった。知らない者同士ではまずやらない。逆に知り合い同士なら当然かと問われれば、微妙なラインであり。

「なぜ?」

「ああ、すみません。邪魔だったもので」

「邪魔、なのかなぁ……?」

トランプでババ抜きするくらいなら問題なさそう。さすがに遊○王でデュエルするなら上げた方が良いだろうが、天馬は大昔に引退しているし、展開が高速化した最近のルールには全くついていけない――永続魔法・天馬の悪癖が発動、現実逃避気味に生産性のない思考を巡らせていたわけだが。

「矢代くん、矢代くん」

「は、はい」

再びの甘ったるい呼び声。視界いっぱいに迫りくる金髪の少女に、思わず「近い!」と叫びそうになったが、別に麗良が極端に幅寄せしてきているとかはなく、行儀よく膝を揃えて座っているだけ。暴走する天馬の自意識が見せた幻覚だった。

「よろしかったら飴、舐めませんか？」

麗良が手のひらに載せて差し出しているのは、ショッキングピンクの小袋。なんの変哲もないそれに、巧妙な罠でも潜んでいるように思えてしまい。

「いただくね、ありがとう」

天馬は最大限に警戒しながら、肌と肌が決して触れ合わないよう、慎重に二本の指で袋をつまみ上げた。重さ、異常なし。質感、異常なし。爆発物ではなさそうなので、開封して口内に放り込んだ。甘さの中にほんのり酸っぱさもある熟れた果実のフレーバー。

「さくらんぼ味です」

「優しい味だ……ちょっと落ち着いてきた、うん」

「美味しいですよね。私のお気に入りなんですよ」

控えめに擦り合わされる麗良の唇が目に留まる。何をするにも上品だと思った。飴玉よりも鮮やかな色で、薄すぎず厚すぎずちょうどいい。乾燥とは無縁の潤い。光っているのはリップかグロスか。違いはわからない天馬だが、綺麗なのは理解している。

「そうだ、さくらんぼといえば中学生の頃に……」

ふと思い出したように両手を合わせる麗良。

「茎、なんですか？　実がぶら下がっている緑の部分がありますよね。あれを口の中で舌を使って結ぼうと、一生懸命練習している友達がいたんですよ」

「ああ、俺のクラスにもいたなー、そんなやつ」

俺はしてないけど、と慌てて付け足す。なぜ見栄を張ったのかは不明。少年時代の淡い記憶を天馬が懐かしく思っていたら、

「え！　矢代くんのお友達も？」

麗良は驚いたように目を見開き、ずいっと身を寄せてきた。今度は幻覚ではない。香った良い匂いは日焼け止めの類だろうか。不意に「お胸がはち切れそう！」という誰かさんの卑猥な台詞が蘇ってきたので、絶対に視線は下に向けないと決意。

「もしかして、あるあるネタなんですか？」

「まあ、中学って人生で一番、頭がヤバい時期だし。テレビか雑誌かＳＮＳか、そういう情報を仕入れてくるマセガキはいつの世も存在しているんだろうね」

「おマセさん？」

「本当に馬鹿みたいだよね。常識的に考えて、そんなもんでキスが上手くなるわけねーだろって。そもそも上手いキスってなんなんだっつーの」

「………」

「これでも俺はそこら辺、冷静に俯瞰しているタイプだったから……って」

まずった。これでは逆に、「俺は他のやつらと違いますよ？」と無意味に自己アピールする典型的な高二病ではないか。実際に高二だが断じて病気ではない。

時すでに遅し、黙りこくった麗良の頬が、耳が、首が、見る見るうちに赤みを増していく。天馬はそこから憐れみに近い共感性羞恥を読み取っていたのだが。

「そ、そういう意味があったんですね、あの行為には……」

「え？」

「知りませんでした。小顔になる効果でもあるのかな～、と勝手に解釈を……ま、また一つ、賢くなってしまいましたね！」

へにょへにょになった眉を無理やりキリッと上げているが、声は完璧に裏返っていた。空元気にはあえて便乗するのが正解だったのかもしれないが、あまりに不甲斐なかった天馬はそれどころではない。察するべきだった。もしも意味を知った上でこんな話を振ってきたとすれば男を弄ぶ小悪魔、頭の角は二本や三本では足りない。

頭上に光のリングでも浮かんでいそうな大天使に限って、あり得なかった。ましてや今の天馬と麗良にとってそのワードは、ひときわ危険な意味を持っており。

「…………」

「…………」

結果、身を縮めてモジモジしている少女に、がっくり肩を落としている男という、奇妙な構

図が出来上がってしまう。何をやっているのだろう。完全に自爆だった。

誰でも良いから、「イチャイチャしてんじゃねえ！」と一喝してほしかった。無害な眠り姫に成り下がっているとはいえ、凛華を目の前にして麗良と睦み合うなど言語道断。そういうインモラルな性癖はない。天馬が青春するつもりも断じてなかった。

この合宿の主役はあくまで彼女——そんな葛藤や苦悩など知る由もない凛華は、憎らしいほど安らかな寝顔。夢の中では炒飯をたらふく食っているのか、はたまた意中の女子といかがわしい情事にふけっているのか、口元には薄ら微笑みさえ浮かべている。

「す、め、ら、ぎぃ〜〜っ‼」

途端に腹が立ってきた天馬は絶叫。気が付けば凛華の頭蓋を鷲づかみにしてグラグラ揺らしていた。映倫的にＰＧ12はありそうなバイオレンス描写に、

「ちょ、矢代くん⁉　なにしてるんですか‼」

麗良は抱きつくような格好で咎めてくるのだが暴挙は止められず。

「起きろ、寝坊助、起きやがれ！　でなけりゃこの首をへし折るぞ！」

「いやいや、起こすにしたって普通、肩を揺するとか……」

「てめえの目の前で今とんでもない事件が起こったんだぞぉぉぉ——‼」

「大げさすぎるでしょ、さくらんぼくらいでぇ〜〜！」

大騒ぎするはた迷惑な学生。他の乗客から白い目を向けられたのは言うまでもない。大丈夫

なのか、この旅行。まだ目的地に到着すらしていないのに先が思いやられる。

ちなみに凛華が目を覚ました代償に、天馬は新宿まで「デッキに立っていなさい」の刑に処された。金的の一発も覚悟していたので寛大な処置と言える。

△

麗良の別荘から一番近いという横須賀市内の駅には、予定通りの時刻に到着。

電車を降りただけで潮の香りが漂ってきた。改札を抜けて外に出るとちょっとした広場になっており、高台からは街並みの向こうに大海原を見下ろせた。朝よりも高く昇った太陽が揺れる水面を輝かせて眩しい。

海とは馴染みが薄い天馬からすると、この距離でも十分オーシャンビューに感じられたが。

別荘に向けて道路を歩き出すとだんだん建物が減っていき、心地好い漣の調べが耳を撫でる頃には視界を隔てる人工物はすっかりなくなっていた。

柵一つを挟んで広がるのは白い砂浜。打ち寄せる波は穏やかで、突き抜けるような青空に感謝したくなる。気温は東京と大して変わらないだろうが、緑や土の自然が多いおかげか、あるいは定期的に涼しい風が吹き抜けるおかげか、不快な暑さには感じない。

道中はサーフボードを担いでいるカップルを見かけたり、長い釣竿を持っているおじさんとすれ違ったり、それだけでも退屈せずに済んでいた天馬だったが、歩いているうちにだんだん不安が湧いてきて。十分ほど経った頃にとうとう我慢できなくなった。

「あ、あの、椿木、さん？」

遠慮がちに声をかけると、先導していた少女は「はい？」と振り返る。

「あ、もしかして歩き疲れちゃいましたか？　ごめんなさい。車でも良かったんですが……この辺りは景色が綺麗なので、徒歩でじっくり見ていきたいなと」

それについては天馬も文句なし、大歓迎なくらい満喫していたのだが。

「…………」

無言でチラリ、今度は背後を確認する。ふんふんふーん、と。本人も自覚していないのだろう、歩きながら鼻歌を漏らしている凛華。見るからに夏の海でテンションが上がっており、理解を得られないと悟った天馬は麗良の方に向き直る。

「俺たち、だいぶ遠回りしちゃってる感じなのかな？」

「いえ？　あくまで最短ルートを経由しているので、もうすぐ着きますよ」

「えーっと……おかしいな。俺の見る限り、近くに目的地らしき別荘は存在しないんだけど」

「いやいや、けっこう前からばっちり見えているじゃないですか、あちらに」

「どちらに？」

「あれですって、あれ。一番目立っている」

両手で作ったひさしの下、目を皿にするまでもなく。見晴らしの良い開けた展望、麗良の指差す方向に屹立している巨大な物体は、天馬にもしっかり視認できていた。

——まさか、だよな。

確かに一番、目立っているが。あれはさすがにサイズが間違っている。

お洒落な平屋根に、ホワイトを基調とした高級感の溢れる外壁。遠目に見ても四階建てくらいの高さがあって遠近感がバグりそう。個人が所有していい物件ではない。企業の経営する宿泊施設に決まっていた。

天馬の思惑と反比例するように、視界の中ではその建造物の占有率がどんどん増していき。

「ここです！」

半身の麗良がバスガイドっぽく手のひらを向ける。

「ここなんだ……」

眼前に見上げるまでに至ってようやく、大病院経営者の財力を甘く見ていたことを痛感する天馬。住んでいる家が大使館なら、別荘はホワイトハウスといったところか。

ギリシャ神殿を思わせるエンタシスな柱の間を大理石の階段が続き、堅牢な門扉の向こうにはホテルのように煌びやかなエントランスが広がっている。

海に面している側は、ガラス張りと見間違えるほどに大きな窓が並ぶ。突き出しているウッドデッキは小さな家がもう一軒建てられそうな坪数で、木造の階段を下りればすぐに浜辺へ出られる。いや、この場合はビーチと呼ぶのが正しい。

真っ白な砂浜は足跡がないおかげでひときわに風光明媚。寄せては返す波もその粒子に洗浄されたのか、透き通って波紋の一つ一つも鮮明に見て取れた。バカンスにはもってこいのスポットであり、無人なのが信じられない。

「プライベートなんちゃらってやつなの？　ここら一帯、椿木家の土地……」

「あ、いえ。私有地なのはあくまで浜辺の手前までなので、泳ぎに来るのは誰でも自由のはずですが……まあ、好き好んで他人の別荘の前で遊びたがる方は、そうそういらっしゃらないようですね」

「……なるほど」

実質プライベート。そもそも日本の法律上、海岸に所有権は認められるのか。天馬に別荘を購入する予定はないので、気になる諸氏は各自ググっていただこう。

「確認するけど、ここに泊まるんだよね」

「はい。あ、キッチンやお風呂も豪華なので、楽しみにしておいてくださいね」

場違い感が半端ない。貧乏性の天馬は聞かずにはいられなかった。

「宿泊料はいくら？」

「夏の思い出はプライスレスですね……よーいしょ、っと」

トランクケースを持ち上げた麗良は石造りの階段を上り始めるのだが、目を回している天馬は一歩も動けず。

「気のせいかしら。妙に落ち着かないわ、この別荘……胸騒ぎがする」

眉間にしわを寄せる傍らの女に、そうだよな、お前もわかってくれるよな、と救われた気分になったのはほんの一瞬。

「殺人事件とか起きそうで。サスペンスドラマでは定番よね」

「……サウンドノベルにもありがちだな」

「ま、最初に死にそうなのはモブ顔のあんただし、気にしなくてもいっか」

「勝手に殺すな。つーかそれはもうお前が犯人だろ！」

早くも事件の迷宮入りは確定。吹っ切れた凛華はキャリーバッグを抱えて麗良に続く。タワマンにお住まいの上流階級に共感を求めること自体お門違いだった。

庶民の感覚だけは絶対に失うまいと誓う天馬は、何気なく隣接する駐車場に目を向けたところで「あ」と大口を開ける。軽自動車が一台、偶然にも姉の渚が乗りこなしている車種に色まで同じだった。もちろん高級車などではないが、だからこそ親近感が湧いてくる。

「よーし、頑張るぞーっと」

ほんのり勇気をもらった天馬はどこか勇ましく、少なくとも本人にとっては勇猛に、階段を駆け上がるのだった。

外装だけでもお腹いっぱいだったが、内装はもはや満漢全席のようなボリューム。キャッチボールしても余裕な広さのリビングからは大海を一望でき、L字のカウンターテーブルが設置されているダイニングはバーでも経営できそうなほどに洒落た作り。

高すぎる天井にはカフェでしか見たことがない謎のファンが回っていて、ゆったりとした空間に溶け込むインテリアの数々はどれも買ったばかりのように真新しかった。埃一つなく掃除が行き届いているのは、麗良曰くクリーニング代行業者さんによる功労。

一階部分は個室がないせいで、衣食住の臭いや生活感が全く漂っていなかった。元より普段住まいの場所ではないのだから当然。日常の煩わしさを忘れて、都会の喧騒から離れて、安らぎを得るのが存在意義。ゆえに、深く考えてはいけないのだ。あのファンって本当に換気の効果あるのだろうか、とか。立派な暖炉がついているけど冬には絶対に来ないだろ、とか。考え始めたら終わり。

――いいか、ここはエデンの園だ。俺は今、夢の国にやってきているんだ。

郷に入っては郷に従え。貧相な脳味噌に鞭打って五感を麻痺させ、今だけはどうにか現実を忘れようと躍起になっている天馬だったが、

「ええ！　じゃあ就活中にそのまま大豪邸のメイドに抜擢されたわけ!?」

「はい、奥様のご厚意で採用いただきました。これでも一年目の新米です」

「羨ましいわ～。私なんて面接祭りで吐きそうになったのに……っていうか、意外にも年下だったのね。あ、老けてるとかじゃなく、貫禄がすごいって意味。褒めてるからね？」

「お気遣いなく。その点は言われすぎて何も感じない体になっております。むしろ渚様が相手ならご褒美になりますので、存分に痛めつけてやってください」

「へぇ～……ねぇ、私が言うのもなんだけど変わってるってよく言われない？」

　さっそく挫けそうになる。夢の中では決して出くわしたくない、出くわしたら己の深層心理を疑うこと必至な、現実の最たる象徴と遭遇してしまい。脳細胞の死滅を恐れた天馬は、一時しのぎに彼女の姿を視界の外に追いやった。

　結果としてソファに腰掛けていたもう一人にピントが合わさる。良い意味で日本人っぽくないくっきりした目鼻立ち。こうして見るとただの美人。座高が少し高いのは別に短足だからではなく、胴も足も平等に規格外なのを天馬は知っている。

「ただいま無事に到着しました、沖田さ～ん」

「ああ、お嬢様。天馬様に凛華様も、ようこそいらっしゃいました」

　立ち上がったことでその全高が明らかになる。無礼千万なのは承知しつつも、生物の本能が発動して天馬は後退っていた。でかい。色々とでかい。

「みなさま、長旅でお疲れでしょう。お荷物はわたくしがあとで二階の客室までお運びいたしますので、お預けいただければ」

「助かります。キャリーバッグはやっぱり階段が鬼門ですね」

「……まあ、無駄に鍛え抜かれた肉体に、今回ばかりは感謝ね」

無駄にという部分をやけに強調しているが、その筋肉については凛華も一定の評価をしているように、力仕事ではもやし体型の天馬よりよっぽど頼りになる。

プロレスラーのような体格の沖田だったが、これでも歴とした家政婦。真夏にもかかわらず全身防備の分厚いメイド服を着用——かと思いきや、さすがに袖は幾分短くなっていた。他に目立った違いはないので暑そうなのに変わりはないが。

彼女が同行者の正体だったのは、予定調和なので深くは触れず。

そろそろ現実を直視しなければいけないときがやってきた。初めて触れたはずのソファに我が物顔で寝そべっている女は、あまりに見慣れた肉親の姿であり。

「よっ、天馬。随分遅かったじゃない」

「お前は随分お早いお着きだなぁっ!!」

他にもツッコミどころは満載だが、口が勝手に動いてしまった。

つい二時間ほど前、エルボー一発でマットに沈めたはずの渚が目の前に復活しており。捨てても捨てても帰ってくるメリーさん人形並みに呪われている。

「ふっふん。隣県なら車でかっ飛ばせば電車より早いのよ」

「普段はのろのろ運転のくせしてよくもまあ」

「うっふっふ。高速なんて教習以来だから怖くて死にかけたわね」

「……無茶しやがって」

よほど急いで出発したのだろう、渚は今朝も見た水着の上にTシャツを着ただけ。裾を縛った南国スタイル。パンツじゃないから恥ずかしくないとは誰が残した名言なのだろう。この格好で高速をびくびく運転しているのはなかなかシュール。

「つーか、なんで場所を特定できた？」

スマホにGPSアプリを仕込むとか、姉に知能犯の素質がないのは天馬が一番よく理解している。そもそも先に到着している理由を説明できない。

「本日、DVを食らって打ちひしがれていたお姉ちゃんは弟への嫌がらせを決意、麗良ちゃんに連絡して宿泊先を聞き出して今に至るのです。つまりはお姉ちゃんを無下に扱ったあなたに全ての責任があります、ハイ証明終了！」

「意味わからない論法だし……椿木さぁ～ん？」

よもや聖人である彼女の名前を、恨みつらみで濁った声で呼ぶ日が来ようとは。いつの間に連絡先を交換していたのかは、この際どうでもよく。

「簡単に個人情報を流出させすぎ」

「いらっしゃっても害はないと判断しましたので」

「俺には百害あって一利なしだよ」

「まあまあ、引率の先生だと思えばありがたいじゃないですか！」

語気を強めた麗良。青春への憧れという暗黒面に支配され、すっかり正気を失っていた。逆立ちしても渚は教師には見えない。ヤサグレ担任の方が百倍はマシだ。

「合宿は大人数の方が盛り上がると相場は決まっていますし」

「だからってね……他のメンバーに相談があっても良かったのでは。君ともあろうものが独裁主義に走りすぎだよ。共和国を滅ぼしたシスの思想そのものだよ」

「帝国の肩を持つ気はありませんが、評議会の統治にも問題があったと私は考えます」

「視聴してたのか……」

「凛華ちゃんはご存知ですしね。グループトークだったので」

「俺はグループに入れてくれないの!?」

「いちいちうるさいやつねぇ……器が知れるわよ」

憐れむどころか苦言を呈してくる凛華。すでに八方塞がりの天馬に対して、追い打ちをかけてくる鬼畜がもう一人。

「天馬様……わたくしから一つ、人生における教訓を伝授するならば」

オホン、と。高い位置で咳払い。年下相手にも敬語を崩さず、感情をむやみに露わにせず、表面上は飛び抜けて理知的に思える沖田だったが、

「エロい姉のわがままは許してやるのが弟の義務、です」

その哲学がいかがわしいゲームによって培われているのを、天馬は知っていた。教師キャラや姉キャラを先んじて攻略するような、好き者プレイヤーであることも。

「いつの間に懐柔されたんです？」

「滅相もない。わたくしは常に美しい女性の味方であります」

「どこにいるんですか、美しい女性は」

こちらに、と。まるで渚の従者であるかのように手を差し出したメイド。

「まさかこのように、全国の青少年が泣いて喜ぶであろう理想のお姉様をお持ちだなんて……あなたは本当にギャルゲー主人公の適性が高くていらっしゃる」

「きゃっ、沖田さん、大好き♡」

馴れ馴れしく沖田の半身に飛びついた渚は、そのまま子供みたいに肩にぶら下がっている。工事現場の重機のように安定感があった。会って三十分も経っていないのにここまで通じ合えるだなんて、世界から戦争がなくならないのが不思議になってくる。

「ジタバタしない方が良さそうよ？」

「……うるせえ、ちくしょう」

泣きそうになっている男をたしなめるのが凛華だけな辺り、救いはないのだと悟る。

気が付けば四対一の孤立無援。姦しいとかいうレベルを超えた集団を前に天馬は抗う術を持たず。ただ心の中ではひたすら「絶対にハーレムではないからな？」と、誰に対してなのかもわからない弁明を繰り返しているのだった。

「さーて、宴もたけなわになってきたところで……」

使い方が一つも合っていない麗良の台詞に、ツッコミを入れる者はおらず。

「沖田さん、例の物をみなさんにお願いします」

「畏まりました」

主人の指示により沖田が全員に配ったのは、大喜利用のカツラ……ではなく、ご丁寧に紐で綴じられた書類の束。タウンページみたいに分厚いそれは、

「合宿のしおり？」

表紙の単語を天馬が読み上げると、「はい、そうです」元気に答えたのが麗良。張り切りすぎてテンションがおかしくなっているのは、おそらく見間違いなどではなく。

「ただいまより、今回の合宿の企画説明を行いたいと思いまーす！」

依然として無表情を貫いている沖田以外の全員が、疑問符を浮かべて互いの顔を見比べる。

首を傾げながらもしおりをめくってみれば、二枚目からは一気に文字のサイズが小さくなってびっしり紙面を埋め尽くしていた。三枚目も四枚目も同上。申し訳程度に挟まるのは統計グラフやフリーのイラスト素材。太文字だけかいつまんでみると、コンセプトだのターゲットだのベネフィットだの、高校生的には不慣れなワードが並んでいた。

「まず、ロケーションの選考過程からお話しさせていただきますね。父の所有している別荘は

ここ以外にも複数存在していまして……十ページの三項に飛んでいただけます？」

淀みなく司会進行する麗良の指示を無視して、天馬はパラパラ漫画のように読み飛ばして一通りを速読。前半部分ではどうやら、今回の合宿がいかに有益なものかを謳っているらしい。悪く言えば自画自賛だった。後半からは具体的なスケジュールの解説に入るのだが、分刻みで行動が制限されている一方で、今の企画説明には四時間も割り振っていたり、ペース配分を盛大に間違っているとしか思えない。

出発前夜に修学旅行のしおりを開いているワクワク感は、正直に言って皆無。プレゼン資料と論文の悪いところ取りみたいな完成度で、作った張本人——現在進行形で高らかに声を張っている麗良には申し訳ないのだが、ネットショッピングの際にチェックを入れさせられるプライバシーポリシー以上に読む気が起こらず。

「ねえねえ、凛華ちゃん。水着は持ってきた？」

「まあ、一応……けど、別に着るつもりはなくってぇ……」

「見せて、見せて！　どんなエロいの持ってきたのか、着なくてもいいからとりあえずお姉さんに確認させなさい！」

「いやいや、大してエロくはないんですよ……って、ちょ、勝手に人の荷物を漁らないでください！　あとで好きなだけ見せてあげますからー！」

しおりもプレゼンもそっちのけで盛り上がる二人。リゾート地を訪れた女子のあるべき姿だと思う。何が楽しくて海を目の前にして座談会をしなければならないのか。

温度差はすぐに感じ取ったのだろう。「あ、あの～？」と、授業を聞いてくれない問題児に怯える新任教師――不憫なほど当惑している麗良に対して、

「センセー！」

バナナはおやつに含まれますかと質問する馬鹿みたいに手を挙げた渚は、

「能書きはなしにして、とりあえず海に出たいでーす。許可をくださーい！」

窓ガラスの向こうに広がる雄大な景色、ウッドデッキを越えればすぐにでも飛び込めそうなオーシャンブルーの世界を指差す。至極真っ当な発想に思えたが、スケジュール遵守の麗良にとっては青天の霹靂だったようで。

「う、海……ですか？　それについては明日ちゃんと、午前に遠泳十キロという特別メニューが入っておりますので、嫌というほど堪能できる……」

「防衛大学の訓練かな⁉」

天馬の驚愕が轟く中、あっさり痺れを切らせたのは渚。

「もう我慢できなーい！」と、禁断症状を起こしたように駆け出す。こうなってしまった彼女は弟の手にも負えず。しかし直後に「あいたっ！」磨き抜かれたせいで存在に気付かなかったのか、透明な窓ガラスに正面衝突してひっくり返る。

「姉さん、大丈夫⁉」

割れなかったのが不思議なくらい痛そうな映像だったが、「だ、大丈夫よ……」天馬の手を借りずに自力で立ち上がった女は、

「こうしている間にも、お給料はしっかり出ているんだから……遊ばなきゃ同僚に申し訳が立たないっての……年次有給休暇、万歳ね」

「あー……そういうのって、事前に申請が必要なんじゃ？」

「抜かりないわ。うちって理由を書く欄もないし」

清々しいサムズアップ。つまりは確信犯、最初からついてくる気満々だったのを知る。

「ヨーコ・ヨコハマ・ヨコスカー！」

会社の束縛からも解放された彼女は誰にも止められず。窓を開け放って今度こそ外界に飛び出していった。もちろん靴なんて履いてはおらず、ジュージューに焼かれた砂の上でさっそくタップダンスを踊っているが、どこか楽しそうにも見える。

白い浜辺に裸足で駆け出す――売れないＪ‐ＰＯＰの歌詞で乱用されまくっていそうな、二十四歳にあるまじき青春の背中を見せつけられてしまい。

「元気ねー。年長者とは思えないじゃない、あなたの姉」

「欲しいんならあげてもいいぞ」

「さっすが、海っぽい名前をしているだけはある」

「……関係あるか？」

「ないわね。あなたもペガサスっぽくはないし」

「名前負けのコンプレックスを今さらいじってくるな」

あっはっはっは、と。最初こそアホな女を笑う立場の凛華だったが、同じアホなら踊らなければ損と割り切ったのだろう、「負けてらんないかもっ」と、まさかの便乗犯で裸足のまま外に飛び出していった。真夏のビーチが人間を開放的にするという眉唾な説よりも、麗良の退屈なプレゼンを聞きたくなかったという真っ当な説を天馬は推したい。

「わ、私のスケジュール……三日間かけて作成した、資料が。トナー代が、感光体ユニットの摩耗が、レーザープリンタ用紙が……穴も空けてしまったせいで裏紙にも使えないのにぃ」

置いてけぼりを食らってしまい、しょんぼり眉を下げているのが麗良。救いを求めるように潤んだ瞳を天馬に向けて、

「や、矢代くんは、ちゃんと聞いてくれますよね？　お付き合いいただけますよね？」

「いや、まあ……」

どうしてもと頼まれれば、聞いてやらないことはないのだが。その選択肢が正解でないのはさすがの天馬も理解できた。誰よりも本当は一番、麗良がうずうずしている。飛び出していきたい欲求を抑えているはず。建前を超えた本音は一目で見抜けてしまったから。

「予定はあくまで予定でしょ。臨機応変に修正も必要なんじゃ？」

「そんなぁ～。私には主催としての責任がぁ～……」

「ほら、行こうよ」

「あ……も、もう！　しょうがないですね」

彼女の手を取ることに躊躇いはなかった。天馬の背負っている使命がそうさせた。麗良がいて、凛華がいて。せっかく海に来ているというのに。むざむざ二人を分断させてしまうなんて、愚策以外の何物でもなかった。


突発的に外に出たのは良かったが、泳ぐための装備はしておらず。

急ごしらえで、天馬は七分丈のズボンをさらにまくって濡れないようにしておく。ミニスカートの麗良とショートパンツの凛華はその必要もなかったが、三人とも転ばないよう慎重に、足が浸かる程度の深さまで歩いていくのが精一杯。

しかし、それだけでも十分に、大自然を感じることができるのは海の偉大さ。肌を撫でる風は独特に湿っている。足の裏から伝わってくる砂の感触が気持ちいい。水を被らない部分は熱くて仕方なかったが、一歩波の下に入れば心地好い冷たさを保持していた。

自分も太平洋の一部になった気分。水平線がさっきよりもはるかに近く思えた。磯の匂いもずっと強い。次第に現実感が失われていき、五感を伝わってくる全ての情報が非日常を演出してくれている。この際、派手に転んで濡れてしまっても構わない。許されるなら飛び込んでしまいたいと思っているくらいだった。

Tシャツの下に水着を着こんでいる渚が羨ましくなってくるが、彼女には彼女なりの流儀でもあるのか、楽しみを独り占めするようなことはなく。かといって大人の女性らしく、優雅にトロピカルジュースを飲みながらビーチチェアに寝そべっているようなタマでもなく。

「おりゃー！」

豪快な掛け声に目を向ければ、波打ち際で右腕をしならせた渚が、メジャーリーガーもかくやの華麗なサブマリンを披露。放られた小石は一回、二回、三回、四回、最後は細かく何度も跳ねてから水底に沈んでいった。なかなかの腕前である。

それもそのはず、天馬にとっては苦い記憶——姉はとある少年漫画の影響で、水切りにはまっている時期があった。夏休みのある日、いきなり近所の川まで連れていかれた天馬は対岸に立たされ、「お互い反対の岸に届くまで帰らないからね。柱間ァア！」と、日が暮れるまで練習に付き合わされたのだ。

「あっちゃー、私の腕も落ちたわねぇ」

あの日の成功体験が忘れられないのか、不満げに唇を突き出す渚。どこからかき集めてきたのか、背後には平らな石が賽の河原のごとく積み上げられていた。

「一枚、拝借いたします」

と、その中からおもむろに一枚取り上げたのは、浜辺にはあまりに場違いなメイドさん。

大柄な体格の割には小ぶりな投球フォーム、忍者が手裏剣を放るようにひょいっと投げられた小石は、しかし、見た目以上の推進力を発揮して海面を滑るように走っていく。

目測でも十回は跳ねていた一投に、ロマンを感じるのは若人の性。

「すごーい！　どこで習ったの、そんなプロっぽい投げ方！」

「某国に短期留学していた折、本場の水切り投法を古老から伝授されました」

「水切りの本場がどこかわからないんだけどぉ～……私にもできたりする？」

「はい、力は必要ありませんので。ご所望とあらば手取り足取りお教えいたしますが」

「ご所望です！　このメス豚をたっぷり調教してやってください！」

「では、失礼して……」

宣言通りボディタッチも厭わない沖田の手つきが、妙に嫌らしく見えてしまうのは天馬の思い込みにすぎないのだろう。突如として開催された水切り講習会。プライベートビーチの無駄遣いってレベルじゃないし、成人した女性のあるべき姿には思えなかったが、両名とも大いに楽しんでいるようなので無粋なヤジはなしにしておこう。

だが、なぜだろう。こうして他人がはっちゃけている様を見せつけられると急に冷めてくるというか、スン……と真顔になってしまう瞬間があるのは。別に天馬の性格がひねくれているせいではないはず。その証明に仲間が一人おり。

「楽しそうね、渚さん。さすがの私も、あんな風に童心には返れないわ……」

「よっぽどフラストレーション溜まってるんだろうな。仕事で怒られたり、合コンで敗北したり、合コンで滑ったり、合コンで涙を呑んだり、合コンで取り残されたり」

「八割合コンなのね。あの容姿でよくもそんなに負けられるわ」

「最終的に人は中身だ」

凛華と一緒に白い目。肩を並べて仲良く波に足を洗われている男女二人。

ガワだけ見れば『アオハルかよ』って状況なのだが、特にカップ麺は食べたくならないし脳内でバンプの曲が流れたりもしない。そう、最終的に人は中身が重要なのだ。心が汚れてしまっていてはどんなに胸アツなシチュエーションも灰と化す。

「凛華ちゃーん、矢代くーん！」

宵闇を照らし出すような明るい声に視線を向ければ、麗良が可愛らしく手を振っていた。服が濡れるのも厭わず、膝近くまで浸かるエリアまで足を踏み入れており。

「ここ！　下！　お魚さんが泳いでいますよー！」

自分の足元を指差して懸命にアピール。スカートの裾がヒラヒラ揺れている。不意に強風に煽られてめくれあがるのではないか、魚よりもそっちの方が気になってしまう天馬とは対照的に、本人はあらん限りの笑顔。両手ですくった海水に鼻を近付けたりして、純真な子供らしく戯れる姿はまさしく渚のマーメイド。爽やかなＣＭのワンカットにほかならず。

「バンプの曲、流れ始めたな」

我ながら意味不明な台詞で胸の高鳴りを表現している天馬だったが、隣にいる女から白けた反応が返ってくる心配はない。

「小さく波立つ水面と、海風にそよぐミニスカート。その間に形成される太ももは、まさしく天然の絶対領域……アリねぇ……すぅ〜、はぁ〜……うふっ！」

天馬をはるかにしのぐ怪奇的な語彙力で興奮を表現している凛華。本来ならドン引きして然るべき場面かもしれないが、リハビリ中（？）の現在は復調の兆し——イイぞ、イイぞ、その調子だ、天馬は内心でエールを送っていた。犬みたいに呼吸が荒いのも、涎が筋になって唇を垂れそうなのも、今だけは全て良く解釈できてしまうのだから恐ろしい。

このペースだと合宿が終わる頃には凶悪なモンスターが生まれていそうな予感もするが、大丈夫、生みの親として天馬が責任を取ろう。世のため人のために平和利用してみせる。

「あっちの岩場にも何かいそうです。行ってみましょうよ〜！」

好奇心の塊に変貌している麗良は、すでに一人で走り出していた。砂に足を取られているとは思えない速度で遠ざかっていき、

「もう少しゆっくり行こうよー」

本格的に転ばないか心配になった天馬は急いで追いかける。遅れて後ろから聞こえてきたのは、「れ、麗良、岩場になんて近付いちゃダメー！」凛華の迫真な声。

「フジツボで膝を切ったら大変なのよ！」

時おり垣間見える彼女の世俗的な一面が、実は嫌いではない天馬だった。


別荘から少し離れたその場所には、低い岩礁地帯が広がっていた。

潮が引いている時間帯だからなのか、ところどころ岩の隙間に水たまりができていて、麗良の期待していた通りヒトデやカニなどの生物が発見できる。

「とりあえず……足を切りそうな貝類は見当たらないわね、ヨシッ！」

「都市伝説だからな、それ」

とはいえ咬まれたり刺されたりは危険なので、注意を払っておくに越したことはない。

もっとも、クラゲやウミヘビばかりが敵にはあらず。特定の人種にとってはもっと恐ろしい生物が存在しているのを、天馬は今さらになって思い出す。

凛華がその『特定の人種』に該当しているのは、麗良の部屋にあったダイオウグソクムシのぬいぐるみに嫌悪感を露わにしていた件からも明白だったため、

「お前、ほいほいついてきて良かったのか」

「え、なんで？」

「いや、だって、ほら……」

親切心で警告してやったのだが本人はキョトンとしており。もたもたしているうちに、

「あああああ！　すごいの！　すごいのがいましたよー！」

まんまカブトムシを発見した虫取り少年。岩肌に貼り付いたとある生物——正確には、とある生物たち——黒っぽい一群に臆せず近寄っていった麗良は、「えいっ」これまた臆せずに手のひらを伸ばし、サササ～っと散り散りになる中でも一匹の捕獲に成功したようだ。

「やりましたー！」

天高く拳を突き上げている少女に、ようやく凛華も危機感を抱いたのだろう。

「え、ねえ、え、ねえ、ちょっと？」

天馬の体を盾にするようにして後退り、肩をつかんでくる。その手は震えていた。

「まさかと思うんだけど。何やってるの、あの娘は」

「すげえな、椿木さん」

あんな俊敏な生き物を素手で捕まえられるなんて。それは実際、麗良にとっても予想以上の成果だったらしく。

「み、見てください。おっきぃ……ご立派さんが、私の手の中にぃ」

興奮のるつぼと化して発言が怪しくなっているのにも気付かず。

ネズミをくわえた猫が獲物を飼い主に見せたがる心理——とか言ったら失礼なのだろうが、猪突猛進でこちらに駆け寄ってくる。

彼女の細い指につままれながらも必死にうごめいているのは、

「元気なフナムシさんです！」

「いぎゃあああああああ！」

わらわら動く足の本数を数えるまでもなく、一目散に逃げ出した凛華は息も絶え絶え、浅瀬から離れた砂浜の上に避難していた。想像に難くないリアクション。元気なフナムシさんは間近で見ると、天馬ですら尻込みする独特の形状をしており。

「わざとやってる？」

「ごめんなさい……一発でつかめたのがあまりに嬉しくって」

一人で盛り上がってしまい恥ずかしくなったのか、麗良は穴があったら入りたいとばかりに顔を隠してしまう。手にしているのがミヤマクワガタだったりしたら、天馬も同じくらいヒートアップできるのだが。

「でも、あそこまで怖がる必要あります？」

肩で息をしている幼なじみを横目に、少しばかり不服そうに頬を膨らませる麗良。

「ま、あいつは極端な例だね」

「これが砂漠の人食いスカラベだったりしたら私も怖いんですけど」

「あー……映画のやつだっけ」

「あれはフィクションの中にしか登場しませんもんね」

「残念そうに聞こえるのは俺だけ？」

現実ではただのフンコロガシなのだと知り、安堵したのを天馬は覚えている。

「この子、偉くって。だいおうまるくんと似ていて掃除屋さんなんですよ。生息地が海辺の割には波にさらわれるとあっさり溺れちゃったり、お茶目な部分もあって可愛いのにぃ」

「可愛い、か」

誰よりも可愛い彼女が言うのだから、おそらく真理なのだろう。

しばらく愛おしそうにフナムシを見つめていた麗良は、「おどかしてごめんなさいね」と最後に小さく謝り、溺れないように波のかからない場所で放してやるのだった。ディスカバリーチャンネル的な映像にほっこりしていたのもつかの間、天馬は目撃する。

「あ、やべえ」

何を思ったか、解放されたフナムシが真っ直ぐ凛華に突撃していくのを。安全地帯に退避した気になって油断していた女は、高速で接近してくる黒い物体に、

「こっち来ないでよ、マジでー！」

肩がはずれそうなほどに大手を振り、天馬たちのいる浅瀬にとんぼ返りするのだが、バシャバシャバシャ、ニュルン——四歩目くらいで、バナナの皮でも踏んづけたかのようにつんのめる。重心が前方に傾いた低い体勢、無意識のうちに彼女が突進をしかけた相手は、

「わ、馬鹿、止まっ……」

今際の際のような台詞。受け止めることも避けることも叶わなかった天馬は、悪質タックル

の餌食になってしまい。

――バッシャーン！

視界が青空一色に染まった直後、虹がかかりそうなほどの盛大な飛沫が舞い上がる。

「しょっぱ！」

降り注いだ塩辛い液体をぺっぺっと吐き出すのだが、被害を受けたのはもちろん顔面だけではない。砂と水がクッションになり尾てい骨を痛める心配はなかったが、

「二人とも、大丈夫ですかー⁉」

悲鳴のような麗良の声が惨状を的確に表現してくれる。尻もちをついた天馬は体の半分が浅瀬の下に浸かっており、ズボンもパンツも見事に海水の洗礼を受けていた。暑さが和らいだのが唯一の救い――かと思いきや、涼むどころか体温は急上昇中。人肌の温もりは猛暑日の気温すら軽く凌駕するのであり。

「ちょ、ちょ、ちょ、今、なんか踏んだんですけどー！」

「だぁー！　暴れんな余計に濡れる！」

タックルを受け止めようとした名残、天馬に抱きつくような格好で跨っているのが凛華。長い前髪が額に貼り付き、顎からはポタポタと雫が滴り、びちゃびちゃになったシャツは肌やブラの色を見事に透過。目のやり場に困る絵面に仕上がっているのも本人は気付かず。

「ヒョウモンダコ⁉　オニヒトデ⁉　ウンバチイソギンチャク⁉　危険よ、この海！」

「無駄に毒性生物のボキャブラリー豊富だな！　なにもいねえっての落ち着け！」

「でも、なんかむにゅって、スライムみたいな感触が足の裏にぃ……」

「あのな、自分のドジを認めたくないのはわかるが、下手な言い訳をするもんじゃ……ん？」

　そのとき、水の下に浸かっていた天馬の手に柔らかい何かが触れる。にゅる、なのか。ぶにゅ、なのか。指を包み込まれるような感触は軟体生物のそれなのだが、目視する限りでは黒っぽい石の塊にしか映らず。正体を確かめるためにすくい上げてみれば。

「あー……犯人って、こいつ？」

　確かにスライムっぽいルックス。手のひらにぴったりなサイズ。ツルツルの表面に赤黒い体色。ところどころにイボイボや斑点が浮かび、脈動するごとに形を変える。

「ナマコですかぁ。海が綺麗な証拠ですね」

　もの◯け姫かナ◯シカで聞いたような麗良の解説。誇らしかったのか、むにゅ、とわずかに収縮して答えたナマコ。害がないとわかっているので天馬は平気だったが、フナムシとは違った意味で独特なフォルム。人によっては苦手にする見た目であり。

「ひぎぃっ……！」

　吐いているのか吸っているのかもわからない凛華の呼吸音。青ざめた唇を見るまでもなく、蛇に睨まれたカエルのように固まっているのが肌を通して伝わってくる。棘も牙も持たない動物に何をそこまで恐れ慄いているのやら、と。馬鹿らしくなっている天馬は、完全にナマコのポテンシャルを甘く見ていた。ひいては彼（？）の気持ちを軽んじていたのだ。

　平和に暮らしている海洋生物からすれば、突如として大型の哺乳類に踏んづけられた上、興味本位に水中から連れ出されて見世物にされる――身の危険を感じたのは当然、尊厳を著しく損なわれたに違いなく。唯一にしてささやかな防衛手段を実行に移すしかなかった。

「……!?」

と、予想外の奇襲に回避はおろか、声を上げることすら叶わなかった凛華。

次の瞬間、ナマコの肛門から、びゅるるるる――こう表現したら誤解を生むかもしれないが、白くべたつく糸状の液体が吹き出して、うら若き女子の胸元に直撃していた。白かっただけなら、まだ良い。べたついているだけなら、まだ良い。二つが融合して完璧に地獄。濡れ濡れ透け透けも相まって、いよいよお茶の間に流せない映像。

「…………っ」

滑ったところにナマコ汁――泣きっ面にハチに匹敵する諺が生まれた瞬間だった。凛華は身じろぎ一つできず。目の下が光っているのは海水なのか涙なのか。

「お、怒らないであげてください。ナマコさんはただ、びっくりしただけなんです。悪気はなかったんです。生物の防衛本能なんです～……」

　この期に及んで生命を慈しむ心を忘れない辺り、麗良は本当に聖人。天馬の手からナマコの体をすくい上げると、壊れ物を扱うようにそっと水の底に帰してやっていた。ブチギレた女が激情に任せて遠くの彼方へ放り投げるのを危惧したのだろうが、幸か不幸か、そこまでの気力は凛華に残ってはいなかった。

「た、立てる、か……？」

「…………」

差し出された天馬の手を取ることもできずに、呆然としている女。

立ち上がれないのは精神的ショックが大きいから。高校生にもなって、すってんころりんして。胸に白くべたつくなにか（あとから聞いた話だとナマコの内臓らしい）を、ぶっかけられて。あまりに間抜けすぎて、羞恥プレイすぎて、唇を嚙むしかなくって。

「凛華ちゃん、あの、その……私、なんて言ったらいいのか」

言葉もないという表情の麗良に代わって、

「まあ、怪我の功名？　というか……」

天馬はせめてもの慰めを口にするのだが、

「良かったな、顔にかけられないで」

これがまるっきり逆効果。燻っていた導火線に火を灯してしまったようで、

「でぇぇぇぇい！」

「ぐわぁぁぁぁ！」

女とは思えないほど野太い叫び声と同時に、大量の海水をぶっかけられていた。

鼻の奥や気管にまで塩辛い液体が入り込んで天馬は死にそうなくらいむせているのだが、凛華が攻撃を緩める気配はなく。

「ふん！　ふん！　ふんん！」

「ちょ、やめ、やめて……ヤメロォーッ！」

　豪快なサッカーボールキックを繰り返す。蹴り自体は届いていないが、その足によって舞い上がった水飛沫が天馬の体を的確に襲う。ゲリラ豪雨でもここまでずぶ濡れにはなるまい。ナマコにはビビっていたが、人間相手にはまるで容赦がなかった。

「顔にかかっていたらどうだってのよ、言ってみなさい！」

「え？　いや、それは……」

「ナマコに初めての顔射を奪われた女の誕生かー！」

「あえて明言を避けたワードを口に出すな！」

「濡れろ、全て濡れてしまえ、壊れてしまえー！」

「こ、この女ぁ……！」

　水のカーテンの隙間から見えた凛華は、わかりやすく憤怒の形相。私だけが恥をかくなんて許さないからね、お前も同じ苦しみを味わいなさい、という眼差し。ロボットアニメだったら確実に悪役でろくな死に方をしない。世界平和を脅かす危険思想を振りまいている女は誰にも止められず。

「駄目ですよ……そんなことしても、虚しいだけです！」

あまりに正論すぎる親友の声にも耳を貸す素振りはなく、破壊衝動に準じていた。

「こ、こうなったら、仕方ありません……」と、麗良が最終手段、水の弾丸の間に身を挺して割って入ろうとしているのを察知した天馬は、「来ちゃ駄目だー！」全力で制止する。

両腕で顔面だけを辛うじてガードしながらも、しっかり目を開いて前を向く。

「こんなことに付き合う必要はない……君まで濡れる必要は、ないんだ！」

「でも……それじゃあ、矢代くんが」

「良いんだよ、俺一人だけで」

防戦一方のまま決して反撃はせず。天馬は本望だった。負の連鎖はここで断ち切らねばならない。そのための犠牲になるなら安いものだ。

「さあ、好きなだけやつ当たりしてこいよ……お前の憎しみ、受け止めてやるぞ！」

「うらあー！　これがナマコに初めての胸射を奪われた女の痛みよー！」

「誰に奪われるんなら良かったんだ⁉」

熱い太陽の下で冷たい水をかけられ、髪も服もぐっしょりで、帰ったらシャワーを浴びて着替えるのも確定。だけど一つも気にならない。煩わしさは感じなかった。

思えば、最初からこうなるのを心のどこかで期待していた。斜に構えて一歩引いて、変に大人ぶっていた天馬は、童心に返るタイミングをうかがっていたのだ。

チャンスをくれたフナムシとナマコに、人知れず感謝しておく。

△

年甲斐もなく着衣で水遊びに興じてしまった結果、濡れていない部分を探す方が難しく。

日差しが強かったのでブラブラしているうちに乾いてくれるのではないかと、天馬の淡い希望は当たらずも遠からず、別荘に戻る頃には水気はほとんど残っていなかったが、ナトリウムやマグネシウムの成分は侮り難く、肌はべたついて髪もゴワゴワになっており。

「あっはっは、天馬ったら海の誘惑に負けちゃったの～？　お・こ・さ・ま♪」

と、ハート形のサングラスをかけて延々と水切りに励んでいた精神年齢十二歳くらいの姉から失笑を買ってしまい。甚だ不本意だったため、速攻でシャワーを浴びて新しいＴシャツと短パンに着替えさせてもらった。

ちなみに「楽しみにしておいてくださいね」と麗良が事前にハードルを上げていた大浴場とは別の、個室に備え付けられているユニットバスを使用した。二階の部屋は全て同じ作り。真面目にホテルでも経営した方が良いのではないかと思えてくる。

ベッドも枕もでかくて柔らかいし、窓からは横須賀の海を一望できるし、冷蔵庫にはキンキンに冷えたソフトドリンクが入っているし、至れり尽くせりでドッキリを疑うレベル。

こんな部屋を二泊も一人で独占して良いのか不安になってくるが、さすがに家族以外の女性と同部屋はくつろぐどころではなくなりそうだし、逆に家族の女性と同部屋なのはくつろぎすぎて非日常感が薄れてしまうので、ありがたく独り占めさせていただこう。

生来の出不精でアウトドアとは無縁の天馬からすれば、この小さな部屋の中だけで二泊三日が完結したとしても一向に構わない気分。ミニマリストよろしく引きこもってゆっくり本でも読もうかな、と横になっていたのだが、無駄に元気が有り余っている肉親はそれを許さず。

ノックもせずに入ってきた渚から、不躾にも腕をつかまれてしまい。

「せっかくこんな広い別荘なんだから、探索しなきゃ施工主に失礼よ！」

どの方面に気を遣っているのかわからない宣言で、売りに出されているわけでもない物件を隈なく見て回るという不毛な内部見学に付き合わされた。

しかし、二階フロアはあまりに客室が多すぎて麗良ですらその数は把握しておらず。留守中に忍び込んだ盗人が猛々しく居座っている可能性も十二分にあり得たので、風通しを良くしておくのはあながち無意味とも言い切れなかった。

やはりすごかったのは一階にある浴場で、大きな窓の向こうに海を望める開放的な作りのおかげで、露天ではないのに露天気分を味わえるお得感。入る前からネタバレを食らってしまった感はあったが、改めて考えればこの風呂場を天馬が利用することは、今日も明日も明後日もつまりは一生ない気がする。男女比的に一人で入らざるを得ないからだ。何が悲しくて泳げそうなくらい広い浴槽にポツンと腰を据えなければいけないのだろう。

天馬の醸し出す哀愁の意味を、センチメンタルとは真逆に位置している愚姉が理解できるはずもなく。

「みんなが寝たら一緒に入りましょうね……なーんて？」

発想が明後日の方向にぶっ飛んでいるのだから、ため息の一つもつきたくなる。

念のため言っておくが、成人した姉と入浴するようなおぞましい嗜好を天馬は持ち合わせていない。最後に入ったのは確か——いや、この話をすると決まってシスコンの疑いをかけられるので、明言は避けておくがとにかく大昔なのだ。

「……颯太か辰巳でも、呼べば良かったかな」

同性の友人が異様に恋しくなる。旅行に誘えるくらいの仲といえばその二人くらいしか思い浮かばない辺り、交友関係の狭さに愕然とするのは今さらすぎる。

ちなみに辰巳を含めているのは親友扱いしているわけではなく、誘ってもおそらく断らないだろうし他のメンバーとも上手くやれそうだなという、社交性の高さを評価しただけ。颯太にも同じことを言えるが、天馬とは似ても似つかないコミュ強たちである。

「ん、お姉ちゃん、辰巳くんって名前は初耳かも。誰、誰、どんな子？」

「どんなって。まあ、学校一のイケメン。背は高いし、頭は良いし、スポーツもできる」

「えへぇー！　超優良物件じゃない！　なんで私に紹介しないのよ！」

「逆になんで紹介しないといけないんだ」

「写真とか持ってない？　見せて、見せてー！」

「ない。誰が好き好んで野郎の写真なんぞ…………ん？」

ぶるぶる、と。天馬のポケットでスマホがメッセージの受信を知らせる。取り出して見れば偶然にも辰巳竜司の名前が表示されており。

『ウェ～イ！　天馬、見てる～？　今から君の大事な担任ちゃんと――』

「……？」

謎すぎるポップアップ通知には首を傾げるしかない。どう転んでも脳を破壊される心配はなさそうだったので、恐れずにタップしたところ、

『夏フェスに参加しちゃいまーす！』

続きのメッセージと共に写真が表示される。アップになった辰巳は満面の笑み。パリピ特有のキャップに茶色いグラサン。ガタイが良いだけあって、英字のロゴがプリントされたオフィシャルTシャツがよく似合っていた。一見すると夏らしく爽やかな絵面。高校生らしい健全な一枚だったが、問題は後ろに写り込んでいる女性にある。

おそらく無理やりペアルックにさせられたのだろう、お揃いのキャップにTシャツも着せられた真琴は、家族を人質にでも取られているように苦悶を浮かべている。舌を噛み切って自害しそうな表情に、嗜虐心を駆り立てられる層も世間にはいるのだろうが、そういった趣味の

ない天馬にとっては夢に出てきそうで単純に怖かった。破壊されたのはつまり彼女の脳。

『楽しそうだな』

と、天馬は短く返信。担任については背後霊だと思って見えないふりをしたのだが。

「わっ、マジでイケメンじゃないの、ちょっと、ちょっと！」

アプリを閉じる前に運悪く、渚に画面を覗き込まれてしまった。

「お近づきになりたいんですけど～！　ここは一つ、結婚を前提にお付き合いを……」

「弟の友達を恋愛対象にする馬鹿がどこにいるんだよ」

「弟を性的な目で見る延長線上みたいなものでしょ」

「問題発言は聞かなかったことにするね」

「ほら、ペタジーニさんの例だってあるしさ。ねえねえ、お姉ちゃんにもチャンスあったりしないかな？　訳アリの年上が極端に好きだったりしないの、その子？」

「悪い。生粋のロリコンなんだわ、こいつ」

「ええ～、そんな～……」

ワンチャンどころではない気がしたので、万が一にでも間違いが起こらぬようにきっぱり関係の芽は摘んでおいた。天馬、今世紀最大のファインプレーである。

しかし、大いに夏休みを満喫している辰巳に比べて、他県の別荘に来てまで姉と二人でくだらない問答を繰り返している自分がいかに貧相なのか思い知らされた。これではいつもの休日となんら変わりないので、早めに袂を分かつのが賢明だろう。

広かった別荘の探索もちょうど終了、スタート地点である一階のダイニングキッチンに戻ってきたところで。

「見回りご苦労様です、お二人とも」

対面式のキッチンに立っていたメイドの沖田が声をかけてくる。

「不審者は見かけませんでしたか？」

「異常なしです」

「それは何より」

と、彼女が持っているのは手で回すタイプのペッパーミル。テーブルには他にも調味料やオリーブオイルの瓶がセッティングされている。先ほどまで妙な違和感があった原因は、それらがなくてすっきりしすぎていたせいだと悟る。

「調理場らしくなってきましたね。買ってきたんですか？」

「いえ、ささやかながら、キャンピングカーに積まれている物を運んで参りました。帰りの際には積み直して持ち帰れば問題ないでしょう」

「あー……そっか、余ったからって置いていくわけにはいきませんもんね」

「本日購入してきた野菜や肉、牛乳、卵などもすでに冷蔵庫の中に」

賞味期限とか天馬にとっては全く思案の外だったが、それさえも見越して沖田が前乗りしていたとすればさすがは麗良の先見性。

「夕飯はわたくし特製、三ツ星レストランで習った本場仕込みのスパイシーカレーを振る舞う予定でおりますので、どうぞご期待ください」

「おっ、良いですねー。カレーの本場仕込みはさすがに信頼できそうだ」

「ありがとうございます。ちなみにインドではありませんよ」

「……」

「あ、イギリスでもありませんので悪しからず」

「じゃあどこの国？」

第一に、カレーとはなんぞや——海原雄山ばりに嫌味な質問をする気は毛頭ないが、胡散臭いとしか思えない天馬だった。

カレーと聞いたせいだろうか、電車の中で食べたおにぎりを最後に何も口に入れていないのを思い出す。現在は午後三時、胃袋的に夕飯までお預けというのは厳しいものがあり。

「ねえねえ、こんな充実のキッチンがあるんだし、私もたまには何か作ってみたいかも～」

普段は余計なことしか言わない姉から、珍しくナイスな提案が飛び出した。

『たまには』と微妙に謙遜しているが、酒のあてくらいならパパっと作れてしまうのが渚なので、これでも実は食べる専門ということはなかったりする。

「オーブンもあるし、ケーキとかさ。材料足りない？」

「問題ありません。牛乳と小麦粉と卵があれば簡単なお菓子は作れますので」

「じゃあ、やろう！」

意気込んだ渚がキッチンに立つ。頭が見切れているメイドの隣にパンツ丸出しの女（正確には水着なのだが、それを言い出したらセーラー戦士の変身衣装だって本当はパンツではないのだ）。かなりパンチのある絵面で、間に挟まろうとは思えなかった。

「楽しそうですね～、何か作るんですか？」

おまけに興味を持った金髪碧眼の少女までもがそこに加わってしまい、いよいよ混沌の様相を呈するトリオ漫才が結成。いくら広々としたダイニングでも定員オーバー、これ以上は動線を妨げそうなので天馬は参戦を断念した。

「是非、私にもお手伝いさせてください」

「い、いえいえ、お嬢様のお手を煩わせるわけにはいきませんので、どうか大人しく……」

あからさまに焦り出している沖田を横目に、天馬はダイニングをあとにした。

本音では中華鍋の油の乗り具合とかコンロの火力とか、気になる要素はいくらでもあったのだが、どうせ夕飯の調理を手伝う際に確認できるので楽しみはとっておこう。

リビングに行くと、横長のソファを占領して寝そべっている女が一人。気合の入った渋谷フアッションからありふれた部屋着に衣装チェンジしていた。それでも二の腕や太ももが美しいのは変わらず、天馬より数倍ファッショナブルに見えるのだから羨ましい。

「……座る？」

「サンキュー」

意外にも、天馬を見ると行儀よく座り直してスペースを空けてくれた凛華。ご厚意に甘えて隣に腰掛けさせてもらう。柔らかすぎて尻が沈み込んでしまうソファも、二人でなら案外とバランスが取れて快適だった。

不思議な気分。床だろうと椅子だろうと、くつろぐ場所は他にいくらでもありそうなのに、一番落ち着く場所はここしか思いつかない。凛華にもその感覚は伝わっていたのだ。開放的な空間に未だ慣れていないのは、庶民代表の天馬だけだろうに。

「麗良は？　さっき出ていったけど」

「姉さんや沖田さんと一緒にキッチンで何か……いや、ナニか作ってるみたいだ」

「大丈夫なの、それ？」

「聞くな。嫌な予感がして撤退してきたんだから」

「人が悪いわね、あなたも。死人が出てからじゃ遅いのよ」

「だったらお前がどうにかしてやれよ……幼なじみだろ？」

恨み節でチクリ。麗良のメシマズが常軌を逸しているのを誰よりも理解しており、クソマズだの味蕾が死滅しているだのことあるごとに罵詈雑言を浴びせる凛華ではあったが、改善してやろうという気概は微塵も感じられず。

「幼なじみをマジックワードにしないでくれる？」

「アレを長年放置してきたお前にも責任はあるんだぞ」

「私はありのままのあの娘を愛しているから、無理に変えようとは思わないだけ」

「ものは言いようだな……」

「責任っていうんなら、私があの娘と結婚して一生責任は取るつもりだし、私が永遠に養っていくし、それまではむしろ悪い虫が寄ってこないで好都合」

「最後の一文が本音だろ。虫除けの一種だったわけか」

「選別するためのフィルターよ。欠点の一つも許容できない愚図はあの娘の生み出したダークマターを口いっぱいに突っ込まれて死にさらせば良いんだわ」

「選別と来たか……」

　彼女のお眼鏡に適う男など、果たして地球上に存在しているのだろうか。理不尽すぎるいつもの調子が戻ってきているようで一安心。合宿の裏目標は順調に進展しているのだが、海辺の別荘というロケーションを有効活用できているかは微妙であり。

「こんなところでゴロゴロしてたらもったいないぞ、お前。リッチな別荘をもっと楽しめ」

「現在進行形でゴロゴロしている男に言われたくない」

「俺はさっきまで姉さんと家内探検してたから良いんだよ」

「……姿が見えないと思ったらそんなことしてたの」

「すごかったぞ、色々。椿木さんのお父さんの趣味かな、向こうの洋室なんて収録スタジオみたいになってるんだぜ。壁の一面が鏡になっててさ、ピアノとか楽器も沢山置いてあんの」

「ピアノってまさか、生の？」

「え、いや…………なんか、あれだ、音楽室にあるのとおんなじ、でっかいやつ」

「へぇ〜、すごい」

スマホをいじっていた凛華の手が止まる。あからさまに食いついてきたのがわかった。

「お前の家ってやっぱり、でっかいピアノあんの？」

「実家にはね。今のマンションは電子。ってか、やっぱりってなによ、やっぱりって」

「だって……ほら、軽音部だからな。作曲とかするんだろ」

「ああ。ま、ギターでもいいんだけどね」

と、天馬の嘘が見抜かれた気配はない。本当は大須賀先生の言っていた「今でも練習は欠かしていないはず」という台詞からの推測だった。

——聞いたぞ。プロムナードコンサート、推薦されているんだろ。

出る気はないのか。もったいないんじゃないのか。俺も椿木さんも応援してるんだぞ。

本心では言ってやりたいことが山ほどあった。実はこれも天馬がひっそり掲げている目標の一つであり、達成の最も難しいラスボスみたいに思っていたのだが。

期せずして光明が差した気分。ピアノというワード自体が禁句になっている最悪のパターンも想定していたが、今の凛華を見る限り杞憂だったらしい。それどころか、

「電子も今はかなりレベル高いのが増えてきてるし管理もしやすいけど。やっぱりアコースティックが一番よね～。音が生きてるって感じがするもの」

自分の趣味になると饒舌で早口になる——オタクを揶揄して多用される表現は、貴賤にかかわらず当てはまるのだ。麗良について語っているときも同様なので初めて見る光景ではなかったが、凛華にとって音楽はそれほどに大きな、人生を豊かにする要素だということ。

「調律はしてあるのかな。あとで触ってみようかしら」

湧き上がる衝動を抑えられないのか、すでに凛華の指はエアで鍵盤を叩いており。

「……あとでと言わず、暇なら覗きに行くか？」

極めて自然な流れの提案だったが、言葉にするのは少し勇気が必要だった。目隠しで境界線を探るような天馬のもどかしさを、

「それもそうよね。たまには良いこと言うじゃないの」

帳消しにしてくれる凛華の二つ返事。ひそかに第一関門をクリアした気分になっているのを悟られないように、「こっちだ」努めて平静を装いながら廊下に出る天馬だった。

——お嬢様、困ります！　あーっ！　いけません、お嬢様ぁー！

瞬間、キッチンの方からメイドの悲痛な叫びが聞こえてきた気もするが、営業時間外なので手助けするつもりはなく。ダイニングを通り過ぎて一番奥の部屋へ進む。待ち構えていたのは防音効果に優れたスチール製のドア。この時点で他との違いを見せつけられた気分になるが、決して見かけ倒しには終わらず、中に入ったときの特別感はさらに凄まじかった。

ダンス教室でも開けそうな広々としたスペース。窓は一つもないのだが、照明器具のおかげで野外よりも明るく感じるほど。ドラムセットやキーボード、大型のスピーカーやアンプにスタンドマイクなど。コンサートではお馴染みの機材が並んでいた。

「わーお！　マジで音楽スタジオみたいになってるのね」

「な。俺も無駄にワクワクしちまったよ」

「うんうん。こういう場所、うちにも欲しいくらいだわ」

声のオクターブが無意識に高くなっている凛華。間違いなく今日一番に気分上々。別荘の外観にも内装にも驚くどころか興味すら示さなかった彼女だが、さすがに一個人がこれほどの設備を所有しているとは思わなかったのだろう。すごいのは間違いなく麗良の父君なのだが、なぜか自分のことのように鼻高々の天馬だった。

「とっとっと……で、これが例のブツね」

探し回るまでもなく、ターゲットは部屋の中央にどんと陣取っていた。

三本脚のグランドピアノが巨体に見合った存在感を放っている。重厚感のある黒塗りのボディは、インテリアとしても十分に通用する美しさを備えていたが、もちろん置物にしておくにはもったいないポテンシャルを秘めており。

「よーいしょ」

慣れた様子でピアノの屋根（と呼ぶのが正しい？）の部分、弦やフレームの収まっている板を持ち上げ、突き上げ棒を挟んで斜めに固定した凜華。鍵盤の蓋を開けると、椅子には座らないで端から端に指を滑らせる。ジャラララ〜ンという一音一音の区切りがない旋律。天馬はそこから「ホントに音出たんだな」程度の感想しか浮かばなかったのだが。

「なるほど、ね……」

凜華は何か感じ取るものがあったのか、腰を下ろして本格的に弾き始める。とはいえ特定の曲ではなく、気になる箇所の音を確かめている感じ。演奏と呼ぶよりはピアノとの対話に近かった。指の運びに淀みはなく、熟練者なのは素人目にもわかってしまうのだが、それよりも天馬が気になったのは彼女の表情。

「へえへえ、ふむふむ」

シンプルに、好奇心旺盛と呼ぶのが一番しっくりくる。まさかこんな表現を彼女に使う日が訪れようとは。今だけは大人から少年に戻れたように瞳を輝かせているのだから、天馬は目が離せなくなってしまった。

しばらくして指を止めた凜華は「驚いた」と、どこか満足そうに呟く。

「どうせろくにメンテされてないんだろうと思ってたけど、意外にも音は外れてない」

「メンテナンスしないと音が変わるのか？」

「あったりまえでしょ。気温や湿度の違いで鋼線の弦は伸びたり縮んだりするし、木の響板はへたってくるし、他にも色々……ピアノっていうか、楽器は基本的に生きてるの！」

覚えておきなさい、と。依然としてテンションが高い凛華の台詞に、言い得て妙だと納得してしまった天馬。彼女の手捌きはまんま生き物に対するそれに見えたから。

「十中八九、専門の業者がチューニングして一週間以内ってところかしら。和音がちょ～っと変な感じにも聞こえるけど、たぶんこの環境に長期間放置されるのを見越して少し高めに調整してあるのね」

「そこまでわかるんだな」

「ま、なかなかいい仕事してるんじゃないの？」

謎の説得力。あとで麗良から聞いた話によれば、ちょうど一週間前クリーニング代行と一緒に調律師も呼んでいたらしいので、凛華の推理は当たっていたことになる。

そもそも基準となる音程がない中で「外れていない」と言い切れるのはどういう原理なのやら。耳に入るもの全てが音符に変換される絶対音感的なやつなのか、はたまたピアノを習っている人間ならば自然に習得できるのか、どちらにせよ天馬にとっては魔法に近い。

「…………」

「なによ、急に黙っちゃって」

「ああ、いや。お前、ホントにピアノ弾けたんだなーと」

「まだ弾いてはいないと思うんだけど」

「俺にとっては今のだけでも十分すごいんだよ」

天馬(てんま)がムキになって言い返したのは、本心を悟られたくなかったため。

本当はほっとしていたのだ。凜華(りんか)が普通に、ピアノに触れているのを見て。拒絶されずに済んで。踏み込んでも良(い)いラインなのだと確信できたから。

「ふぅん。じゃ、音楽とは縁のない人生を送ってきたんだ」

「うちの親、習い事とか熱心じゃなかったしな。あ、でも、かっこつけたい中二の時期に『猫踏んじゃった』を練習したことくらいならあるぞ」

「……休み時間にそれをやってる男子、大半の女子は憐(あわ)れんで見てたからね？」

「うるせえ。だったら何を弾けたらかっこがつくんだよ」

「曲の問題ではない気もするけど……まあ、『星に願いを』とか弾けたらお洒落(しゃれ)なんじゃない。覚えるの簡単だし」

みんな知ってるから、と断言された手前で非常に恐縮なのだが。

「すまん。どんな曲だっけ？」

「えぇ……教養の範囲でしょ。まあ、聴けば思い出すのかしら」

普段なら鼻歌を唄うかスマホで動画でも検索する流れなのだろうが、現在は運良くピアノとピアニストがセットでいらっしゃる。

期待した通り、凛華はその曲を生で演奏してくれた。

切なさの合間に優しさも感じさせる曲調。某夢の国映画の主題歌だというのはすぐにわかったのだが、口に出さなかったのはフルで聴きたいと思ったから。

生来の粗暴さが嘘のように、凛華の指先は柔らかくて繊細なタッチ。美しいとさえ感じてしまった。一朝一夕では成り立たないと先生が評していたのを思い出す。なんの準備もしなくたってこの程度なら朝飯前。日常生活の一部になっているのが伝わってくる。

裏を返せば、コンクールという公の場に出る行為は、彼女にとってその埒外に位置しているのだ。明確に違うものだと線引きされている。でなければ出場を渋ったりはするまい。壁を一つ破った気になっていた天馬は、その先にあるもっと分厚い壁の存在に愕然とする。

「……と、こんな感じね」

そうこうしているうちに演奏は終了。お見事という意味で拍手をした天馬に対し、

「じゃあ、次はあんたが弾いてみなさい」

「はい？」

「通しで聴いたんだから大体わかるでしょ」

「わかるかボケぇ！　あたかも初心者向けみたいに言ってるけど、ラストの盛り上がり方とか

どう考えても上級者の領域だったからな⁉」

「それは私のアレンジが入ってるから。もっと音減らしてもいいわよ」

「だからって……」

「ほらほら、とりあえず座った座った」

無理やり椅子に着かされた天馬。それからは文字通りのスパルタ指導。間違える度にしっぺを食らったり太ももをつねられたり、時代錯誤な女にみっちりしごかれてしまった。辟易しながらも最後まで逃げ出さなかったのは、凛華が純粋に楽しそうだったから。ひょっとすれば初めて見る顔だったのかもしれない。

彼女が幸せになれる世界はこの先にあるのではないかと、改めて思った。天馬にとっては豚に真珠のグランドピアノが、凛華の手にかかれば至極の音色を奏でる逸品に姿を変える。間違いなく類まれな才覚だったし、人馬一体とでもいうのだろうか、艶のあるピアノブラックは彼女にこそ相応しく思えた。不純物が一切混じっていない、あるべき姿に映ったから。

たとえどんなに分厚く大きな壁だったとしても、挫けるわけにはいかない。誰でもない自分自身に、人知れず誓いを立てる天馬だった。

△

「いつもより上手にできましたので、食べてみてください」

と、一時間ほど経ったのちにリビングに現れた麗良によって、テーブルには綺麗に切り分けられたチョコレートケーキと紅茶が二人分、並べられていた。どちらからともなく互いに顔を見合わせた天馬と凛華。抱いているのは寸分違わず同じ感想だった。

「麗良……これ、本当にあなたが作ったの？」

「はい、沖田さんに手伝ってもらいながらですが。びっくりしましたか？」

「へえ、すごいなぁ」

沖田さんが、と言いかけて慌てて飲み込む天馬。味が云々以前に見た目が食物の形を留めている時点でもう文化勲章ものだった。

「ガトーショコラ？　ブラウニー？　美味しそうだね」

と、無垢な天馬はすでにフォークを手にしていたのだが、

「いえ？　シンプルなイチゴのショートケーキですけど」

「シンプルなイチゴの⁉」

次の瞬間、跳び上がりそうになる。だったらこの黒い成分はどこから来たんだ、逆にイチゴ

要素はどこに行ったんだ。疑問を持つのが正常な思考だが、

「どうしたんです？」

製作者は不思議そうな顔。料理になると急にＩＱが下がる彼女。いや、おそらく認めたくないのだ。己の手によって生み出された物体が、食べ物の体をなしていない事実を。

「あー、やっぱりまだまだ弾き足りないわねー、体がうずいちゃうー」

いきなり棒読みで立ち上がった凜華に、天馬は「しまった！」と自分が出遅れたのを悟る。

「せっかくグランドピアノがあるんだし、もう一回だけ触ってくるわねー」

左右の手足を同時に出すナンバ走りであっという間に姿が見えなくなった女。好きな相手の作った料理ならばどんなに不味くても完食して悲しませないようにするとか、そういうラブコメ主人公的な気骨は一切ないらしい。

「ふふ、凜華ちゃん、音楽のことになると夢中ですね。おやつどころじゃありません」

なぜか良いように解釈されて好感度も下がっていないし。上手い口実を見つけたものだ。

「え、えっと……この完成品を見て、沖田さんは何も言わなかったのかな？」

廃棄しましょう、とか。次は頑張りましょうね、とか。どんなに心苦しくても真実を口にするのが、プロフェッショナルの流儀に思えたのだが、

「良い出来なので矢代くんにも食べてもらえって」

「そっか……」

体の良い厄介払い。とんだ戦略兵器を送り込んでくれたものだ。

しかし、これでいて天馬は良心派で、彼女にも一度くらい成功体験を味わわせてやりたいと常々思っていた。そのせいでリバースしたり気絶しかけたりもあったが、少なくとも敵前逃亡するような凛華や丸投げするメイドとは一線を画している。

今回は見た目だけなら本当に美味しそうなチョコレートケーキだし。黒っぽいのは少し焼きすぎてしまったとかお茶目なミスにすぎない、と言い聞かせておこう。

「い、いただきまーす……」

逃げるんじゃねえ、向かっていけ。それがお前のプレイだろうが。一気だ、一気に飲み込め！

今だけは主人公になった気分の天馬が、震えるフォークの先端をケーキの表面に刺し込む――刺し込もうとしているのだが――いや、刺さらないぞ――どうなってる、これ？

「ふん……ぬっ！」

柔らかいスポンジを相手にしているとは到底思えない抵抗。もはや額に血管が浮き出た天馬はもう片方の手でしっかりケーキを押さえつけながら、フォークを逆手持ちしてグリグリねじ込ませようとしているのだが、貫通する気配は一向になく。

「新幹線のアイスぐれえカチカチ!?」

もしくは冷凍庫から出したばかりのハー〇ンダッツ。これを凶器にして人を殺せば完全犯罪が成立しそうなほどの硬度を誇っており。

「あ、溶けるまで少し待った方が良いかもしれませんね。歯が欠けるので」

「……ショックフリーザーでも使ったの？」

「包丁で切り分けるのも大変だったんですよ～えへへ～」

えへへ～じゃない。はにかんでいる場合ではない。硬さを競う競技ではないんだぞ。

「しばらくお待ちいただければ、ほどよい硬さになると思いますので」

「あ、ああ……うん。先に言ってほしかったな」

そんな特殊な食べ方をするショートケーキには未だかつてお目にかかったことはないが、これでも今までに彼女が作った料理の中では断トツでマシ。

「まあ、お菓子は俺も専門じゃないし……きっと難しいんだろうね。頑張ったよ、椿木さん」

甘やかしているつもりはないが、全力で褒めてやりたいと思えるくらいだった。

「は、初めてです……そんな風に言ってくれるの、この世で矢代くん一人だけです」

感動にむせび泣くとはまさにこれ。咲かせた華やかな笑顔と共に薄ら涙さえ浮かべている麗良。たぶん凛華にすら見せたことがない表情で、天馬の胸も熱くなる。下手に好感度稼ぎをするつもりはないが、これくらいの役得はあっても良いだろう。たとえ世界の全員が彼女の敵になっても、自分だけは味方になってやろうと。固く心に誓うのだが、

「この調子で夕飯の調理も頑張るので、見ていてくださいね」

「夕飯にも参加するつもりなの⁉」

「駄目でしたか？」

「…………」

話は変わるが、どんなに仲の良い友人や恋人同士であろうとも、旅先では些細なきっかけで口論や取っ組み合いの喧嘩にすら発展することも珍しくないとか。共同生活がいかに難しいかを物語っているわけだが、その原因の三分の一は現地の料理が不味かったせいとまで言われている。人間にとって食事はそれほど重要なファクターを占めているのだ。

「椿木さん、落ち着いて聞いてほしいんだけど……」

「私はずっと落ち着いていますが」

「夕飯っていうのは貴重な栄養摂取の過程であって、化学物質の生成実験ではないんだ」

「知っていますが」

「うん。だったら君は、夕飯の調理には加わるべきではないよね。わかってくれたかな？」

「えーっと……私、今とてつもなく失礼な三段論法を適用されていません？」

「今はまだそのときではないってだけだよ。一段一段ステップアップしていこう」

「まだ、ですか。まだ……遠い道のりですぅ～……」

確かに先は長そうだったが、大丈夫。天馬にはいつまでだって付き合う覚悟があったし、いざとなったら凛華が責任を取って添い遂げてくれる。三人いれば怖いものなし。

そうだよな、と。薄ら聞こえてきたピアノの音色に問いかける天馬だった。


かくして迎えたディナータイム。

沖田と天馬による合作で振る舞われたカレーライスは、皆から好評をいただき無事に幕を閉じた。死人も負傷者も出ずに平和そのもの。つまらんとか言うやつらにはつまらなくて大いに結構だと天馬は自信を持って言い返せる。

外ではすっかり夜の帳が下りて、波の音もどこか物静かになった別荘内にて。ベランダで涼んでいたり、キッチンで食器を洗っていたり、ビール片手にテレビを観ていたり、それぞれに食休みを自由に過ごして、気が付けば時刻は午後八時を回った頃。

「トゥ～～～ス！」

この指とまれのポーズ、あるいはサタデーナイトフィーバーのトラボルタ。

突如リビングの真ん中で人差し指を掲げた女が一人。良い塩梅にアルコールを摂取して合法的に気持ちよくなっている渚だった。どこかのピンクベスト芸人の一発ギャグ（？）を真似しているわけではなく、どうやらアメフトで使われている正しい用法、練習の合間にメンバーにハドルをかける――すなわち集合しろという意味合いがあったらしく。

「八時だよ！　女の子、全員しゅーごーう！」

で若干の疎外感。とはいえ、差別ではなく合理的な区別だったらしく。

「ただいまより、みんなで仲良くお風呂タイムに移りたいと思いますのでぇ～、各自タオルや着替えを持って大浴場に集合するように！　いかなる理由にせよ欠席は認められません！」

ここにきていきなり大人ぶって、何やら勝手に仕切り始めている最年長。個室の風呂で済ませるという選択肢は彼女の中では端から存在せず。

「なお、タオルで隠すのはいたしかたないのでギリギリ許容しますが……先に言っておきましょう。私は一切隠すつもりはありません。存分にご覧になってくれて構いませんし、なんだったらお触りも許可しましょう」

「……自分が触るときはちゃんと許可を取ろうね、姉さん」

堂々と裸一貫になる宣言の渚。家ではほとんど裸族みたいに生活しているのを天馬は熟知しているので、なんら不思議はなかったが、

「わたくしも同じく、隠し立てするつもりはございません。人に見られて恥ずかしい鍛錬はしておりませんので」

たくましくも賛同する猛者が一名。沖田がぐっと力を込めて強調しているのは引き締まったウエスト——正確には腹斜筋と腹直筋。服の下はさぞかしナイスバルクなのだろう。恥ずかし

くないどころか見せたくて仕方ないのだと天馬は推察する。

「ふっふっふ、私も別に隠したりしませんよ～、楽しそうなのでー！」

と、さらに追従してきたのは麗良。彼女の場合は単純に修学旅行気分を味わいたいという無邪気な理由であり、他のメンバーの体を観察したいだとか、逆に自分の肉体美を見せつけたいだとか、特殊な癖でないのは理解しているつもりの天馬だったが、

「あ！　いや、あくまで同性同士だから……ですよ？　男の方がいらっしゃるときは、私も最低限は隠しますからね？」

「わかってるよ」

なぜか念押しされてしまった。隠さなかったらそれはただの痴女だ。

「なんか変な流れができちゃってるみたいだけど……常識的な範囲で隠すからね、私は」

同調圧力に屈しない凛華に、「そんなー」と他の面子からは残念そうな声が上がっている。

女性の間では果たして隠す派と隠さない派のどちらが主流なのか、隠すとしても上と下あるいは後ろのどこを優先するのか、凛華に関して言えばあの長い髪は邪魔にならないのか。

男の天馬にとっては謎が深まるばかりだが、夢は夢のまま終わらせた方が幸せなので気になっても検索したりはしないように。

「おーし！　つーことで大浴場にレッツラゴー！　遅れるなよ、お前らー！」

いつの間にか部活のキャプテンみたいになっている渚に、「おー！」と威勢よく乗っかった

のは麗良と沖田。人の熱狂はかくも容易く伝染するのだ。唯一抗っているのは凛華くらい。まるで精神統一するように険しい顔つきなのだから、明らかに異質だった。

「じゃ、天馬は居残りで悪いわねー。せいぜい天女の水浴びを妄想してムラムラしちゃって、今のうちに一人でしかできないアレやコレをしっかり済ませておきなさーい」

「うるせえんだよ」

天馬の罵倒など耳には入っておらず。わーい、とか、ふーう、とか、アルコール以外のお薬もキメていそうなハイテンション女はリビングを出ていった。「お許しください、天馬様。これもメイドの特権……」と、なぜか深々頭を下げた沖田がそれに続く。

「私たちも行きましょうか」

「ん、ああ……そうね」

瞑想にふけっていた凛華も、麗良に声をかけられて思い出したように動き出す。最後まで難しい表情を崩さなかったのが少し気になったが、それを上書きするレベルの疎外感に苛まれてしまった天馬は、ただ一人立ち尽くす。夏の室内なのに木枯らしでも吹き荒れそう。

「天女の水浴び、か」

一糸まとわぬ、という表現が相応しい。その点、嫌らしい意味ではなく興味があるのは沖田だったりする。胸に七つの傷とか刻まれていそうで。渚はおそらく彼女の腹筋を丹念に撫で回すはず。そして麗良に対してもオープンにセクハラをかますのだ。

「……いかんぞ、俺」

途端にハッとする。入浴シーンをしっかり妄想してしまっている、最低な自分に気が付いたからだ。これでは馬鹿な姉の思うつぼではないか。

しかし冷静になって考えれば、同性ならば裸を見られても平気だというのもなかなか強引な理論だったりする。本来はもっと細分化された判断、性別で括るのではなく『誰』になら見られても構わないかという、個別の基準を設けるべきに思う。同性相手に邪な感情を抱く人間だって存在するのを、いみじくも天馬は知っているゆえに。

「これも一種の役得か」

凜華は相変わらずの演技派女優——あたかも不承不承に付き合っている風だったが、内心では間違いなく「ヒャッハー！」と世紀末モヒカン並みに舌なめずりしているのが見えた。なにせ合法的に想い人の全裸を拝めるのだから。これ以上の幸福はない。

繰り返すが、全裸である。

体のラインが丸わかりなどころか、ホクロの数だって精密に数えられてしまう。全国の青少年にとっては透明人間にでもならない限り実現不可能な、憧れのシチュエーション。

「さぞかし悦に入ってるんだろうな、あいつ……」

職業柄（？）、そちらの妄想の方が捗る天馬だった。無邪気に近寄ってきた麗良が「わ～、凜華ちゃん、お肌ツルツル～」とか言ってベタベタ触ってきたり、魅惑の膨らみが不意に激しく揺れて体に当たったり。凛華の快楽中枢にはどれだけの負荷がかかるのやら。

「…………」

その瞬間、天馬の中に忽然と生まれ落ちた一つの危惧。

想像を、してみたのだ。大好きな女の子が素っ裸で傍にいたりしたら、あまつさえ警戒心もなくスキンシップを試みてきたら、正常な思考回路の人間はどうなってしまうのか。

「え、刺激が強すぎない？」

端的に、ヤバい。しんどい。控えめに言ってもどうにかなってしまいそう。

天馬がそんなシチュエーションに陥るのは万が一にでもあり得ないため、絵に描いた餅にすぎないのだったが、絵だけでも理性が吹き飛ぶのには十分な威力を秘めており。ましてや麗良の私服を見ただけで急性ツバキニウム中毒を発症しかけていた凛華だ、とてもじゃないが自我を保っていられるとは思えず。

「だ、だ、だ……」

——駄目だ!!

声にならない声は、純潔を汚される麗良の身を案じたからなのか、あるいは自壊しかねない凛華の精神を慮ったのか。思わず駆け出しそうになる天馬だったが、踏み出した一歩は底なし沼にはまったように動かない。事件が起きているのは会議室ではなく、女人以外禁制と化した大浴場。飛んでいきたいのはやまやまでも、踏み入れば社会的な死は免れず。

「……む、無力」

　気が付けば土下座するようにうずくまっていた天馬。ある意味では必然、天に祈りを捧げていたのだろう。今だけでいい、神よ、二人の少女に加護を与え給う、と。しかし、初詣の賽銭すらケチっている不敬虔者にろくなご利益が期待できるはずもなく。

　案の定、ほどなくして鳴り響いたのは救いどころか厄災の啓示。

　いやあああ〜〜〜〜〜〜……と、お化け屋敷の悲鳴を壁越しに聞かされたかのような薄ら寒い感覚。反響する金切り声が廊下の向こうから届いたのもつかの間、
　ガチャリ！　バッタン！　ドタドタドタドタドタ〜〜！

　姿は見えずとも死に物狂いで走っているのが伝わってくる。けたたましい足音が振動と共に近付いてきて、生きた心地がしない天馬が次の瞬間に目撃したのは。

「もう限界だわぁぁぁー！」

「ぬっ⁉」

　脇目も振らずに飛び込んできた女。長い黒髪がお団子状になっている。期せずして七不思議の一つは解明されたのだが、それはつまり入浴スタイルのまま風呂の外に飛び出してきたという意味にほかならず。ひっきょう、湿った肌をあられもなく晒していた。

「なんて格好してんだぁ！」

「ぜはぁ、ぜはぁ、ぜはぁ……ひゅ〜……」

　生まれたままの姿で跪(ひざまず)いている凛華(りんか)は、限界までサウナに籠もっていたかのような息遣い。

　ここがアニメの世界なら体から立ち昇る湯気が不自然なほどに濃かったりして、上手(うま)い具合に局部を隠してくれるのだろうが。悲しいかな、現実では全てが生々しく。一瞬で目を離したのだがくっきりと網膜に焼き付いてしまっている三つのカラー。大半が肌の色で、あとは黒に、一部分は鮮やかなピンク。若者のみに許されたメラニン色素の薄さ。

　——落ち着け、これは姉ちゃんの裸、これは姉ちゃんの裸、これは姉ちゃんの裸……

　見慣れている（？）肉親のそれに映像を置き換えることによって、どうにか正気を保っていた天馬(てんま)はもしかしたら天才なのかもしれない。そうこうしているうちに凛華(りんか)の呼吸は整ってきたのだが、自分がマッパである事実に思考を割く余裕はないらしく。

「や、矢代(やしろ)……お願い、私を……私を、今すぐに……！」

「とりあえず最低限の装備を身に着けろ！」

　仕方ないので天馬(てんま)は着ていたＴシャツを脱ぎ去り、無理やり凛華(りんか)に頭を通させる。幸いにも大きめのサイズだったため、一枚で下半身もギリギリ保護してくれた。代わりに上半身裸の男が出来上がって絵面は最悪だったが、男の乳首にモザイクがいらないのはＴＶショーが証明している。

「……ありがとう。ごめんなさい、面倒をかけてしまって」

「いや、慣れてるから別にいいんだけどさ」

「面倒ついでに、今すぐロープか何かで私の手足をがんじがらめに縛ってもらえる？」

「それは良くない。いったい何があったんだよ？」

想像できるけれど、考えたくもないような。聞きたいけれど、耳を塞ぎたいような。複雑怪奇な天馬のジレンマなど知る由もない凛華は、

「この手、この手が！」

わななく右腕をもう片方の手で押さえ込む。自作自演と笑うにはあまりに迫真、まるでそこに自分の意思では制御できない悪霊が宿っているかのような。

「麗良の胸が……豊満な乳房が、ぶるるんって揺れるのを見せつけられた瞬間、この手はどうなったと思う？　何をしでかそうとしたか、あなたにわかる!?」

「……まさかだけど、シンプルに揉もうとしたとか？」

「大当たりよ！　あとコンマ二秒で暴発してたわ！」

「お前よく今まで警察のお世話にならずに済んだな」

「私自身も驚いてる。大丈夫だって必死に言い聞かせたんだけど……実際は全然、大丈夫じゃなかったの。甘く見ていたわね、あの娘のわがままボディを。そして己の肉欲を」

どうやら、先ほどの思案顔には性欲を抑える目的があったらしい。それに気が付けなかった天馬にも落ち度はあるのかもしれない、と。一抹の申し訳なさを感じている辺り、本当に職人気質が板に付いてきている。

「裸の付き合いは駄目よ、さすがに早すぎるわ。こんなのもう実質セッ――」

「あー、で？　なぜそれがさっきの縛ってくれ云々に発展するわけ？」

「この卑しいメス豚が放っておいたら何をしでかすかわからないからに決まってるでしょ！」

「自分で言ってて虚しくならないのか」

天馬の口から漏れたのは重いため息。不思議な気分だった。風呂上がりに男物のTシャツ一枚だけの凛華は間違いなくセクシーな見た目で、ともすればラブコメ的なハプニングに気分が高揚してもおかしくない状況なのに、現実ではスーッと心が冷めていくのだから。

「……やはり慎ましさこそ日本人の美学だな」

「なんで賢者モードになってるの？」

「察しろ」

理解を得られそうになかった憂愁をわざわざ語ることはなく。

「凛華ちゃーん、大丈夫ですかー！」

と、足音と共に廊下から聞こえてきたのは麗良の呼び声。言うまでもなく、奇声を発して姿を消した友人が気になって、せっかくの大浴場を満喫することもできなかったのだろう。これだから輪を乱す人間は困るのだ。

「どうしたんです、急に飛び出していったりしてー？」

「あー、ごめんね。こいつ、なんかのぼせちゃったみたいで」

我が子の粗相を詫びる保護者の気持ちで、釈明を始める天馬だったが、

「え！　それは怖いですね、しっかり水分補給しないと」

「へーきへーき、大したことないから……ってぇ!!」

直後に喉を詰まらせる。原因はひょっこり現れた麗良の全体像にあった。てっきり大急ぎで着替えを済ませてきたのかと思いきや、身にまとっているのは白い布一枚だけ。

「なんでバスタオル一枚なの!?」

「あ、すみません。お見苦しい格好で」

「なんで意外と平気そうなの!?」

「大事な部分は隠せていますからね」

野性味溢れる発言に、そういう問題じゃないと天馬は全力で叫びたくなった。彼女の中では谷間や太ももは大事な部分に含まれないのだろうか。上気した頬と濡れた髪が合わさって、まるっきり女湯を覗き見した痴れ者の気分にさせられる。

ともすれば全裸を披露されるよりもエロティックに感じてしまうのは、決して天馬の独断と偏見によるものではなく。

「ぷしゅ～……」

と、ついに脳味噌がオーバーフローした凛華は大の字に倒れてしまった。縛り上げる手間が省けたのは僥倖かもしれないが、事情を知るはずもない麗良は驚きを隠せず。

「えぇー！　長湯したわけでもないのに、どうしちゃったんですか？」

心配そうに凛華に駆け寄るものの、

「ちょ、あんまり激しい動きをしないで！」

天馬からすれば麗良がポロリしないかの方が心配だった。

出発前に抱いていた不安が見事に具現化していた。揃いも揃って天馬が男だというのを忘れている。だから嫌だったんだよと誰に向けたのかもわからない悲嘆を爆発させる中、

「ちょっとちょっと、若いもんが先にいなくなったら面白さ半減でしょー！」

「わたくしは渚様と二人きりでも一向に構いませんが」

追い打ちをかけるように聞こえてきたのは大人組の会話。見るまでもなく裸かそれに等しい格好なのは想像がついた。前門の虎に後門の狼とかいうちゃちな次元を超越して、完全なる百鬼夜行の様相を呈してきたので。

「来るな！　止まれ！　お前ら全員、服を着ろーー！」

天馬、渾身の叫びが別荘に木霊する。まともなのは俺だけなのかと本気で思った。

その後、半裸の女性陣をリビングに正座させて『慎ましさ』の何たるかを小一時間にわたって説いたわけなのだが、骨折り損のくたびれ儲け、響いている感じはまるでしなかった。過ちはきっと何度でも繰り返されるのだろう。

声を大にして訴えたい本日の教訓——脱げばいいってもんじゃない。

「ったく。濃すぎるだろ、まだ一日目なのに……」

ぼやきは必然の産物、天馬は倒れ込むようにベッドへ全身を預けていた。

△

夜光塗料を塗られた時計の針がてっぺんで重なり合って、暗闇の中でも日付が変わったことを教えてくれる。

明日は明日で予定がてんこ盛りらしく、「たっぷり睡眠を取るのも合宿の基本です」とよくわからない固定観念を披露した麗良により、夜更かし禁止令が施行。いよいよ深夜に突入しようといった頃合い、修学旅行の宿泊先よろしく一斉に消灯時間を迎えていた。

定期的に巡回してくる教師などはもちろんいないが、意外にも校則遵守の優等生ばかりだったのか、虫の鳴き声と波のさざめき以外は耳に届かず。一番の問題児がアルコールによる鎮静作用を受けたのが大きいのだろう、寝静まるという表現がしっくりきていた。

もしかすれば、この別荘にやってきてから初めて訪れたかもしれない安息。一人で過ごすのが特別好きなわけではないし、多人数に埋没する忙しない感覚も嫌いではなかったが、それでもやっぱりプライベートな時間は大切にしたいと思う天馬だった。

できればこの余韻をしばらく楽しんでいたかったものの、惜しむらくは、枕が変わったら眠れないとかの繊細さを天馬はてんで持ち合わせておらず。目をつぶっているうちに自然といつも通りの眠気が舞い降りてきたのだが、

「……ん？」

風にしてはいささか主張が激しい。カーテンの閉まった窓ガラスから、小石を当てられたような音がしてまぶたを開く。コンコン、と二回続いたそれはノックのようにも聞こえるが、叩かれているのは扉ではなく窓ガラス、向こう側にはベランダがあるだけだ。

さてはカモメがくちばしでつついているんだな、と。ラップ音が生じるメカニズムを正しく理解している天馬は、いもしない幽霊に濡れ衣を着せることもない。ロマンがないと思われるかもしれないが、この世で怪異とされる事象の大半は科学的に説明がついてしまうのだ。

それよりもよっぽど怖いのは生きている人間、動物、昆虫、物価の上昇、老後資金。

「鳥害って社会問題だもんなー……」

ハト避けのネットを張るだけでもウン十万かかるそうだが、相手が一羽なら業者に頼む必要はない。大声で一発おどかしてやれば、少なくとも今夜の安眠くらいは確保される。急かすように再びコンコン聞こえてきたため、「やれやれ」仕方なく起き上がった。

人間様の恐ろしさを鳥類の本能に刻み込んでやるべく、天馬は全身全霊の「わっ！」を発声する準備を整えて、いざカーテンを開け放ったのだが。

「ぎゃあっ!!」

次の瞬間、脅かすどころか完全に脅かされて腰砕け。夜闇に待ち受けていたのは白色の小動物などではなく、ガラスにべったり両手を張り付けた女の縦長なシルエット。月に照らされた黒髪が青白く光って見えたのは目の錯覚なのだろうか。

「か、堪忍してつかあさい……」

心臓が止まりそうになった天馬は命からがら、時代も出生地も混濁して許しを請う。お化けなんて怖くないと息巻いていた手前、情けなさでいっぱいになるのだが。

「……あれ？」

やはり最後の敵は同じ人間。よくよく見れば、窓に張り付いているのは貞子でも伽椰子でもなかった。現在進行形でこちらを見下してくる双眸、マゾヒズムをそそる侮蔑のこもった眼差しは、天馬がよく知っている女のそれであり。あ、け、な、さ、い。読唇術の心得はないのだが、これだけゆっくり大きく発音されればさすがに伝わったので。

「何やってんの、お前」

手元と足元についている二重のロックを解除してから、窓をがらがら～と開ける。

「おっそいのよ。地味に寒いんだからね、ここ」

薄着だった凛華は軽く身震い。吹き込んできた夜の風は確かに少し冷たかった。

安堵と怒りに不可解さも加わり、天馬の感情は逆にフラットになる。ベランダは二部屋ごとに区切られている設計なので、隣の部屋をあてがわれている凛華がそこに立ち入るのは物理的に可能だったが、わざわざ吹きさらしを経由して会いにきた理由はさっぱりわからず。

「夜這い？　逢瀬？　密会……」

「くだらない戯言はやめなさい。唇を縫い合わすわよ」

と、そこでいったん自分の部屋に引っ込んだ凛華。何をするのかと思って見ていれば、次に出てきた彼女は畳んだマットレスに掛け布団まで抱えており。

「はーい、どいたどいた」

「ちょ、ちょ、ちょ、なんで……」

プライベートも安息も儚い命だった。困惑する天馬を乱暴に押し退けた女は、寝具一式ごと人の部屋に侵入。ベッドの隣の空いているスペースにそれらをセッティングしていた。まるでこれから一夜を共にするような風景に、ないない、と天馬が空笑いを浮かべていたら、

「私、今日はここで寝るから」

「ハァ⁉」

予感がまさかの的中。顎が抜けたようにあんぐりしている天馬の気持ちを、斟酌するつもりなど端からなかったのだろう、凛華は嘘くさい笑顔で口角をわずかに上げる。

「よろしくね」

「よろしくない！　突然どうして……むぐっ」

「しーっ！」

真っ当な抗議は、しかし、半分も言葉にはならず。天馬の口にぴしゃりと蓋をしてきた凛華は、もう片方の手で人差し指を立てるジェスチャー。

「九官鳥みたいに騒がないで。勘付かれたら不味いでしょ」

女版ジェームズ・ボンドにでもなったつもりなのか、銃口代わりに指先を喉元に突き付けられて、天馬は頷くしかなかった。わざわざベランダ伝いに行き来しているのにはどうやら、他の人間を起こさないようにするという最低限の配慮があったらしいのだが。できれば天馬の安眠も妨害しないでほしかった。

「まさか、一人じゃ怖くて眠れないとか言い出すんじゃないだろうな」

「さすがに平気よ、ホラー映画観た日の夜じゃないんだから」

「大丈夫かその発言。墓穴を掘ってないか」

「馬鹿言ってないで。あなた、私のストッパーなんでしょ？　だったら義務を果たしてよね」

「ストッパー？　いや、お前な……」

無論、彼女の行き過ぎた愛情表現をセーブする役割を意味しているのだろうが。

「あとは寝るだけの平和な時間帯に、何をどうストップする必要があるんだ」

「ハァ～……お風呂のときもそうだけど、どうしてこうも想像力に乏しいのかしら」

これだから素人は、とでも言いたげな凛華は大仰にため息。麗良から職人＝マイスターの称号を授かっていた手前、格下げされるのは甚だ不本意ではあったが、風呂の一件で詰めの甘さが露呈していたのも事実。

愛する少女と一つ屋根の下で共同生活を送る――合宿というイベントは恋愛未経験者の天馬が想像しているよりもはるかにアバンギャルド。ともすれば一時間足らずで蚊トンボを獅子に変貌させるような、ゲッター線まがいの危険なエナジーが放出されており。

「イメージできる？　麗良が薄い壁を挟んだ隣の部屋で今まさに、無防備な姿を晒してスヤスヤ寝息を立てているのよ。仰向けにもかかわらず体の一部分はしっかりと重力に逆らい、呼吸に合わせて上下運動を繰り返す――じゅるるるっ！」

「見てもいないのによくわかるな」

「細かいことはいいから、とにかくイメージしてみなさいっての、ほら」

「…………………（イメージ中）」

「どう、ムラムラしちゃうでしょ」

天馬は単純に可愛いと思っただけなので、イメージ映像に齟齬があったようだ。ムラムラするだけならタダなので勝手にしろというのが第一感だが、三流に甘んじるつもりはない天馬はさらに一手、二手先を考える。案の定、凜華の懸念はその先の未来にあったのだ。

「放っておいたら私、自我を失ってとんでもない暴挙に出るわよ」

「具体的には？」

「あの娘の部屋に侵入して寝顔を撮影するとか、匂いを嗅ぐとか、毛髪の採取をするとか」

「そこまでして結局、触りもしないって……」

お可愛いことだったが、それゆえに現実味を帯びている。個室についているドアの鍵は、安全上の観点からかコインを使って外からも開けられる作りだったし、そもそも警戒心の薄い麗良は施錠すらしていない可能性が高い。

つまり、部屋に忍び込むくらいなら凜華は十分にやりかねなかった。断っておくが、彼女の性格を貶めているつもりは一切ない。むしろ信頼の証だと留意していただきたい。

「だから私の見張り役をお願いしたいのよ。変な気を起こしたら止められるように、ね」

なるほど、そのロジックは理解した。本当は理解できたらいけないのかもしれないが、話が進みそうにないので諦めるとして。

「今のところ会話も成立しているし、暴走するとは思えないんだが」

「私もそう信じたいけどね、これは発作みたいなものなの。自分の意思とは関わりなく突然やってくるんだから、困ったものよね」

「発作、か」

あながち笑い話にもできなかった。ときたま凜華が引き起こす麗良関連の奇抜な行動の数々は確かに、病の一種だと割り切った方が納得しやすい。

「というわけで、私が寝るまでしっかり見守っておくように」

「マジで言ってんのか」

「大マジ。朝になったらベランダ伝いにこっそり戻るから」

「ってか、待てよ。今の理論だと、俺はお前が寝るまで起きてなきゃいけないんじゃ……」

「当たり前でしょーが、見張り役なんだから。先に寝ちゃ駄目。あとに起きても駄目よ」

「どこの関白宣言だ」

元より天馬に選択権はなし、時間外労働もいいところだった。

「変な動きを見せたら躊躇わずに急所を狙いなさいね」

「いや、それは上官が新米にピストル渡しながらするアドバイス……」

「うん。精々、死なないようにね。で……これだけは最後に言っておくけど」

まだあるのかよ、と。辟易している天馬の瞳を覗き込んだ凛華。月明かりだけでも虹彩の色まではっきりわかってしまうのは、暗闇に目が慣れてきたおかげなのか、ひとえに彼女の目力が成せる業なのか。

「美人がすぐ隣にいるからって、変な気は起こさないように」

「…………」

言い聞かせるというよりは、まるで試しているような。天馬を、ではない。表面上には現れないもっと深い場所、彼女の芯に近い部分に何かが潜んでいるような気はしたが、その一瞬で真意を見破ることなどできるはずもなく。

「じゃ、おやすみなさーい」

　さっさと布団を被ってしまった凛華。追い出すタイミングを失ってしまった。

　このまま立ち呆けていたら精神的動揺を隠せないみたいで癪なため、やけくそ気味に天馬も布団にもぐりこむ。しかし、先ほどまでの眠気が嘘のように目が冴えてしまっていた。

　天馬は実際、動揺していたのだ。美人が隣に寝ていることに。

　――いや、違うな。

　凛華が、隣に寝ていることに。

　チラリと件の女を確認。床に敷かれたマットレスの上、背中を向けた表情は確認できない。

　近くで寝ているという意味では今朝、電車の中でもすでに経験していたはずだが、それとは全く異なっている。やっぱり夜を共にするのには特別な意味があるような。

なかったとしても、感じずにはいられなかった。凜華の方は違うのだろうか。何か思うところはないのだろうか、と。らしくもない感覚に囚われているのに気が付いた天馬は、
「……思ってるわけがないよな、何も」
我知らず、声に出して呟いてしまう。隣の女はまだ起きているはずだったが、答えが返ってくることはない。それから一つも言葉が交わされることはなかった。
平等な時の流れが、空に新たな光をもたらすまで、ずっと。

四章　来年もまたこの場所で

「……ちくしょう」

充電器に差しっぱなしだったスマホを確認して、完全に寝過ごしたのを悟る。

原因は言うに及ばず、押し掛けてきた厄介な隣人のせいだ。凜華の関白宣言に従うつもりは毛頭なかったのだが、意識を超えた無意識によって天馬の五感は極限まで研ぎ澄まされてしまい。熟睡できたのは結局、日が昇って凜華が部屋を出ていったあとだった。

あくび混じりにリビングに下りていくと、自分以外の全員はすでに着替えて化粧もそこそこに済ませており、当然ながら凜華も普段通りでクールな面持ち。昨夜の件には触れてさえこないのだから憎らしかった。

唯一嬉しかったのは、キッチンにラップのかかった朝食――オムレツにハムにサラダにフレンチトーストという、完璧な布陣が用意されていたこと。遅ればせながら美味しくいただいていると、沖田がやってきて野菜ジュースを作ってくれた（念のため言っておくが、素手ではなくミキサーを使用）。果物が多めで甘い。至れり尽くせりにもほどがある。

昨日のカレー作りの際に思い知ったが、彼女の料理スキルはプロフェッショナル同然、それでいて他の家事も手際よくこなせてしまうのだから、明日から天馬の家に住み込みで働いてくれと懇願したくなるくらいに大助かり。たとえ性格に少し難を抱えていようとも、お釣りがくるレベルで有能なメイドだった。

麗良が当初に計画していたプランによれば、二日目の今日はいよいよ海を本格的に楽しむターン。半日をかけて遠泳に勤しむという、水泳部なのか軍隊なのかわからないカリキュラムが組まれていたのだが、これについては反対三・賛成二の投票によって却下された。ちなみに賛成したもう一人は沖田だ。一気にお釣りがチャラになった。

「本日は全員、水着によって終日を過ごすこと！　異論は認めません！」

時刻は十時――謎の宣言をした渚により、唐突に訪れたお着替えタイム。それぞれの部屋に別れ、着替え終わった者から浜に出てお披露目する流れに決まった。

当然、一番に終了したのは天馬。服を脱ぎ去りなんの変哲もない海パンに足を通して外のウッドデッキに出るまで、三分もかからなかったワールドレコード。寝坊した分を取り返せた気がして、少し得意になっていた。

今日も今日とて雲一つない晴天に恵まれており、賑わいを見せている海水浴場の映像をニュース番組で確認していたが、半ばプライベートビーチと化しているこのエリアは無縁。観光客でわいわいがやがや、海の家でカレーやラーメンを食べるのも天馬は嫌いではなかったが、今回に限って言えば喧騒から離れているロケーションが適切に思える。

無論、冗談抜きでナンパが後を絶ちそうにないから。特に麗良は、制服姿でもしょっちゅう声をかけられまくっているので、薄い布しかまとっていない状態で人ごみに紛れるなど、狼の群れに子羊を放り込むのと同義。天馬にそれらを撃退するだけの甲斐性があれば良かったのだが、すでに一度苦い経験をしているので、「俺が守るから」なんて大見得は切れない。守るつもりはもちろんあるのだが、あまりに頼りないという意味だ。

「たっはー！　良い天気じゃない、夏がいよいよ私を呼んでるわね！」

と、最初に姿を見せたのは渚だった。単に着替え慣れているだけなのか、水着の種類によって遅い早いの違いが出るのかは、自分で着る機会がないので永遠に謎のまま。

「お、天馬。相変わらずのもやし体型ね～。肉を食いなさい、肉を！」

「誰かに見せる予定はなかったからね」

その点、日頃から肌を出しまくっている渚は常在戦場の心構えを敷いており、水着姿にはありがたみさえ感じられないものの風格があった。

上下が繋がっているワンピースタイプなのだが、バストの間にV字の深い切れ込みが入りへそまで見えている。背中もぱっくり開いて露出部分が非常に多く、股下も鋭角にカットされたハイレグだったため、弟としては恥を晒さないか不安がよぎり。

「放送事故とか起きないよね？」

「ばっちり処理済みだから安心しなさい。むしろ怖いのは洒落にならない方の事故ね……今のうちにしっかり動かしておかなきゃ」

そう言うと、いっちにーさんしー、膝の屈伸やアキレス腱伸ばしを始める姉。際どいカッティングがさらに目立って見えるが、哀愁が漂うせいで色気は皆無だった。

なお、ここまで詳細に描写していると、まるで天馬が肉親の水着姿に釘付けになっているシスコン糞野郎のように思われるかもしれないが、半分は当たっており、意識して彼女を注視していた。「キッモ」とか言わないでくれ。ひとえに目を慣らしておくためなのだ。

プールに入る前に心臓に水をかけるのと同じ。あれだけ派手な格好にグラマラスな肉体を目に焼き付けておけば、後にどれだけの衝撃が来ても耐えることができるはず。それこそ準備運動の一環として、渚のケツを無心で観察していたわけなのだが。

「お姉さんの体はそんなに魅力的？」

「え、ああ、まあ。身内贔屓を抜きにしても、けっこう良いスタイルをしているな～とは、前から思っていて……」

「キッモ」

「うおっ！」

準備に専念するあまり本末転倒。気が付けば最大限の侮辱を耳元で囁く女が一人、憮然とした表情で腕組みしており。

「俺、無意識に何か言ってた？」

「いいえ、なんにも？」

黒い微笑みで何かを匂わせてくる女。薔薇のような匂いは体臭なのかサンオイルなのか。艶のある健康的な肌は太陽の下だとより一層に輝いて見える。その露出面積はいつもとは比べ物にならないほど広い。泳ぐための服装なのだから当たり前だが。

「なによ、ボーっとしちゃって」

「………」

目を慣らしておいた甲斐もなく、天馬は見事に衝撃を受けてしまっていた。

凛華は、首の後ろで結ぶタイプの黒いビキニを着ていた。トップには大人っぽいフリルがあしらわれ、ただでさえ細いウエストがさらにくびれて見える。腰の高さや脚の長さも普段の三割増し。それらの影響か、胸も（意外と）あるように感じられたのだ。寄せて上げるとかちんぷんかんぷんなので、まんまと術中にはまっているだけかもしれないが。

動きやすくまとめた髪も地味にポイントが高い。

「ごめんなさいね。渚さんみたいにボンキュッボンの綺麗な体じゃなくって」

天馬の沈黙を否定的に解釈したのか、凛華は平常時と変わらぬ皮肉で返してくる。目の前の男が今まさに自分の姿に見とれているとも知らず。

――お前の方がよっぽど綺麗だよ。

　飾り気のない直球で胸の高鳴りを表現したら、彼女はいったいどんな反応をするだろう。おすまし顔で「ありがとう」か。はたまた赤くなって「馬鹿じゃないの」か。どちらも天馬の妄想で、どちらも見てみたいリアクションではあったが、おそらく現実は「キモい」という侮蔑の一言が飛んでくるだけで終わり、そうなれば天馬は立ち直れそうになかったため。

「悪くないな、その水着」

「あら、そう？」

「さすがファッションリーダー」

　鼓動の大きさがバレないように抑え込んで、必死に平静を装って、当たり障りのない感想を述べるに留めておく。それが現在の天馬にとっては精一杯なのを、もしかしたら凛華にはしっかり見抜かれていたのかもしれない。

「なら、良かったわ」

　及第点は得られたように微笑み、だけど内心では「当然でしょ？」と思っている。決して自惚れではない、実力に裏付けされた自信がわかりやすく伝わってきた。何を言うべきなのか、何を言われたいのか、お互いに深い部分では理解している。あるべき関係性に戻ってきたような気がして、天馬は嬉しくなっていた。合宿の賜物である。

「ふぅ～……よしよし。とりあえず、第一波は耐えられたな」

「何と戦ってるの、あなた？」

しかし、天馬の想定では次こそが本命、大地を揺るがす威力を秘めている。いや、別に凛華が余震にすぎないとか言いたいわけではなく、純粋に系統が異なっているのだ。

凛華は内部からジワジワ高揚感が湧き上がってくるタイプの、核エンジン的な魅力。そしてもう一人は、外部から意識をかっさらっていくような、暴力的なまでに荒々しいロケットエンジンの魅力。そのパワーは幼なじみである彼女が一番に理解しているはずであり。

「遅いわねぇ……早く来ないかしらねぇ、麗良。遅いわねぇ……早く——」

「ループしてるぞ」

ふひひ、と野卑な笑いが口元に浮かんでいるのにも本人は気付かず。キャラ作りを忘れて露骨にそわそわしているのが黒髪の女だった。

彼女の変態イップスを治療することを裏目標に設定していたわけだが。リハビリ合宿もいよいよ二日目を迎え、さすがに誰の目から見ても問題点は顕著になっていた。

集合場所の駅でいきなり無断撮影の暴挙に出たことから始まり、一緒に風呂に入ってみれば無意識に胸を揉もうとする。これらの症状から診断するに、麗良への執着心や愛情はしっかりと規定値まで回復している。

むしろ多すぎるくらいで、キャパシティオーバー。いつもならば内燃機関により自家発電することでバランスを保っているのだろうが、その調整弁が完全に壊れてしまっている。色々な意味で馬鹿になっているのが今の凛華。要するに加減を知らないのだ。

「おい、皇。今日は俺から一つ、お前に課題を授けておく」

「偉そうに……ま、気分が良いから特別に聞いてあげる」

「昨日も言ったな。慎みを持て。クールキャラを忘れるな。にやけるな。呼吸を荒らげるな」

「ハァ？　言われるまでもなく……」

「そんな気持ち悪い笑い方してたら、椿木さんがいくら聖人でも距離を置きたくなるぞ」

「気持ち悪い？　誰に向かって……はっ⁉」

凛華はペタペタと己の顔面を触り、「私ったら、いつの間に……」表情筋が意に反して痙攣を起こしているのにようやく気が付く。

「それを達成できて初めてお前のイップスは回復するんだ。心してかかれよ」

「み、見くびらないでくれる？　楽勝よ」

「ほーう。水着姿の椿木さんを目の前にしても、同じ強がりをほざけるかな」

「私を誰だと思っているの？　あなたは知らないでしょうけどね、こちとら麗良の誘惑には今まで何年も耐えてきたのよ。壮絶な修羅場をくぐり抜けてきたのだって、一度や二度じゃないんだから」

「昨日の風呂では耐えられてなかっただろーが」

「裸と水着は雲泥の差」

「だといいけどな」

頼みもしないのに即落ち二コマのフラグを立てまくってくれる中、そのときは訪れる。

「お待たせしました～」

あどけない声には幼なじみを誘惑する邪念など露ほども感じられず。

ウッドデッキの階段を慎重に下りてくる麗良の水着は、遠目に見ただけでも破壊力が凄まじかった。白いビキニは谷間の部分に大きなリボンが垂れている。下はヒラヒラのミニスカートを合わせた感じになっており、彼女の内面そのまま『清楚』を具現化したようにも思えるのだが。残念ながら、見る側の心までも浄化することは叶わない。

むしろよからぬ情欲を駆り立てるほどであり。

「日焼け止めが見つからないで……すみません、遅くなってしまい」

白い太ももをあられもなく晒しながら、砂の上を駆けてくる少女に向かって、

「い、急がなくていいよー？」

思わず天馬は大声で制止。何がとは言わないが、こぼれるんじゃないかと本気で心配になったからだ。どこがとは言わないが、まるでそれ自体が意思を持っているような異次元の動き。ピッチャーの球種でたとえるなら確実にナックルボールだった。

「はぁ～、風が気持ちいいですね～。やっぱり海は水着が一番です」

「同感、だね……」

いよいよ手を伸ばせば届く距離にまで迫った麗良を前に、天馬は彼女と出会った四月の自分

を思い出す。あのときと同じだ。どこに視線を置けば良いのかわからない。

説明不要の巨大な存在感は、見ないのが失礼に値するのか、見るのが失礼に値するのか、混乱して頭がくらくらしてきた男は、精神を鎮めるためにもう一人の女へ視線を向ける。自分より緊張している人間を見るとなぜか緊張がほぐれる例の現象に期待したわけだが、

「むっ⁉」

しかし、そこには恍惚で鼻の下を伸ばしている気色悪いニヤケ面はなかった。

あからさまにハートを撃ち抜かれて崩れ落ちることもなければ、かといって奥歯を噛み締めて堪えながら不自然な無表情を作っているわけでもない。天馬の予想は尽く裏切られる。

彼女の口元に浮かび上がっていたのは、聖母のような微笑み、だったのだ。

——なんだ、これは……なんなんだ⁉

柔らかく繊細な、精巧で洗練もされている。近いのはモナリザの絵画や観世音菩薩の像。芸術品のように完成されたそれは、生半可な演技によって生み出せるとは思えず。感動のあまり立ったまま天に召されてしまった可能性も、天馬は視野に入れたのだが、

「わぁ〜、凛華ちゃんの水着、いいですね。やっぱり黒が似合います」

「ありがとう。麗良もとびっきり可愛いわよ」

「本当ですか？　新調して正解でした。私、すぐにサイズが合わなくなるので」

「うん、うん。髪のアレンジも素敵ね。夏らしくなってるじゃない」

「あ、気付きましたか？　沖田さんに習って自分でやってみたんです」

受け答えはいたって正常なので、別に往生したわけではなかったのを知る。

それどころか麗良の髪にちゃっかり触ったりして。しれっと耳の裏に鼻を近付けて匂いを嗅いだ瞬間も、天馬は見逃しておらず。バレないようにというのが重要なポイント。絶妙なバランス感覚。体操競技の審査ならば十点、十点、十点、十点が並ぶ。

彼女の中でいったい何が起こったのか、天馬は自分なりに一応の答えを見出していた。

たとえるならば、無我の境地。快楽に抗うのをやめて、ありのままに受け入れた結果、その先にあった新たな扉をまた一つ、凛華は開いてしまったのだ。単純な解決策ゆえに盲点——器が満たされてしまったのならば、さらに大きな器に交換すれば良いだけ。

つまりやつは、麗良成分を吸収できる上限値を、ここに来てさらに引き上げたのだ。天馬の助けなど必要とせず。

「えーっと……もしかしたらこれ、男の人には受けが良くないんでしょうか。矢代くん、さっきからずっと難しい顔で黙っておられますが」

「気にしなくていいわよ。私にも塩対応だったし、同年代にはあまり興味ないみたい」

「……さすがはプレイボーイ。若い娘の水着は見慣れているんでしょうね」

「それよりも、麗良。背中にも日焼け止めは塗ってある？　今日も紫外線は厳しいわよ」

「あ、はい、届かない部分は塗ってもらおうと思って持ってきたんです。凛華ちゃんは？」

「私もよ。じゃ、交互に塗り合いっこしましょうね」

何やら盛り上がっている二人は、天馬を置き去りにしてサンオイルや日焼け止めのクリームを塗り始める。金髪と黒髪の美少女が戯れる絵は非常に心温まる。ともすれば天馬に青春の二文字を実感させる効力もあったが、麗良が無防備に背中を向けた途端、しめしめとほくそ笑んで煩悩を露わにした凛華を見て、一気に現実へ引き戻された気分。

ある意味では喜ぶべきなのかもしれないが。

——恐ろしいやつだぜ、あいつ……

嬉しさで冷や汗をかいたのは久しぶり。どこまで行っても彼女は主人公。凡人の予想など一足飛びで追い越していく。常に進化を続ける。だからこそ生きていける。

「ふぅ……」

そして、ひっそり安堵。これでも思春期なのだ。男の子なのだ。同級生の水着姿にときめかないはずがない。控えめに言ってもテンションが上がりまくっており。

早鐘を打つ心臓を抑え込むので必死だったが、なんとか耐えられた。直視は危険と判断して目のピントをずらしたりしているため、正確には耐えられていないわけだが、逃げ出していないだけでも天馬としては大健闘だった。

図らずも、渚→凛華→麗良という、ベストの順番で接触できたのが大きい。ラスボスを突破した今もはや怖いものなし。天馬の理性を揺るがすモンスターは存在しない。

「おや。みなさん、もうお揃いでしたか」

そこで聞こえてきたのは、最後の一人の声。彼女はおそらく今日も変わらず布面積の多いメイド服に身を包んでいるはずなので、衝撃に備える必要はない、と。油断した天馬は警戒モードを解除していたのだが。

「パンプアップに手間取ってしまい、申し訳ありません」

「遅かったですね、沖田さん……ってぇぇぇ！」

「どうなさいました、天馬様。大げさに飛び退いたりして」

「そ、その格好は⁉」

振り返れば、ゴシックカラーのメイド服なんてどこにも見当たらず。沖田の肌にぴったりと密着している布は、水の抵抗を極限まで軽減している証拠。今日のメンバーの中で最も薄い素材を使用しているそれは、最速を追い求める者のために誂えた機能美。

「見ての通り。水中戦にも対応できるよう換装いたしました。メイド服のままでは水辺の作業に支障を来たしますので」

「そう、です、か……」

あまりの衝撃に息継ぎのタイミングを忘れた天馬は、言葉が途切れ途切れになっていた。

ネイビーに白いラインが入っただけの競泳水着は、シンプルゆえに着こなす者を選ぶ。ファッション性は二の次なのに加え、体のラインがはっきり出る構造のため、アスリートでもない限りだらしなさが露見してしまう――にもかかわらず、目の前の彼女はどうだ？

「ぱ、ぱ、ぱ、ぱ……！」

パーフェクト。いや、エクセレント。そぎ落とすべき脂肪は可能な限りそぎ落とし、代わりに鍛え上げられた筋肉で全身をコーティング。よもや人間相手に造形美を感じようとは。普段は背が高すぎて威圧感が先行しがちなのだが、こうして見れば沖田はあまりに美しい。

「予想はしてましたけど、すごく鍛え上げられた肉体ですね」

「いえ、今はオフシーズンですのであまり仕上がってはおりません」

「俺からしたら十分すぎますよ……え、オフ？」

偶然にすぎないし、余談になるのだが、天馬はあらゆる水着の中でも競泳水着が最も好きだった。生足よりもストッキングを好むのと同様に、肌を出すより隠された方が嬉しいタイプ。見せるより見せないことに美学を感じる人間だった。

その意味では、本日の女性陣の中では沖田が断トツ優勝。恥ずかしながら視線を奪われてしまった。それに対して沖田が咎めてくることもなく。むしろ需要と供給が一致したのか、「どんどん見てやってください」と言わんばかりにサイドチェスト。二人きりのボディビル大会に時間の流れを忘れるほどだったが、

「……女性の体をガン見するとか、嫌らしいったらありゃしない」

「えっ⁉」

気持ち悪さを冷静に指摘される。蔑みのジト目を送ってくる凛華だった。塗り合いっことやらはとうの昔に終わっていたらしく、背後には麗良も控えており。

「沖田さんのことは、ちゃんと褒めるんですね。私と違って変に視線も逸らさないし……」

不満そうにぷっくり頬を膨らませている。

「筋肉、ですか。うぅ～、私としたことが、ノーマークでした。お腹、プニプニです～」

「そもそも年上が好きなのよ、あの男って。アラサーの担任にも色目を使ってるしさ」

「ああ、相沢先生ですよね。私もなんとなく察してはいました」

「ちょっと待って！」

著しく名誉を傷付けられた天馬は抗議しようとするのだが、「ときに、天馬様」沖田に肩をつかまれて動きが止まる。止まらざるを得ないほどの膂力だった。

「日焼け対策は十分にお済みでしょうか？」

「え？　いや、男ですし……シミの一つや二つ、どうでも」

「それはいけませんね。化粧をしていない分、男性の方が紫外線の被害を受けやすいですし、免疫力の低下など美容以外にも悪影響が出ますので。いったん中に戻りましょう」

「ちょ、あの、それはわからなくもないんですが！」

全力で抵抗する天馬の体を、見かけ倒しではない筋力で容易く制圧してしまう沖田。別に日焼け止めを塗られるのが嫌なのではない。さっきから背中に、おそらく彼女の体の中で唯一くらいに贅肉が詰まっているだろう、柔らかい双丘の感触が伝わっており。

「すげえ当たってるんですよ！」

「ただの大胸筋です。お気になさらず」

「あなたが気にしてください！　だ、誰かー！」

健全な青春を歪められている気がした天馬は助けを求めるのだが、不潔なものを見る目に変わった女子二人が手を貸してくれることはなく。

沖田の巨大な手によって、日焼け止めを隅から隅まで塗りたくられてしまうのだった。


水着の女性から背中にビッグサイズを押し付けられるという初体験。ともすればラブコメ漫画的なドキドキのシチュエーションを、年齢不詳の大きなお姉さんによって消化してしまった報いなのだろうか、外に戻っても女子二人の視線はどこか冷たく。

天馬とは別行動を取るようになっていた凜華と麗良。仲良く水をかけ合ってはしゃいでいたり、砂浜にお城を作って遊んでいたり、貝殻を拾って耳に当ててみたり、あるいは何もせずにただ隣り合って座り、楽しそうにお喋りしている瞬間もあったりして。

あくまで断片的な情報、一部始終を見ていたわけではないのだが、二人だけでもしっかり真夏の海を満喫しているのは、聞くまでもなく伝わってきた。

いつもより少し遠くなってしまった彼女たちの笑顔に、一抹の寂しさを覚えていた——なんてことは全然なく。自分はあくまで凛華のサポート役。補助輪なしで前に進んでいけるのならばそれに越したことはない。だけど転ばないか不安もあったので、子供が泣き出したら即座に駆けつけられるように、適度な距離感を保つのが理想形。

巣立っていく雛鳥の背中を遠目に確認できるだけでも十分に満足だった天馬は、もっぱら大人組と行動を共にしていた。

「向こうの島まで競争しましょう！」

と言い出した渚に付き合わされて遠泳ミッションに挑んだり、砂の中に埋められて動けなくなったり、相撲を取ったら沖田にぶん投げられたり、スイカ割りのスイカ役をやらされそうになったり、三人しかいないのに騎馬戦をやりたいと渚が駄々をこねてきたので、仕方なく彼女を肩車して単騎の沖田と戦わされたり（当然、負けた）。

思い起こせば半分以上はパワハラみたいな内容で、愉快なのか問われれば微妙なラインだったが、非日常という点ではこれもまた青春の一部なのだと割り切った。

昼過ぎにもなれば天馬は遊び疲れてくたくた。かといって嫌悪感を覚えるような倦怠感では決してなく。沖田が鉄板で豪快に炒めた本格焼きそばを美味しくいただきながら、心地好い休息タイムに突入していたわけだが。

「やだやだ、どっかの誰かさんったら、すっかりデレデレしちゃってさ」

「そうですね～。矢代くん、私たちといるときよりずっと楽しそう」

「……なんか俺、ものすごく理不尽な非難をされているような」

果たしてどのような色眼鏡をかけているのだろう、女子からはさらなる顰蹙を買ってしまったようで、わざと聞こえるように嫌味を飛ばしてくる始末。

凛華の方は今に始まったことでもないので許容できたものの、麗良までもが微笑みの中に鋭い棘をにじませている（凛華よりも怖い）のはいかなる了見なのか。

ついと思った。この状況に心を痛めている辺り、もしかしたら天馬の中でも『女子から嫌われたくない』という——そんな感覚はとっくの昔に失った気がしていたのに——最低限の矜持は残されていたのかもしれない。

とにもかくにも、男一匹と美少女たちの間に生まれてしまった対立構造が、本当の意味で深刻さを増すのはまだまだこれからだという真実を、能天気に焼きそばをおかわりしていた天馬は知るはずもなく。

洋画の予告編みたいに大げさな引きをしてみたが、内容を伴っていないのだけはネタバレしておく。

△

時刻は午後四時を回った頃。

夏の日はまだまだ高いものの、午前中からフルで動き回っていた甲斐もあって、いよいよ海辺での遊びはやり尽くしてしまった感が強い。

日光浴の名を借りた昼寝をする程度しか、やることが思い浮かばなくなっていたとき。

体力が有り余っている沖田が、別荘の中から何かを運び出してきた。トリコロールのボールの他にもネットや支柱など、見覚えのある器具が並ぶ。

「それって……ビーチバレー、ですか？」

興味津々で尋ねた天馬に対して、「はい」と頷いた沖田。

「奥様の趣味と思われますね。倉庫に簡易セットが一式眠っていましたので、これを機会に有効活用してやりましょう」

慣れない作業ではあったが、五人で協力すれば設置に時間は要せず、あっという間にバレーコートが浜辺に完成していた。境界線には青いラインテープがアンカーで固定されている。屋内の同競技と比べれば一メートルほど狭いが、ネットの高さは変わらないらしい。

「ひゅ～う！　簡易っていう割にはしっかりした作りじゃないの～」

ネットの張り具合を確認した渚が口笛を吹かしている。彼女の言う通り、遊びで使うにはもったいないくらいのプロ仕様。

「へへっ、久しぶりに血がたぎってきたわねぇ……で、何を賭けて勝負するの。花京院の魂？」

「どうして何かを賭ける前提なんだよ……」

戦闘民族みたいな思考の姉に、平和を尊ぶ天馬は呆れるばかりだったが。

「でも、確かに。勝負するなら罰ゲームくらいはあった方が盛り上がりそうですね」

お気楽に便乗してきたのは笑顔の麗良。おまけに「同感ね」と凛華までも乗っかってきて、

「でしょでしょ～？」得意満面になってしまうのが渚。多数決の暴力が凄まじく、

「では、負けたチームには罰として夕飯の買い出しに付き合っていただき、勝ったチームにはわたくしが本場直伝の全身エステフルコースを施す、というのはいかがでしょう？」

沖田の提案に「おっしゃあ、決まりね！」「賛成でーす」「異議なーし」と、天馬の票など入る余地なく閣議決定。民主主義の欠陥をここに見た。

「戦力の公平を期して、わたくしは審判を務めます」

そう言ってホイッスルを首に提げた沖田。競泳水着には絶妙にマッチしている。

「なお、ルールについてですが、インドアのバレーとは違ってブロックのタッチもワンプレーにカウントされますので、その点だけはご注意ください」

　要するに、ブロックでボールに触れたら残り二回で敵コートに返さないといけないわけだ。

「他にもドリブルの取られやすさやフェイントの際の指など、細かい違いはいくつかありますが、素人が正確にジャッジするのはなかなか難しいので不問ということで」

　地味に詳しい辺り、もしかしたら沖田には本場（ブラジル辺り？）の経験があるのかも。

　彼女が本気でジャンプサーブを繰り出したら砂浜に巨大なクレーターを形成しそうなので、抜けるのは妥当な判断だった。残りの面子には男が一人だけ交じっているが、並の運動神経しか持たないのでどうチーム分けしたって不均衡は生じないだろう。

「じゃ、適当にグッパーでもしとくぅ？　うわっ、何年振りに言ったんだろ、これ」

　謎の感動を口にしながら、渚は拳をブンブン振り回しているのだが、

「いや、その必要はないよ」

　逃がさんとばかりに、彼女の手首をがっちり捕まえた天馬。

「俺と組もうよ、姉さん。姉弟チームを結成ってことで」

　滅多に見せない家族愛を披露、したわけではなく。これはあくまで目的達成のための手段にすぎなかった。狙いはもちろん、女子二人を組ませてやることにある。幼なじみ同士の共同作業は実に興味深いし、スポーツ特有のハプニングも起こりそうな予感がして、恋愛コンサルタント的には外せないイベントだったゆえに。しかし、

「天馬ったら、そんなにきつく私の腕をつかんで……！　激しいスキンシップを……！」

ブラコンの気質がある姉はその意味を盛大に履き違えたらしく、二十四歳には許されないぶりっ子ポーズで身悶えしている。

「もぉ～、なによなによ～。普段はツンツンしてるくせして。なんだかんだでお姉ちゃんっ子なんだから。嫌いじゃないわよ、そういうの。むしろ大好物っ‼　しゅき！」

「……はいはい、俺もしゅきですよー」

ある意味、予定調和。いちいち否定をするのも面倒だった天馬は適度に流し、

「じゃ、そういうことで。この馬鹿はもらってもいいよね？」

幼なじみのチームワークを遺憾なく発揮してくれ、というメッセージを送るのだが。どこでどう間違えたのだろう、天馬は愚かな姉以外にも勘違いを量産してしまったようだ。炎天下にもかかわらず、凛華と麗良は極寒の雪山で温め合うようにぴったり身を寄せており。

「自覚のないシスコンって不治の病よね」

「うぅ～……仲が良すぎるとは私も思っていたんですが」

「おい、コラ、皇、今なんつった？」

「指摘されたらキレるとか真正じゃないの」

「はいはーい、みんな、仲良くして。私の弟を取り合っちゃダーメ！」

シスコン――シスターコンプレックスの略。最後に聞いたのは小学六年生の頃。五年ぶりぐらいに面と向かって言われた禁句に、天馬は心中穏やかではいられなかったが、なぜか勝者の

余裕みたいなものを漂わせる渚が仲裁に入り事なきを得るのだった。

「ま、相思相愛のコンビでお似合いじゃないの？　邪魔するのは申し訳ないし、私たちは二人で健全に頑張りましょうねー、麗良？」

「凛華ちゃん、煽るのはよしましょう。矢代くん、悲しそうですよ……」

——にゃろう、こっちの気も知らないで。

シスコンの汚名を着せられてまで二人を組ませたからには、それ相応の見返りがなければ割に合わない。最低限、微笑ましいコンビネーションは見せてもらわなければ。

この時間をしっかり有効活用しろよ、と。天馬が向けた視線の意味は、正しく伝わってはおらず。凛華からは「望むところよ」という挑発的な眼光が返ってきた。

「えー、厳選なるジャンケンの結果、皇・椿木ペアのサービスで試合開始になります！」

沖田が鳴らした長いホイッスルが決闘の始まりを告げる。審判台はないので支柱の脇に立っているだけだが、でかいのでジャッジに支障はなささそう。

酒好きの社会人が長時間の運動に耐えられるとは思えなかったため、二十一点のワンセットマッチ。ゆえにサービス権の先取は影響が大きかったりする。

「行くわよぉ……」

最初のサーバーは凛華。両手で挟んだボールをくるくる回す予備動作。いきなりジャンプサーブでもかましてきたら度肝を抜かれたが、ラインに近い立ち位置からして、堅実にフローターサーブを打ってくるようだ。

左手で顔の前にふわりとトスを上げ、

「砕け散れぇ!!」

右手で押し出すように叩く。およそ球技の際に発する掛け声とは思えない辺り私怨が宿っていそうだったが、天馬の顔面めがけて弾丸が飛んでくることはなく。セオリー通りにエンドラインぎりぎりを狙ってきた。

「おーらい！」

すぐに声がかかって渚が下がったので、天馬はネット際まで上がる。

渚は腰を落としたアンダーハンドでボールの勢いを上手く吸収、レシーブは理想的な山なりの軌道を描いたばかりか、セッター役になる天馬の頭上を正確に目指していた。この時点で何かに気付いたらしい沖田が、「おや？」と意外そうな声を発する。

「頼んだ、姉さん」

天馬がオーバーハンドで上げたボール。下手ではないが上手くもない平凡なトスに、助走もそこそこ、砂に足を取られているとは思えない絶好のタイミングでジャンプした渚が、しならせた腕で的確に打ち抜く。ここまで綺麗な三段攻撃をいきなりされるとは相手も思ってもいなかったのか、鋭い一撃がコーナーに突き刺さった。

沖田の笛が鳴り、天馬たちの得点を示すハンドサインを出すのだが、

「あぁ～ん、もお！　下が砂場だとやっぱり滑るぅ～！」

駄々をこねる声。スパイクを決めた本人は着地に失敗してずっこけていた。

「あんまり高く跳べてないしぃ……って、それは年のせいか」

「十分、高かったよ。ナイスプレー」

手を貸して渚を立たせる天馬。屋内より選手の距離が近いのもビーチバレーの特徴らしい。

「すみませーん！　全く動けませんでした……」

申し訳なさそうにしている麗良に向けて、「今のは向こうを褒めましょう」と答える凛華。

その口から小さく、「……まぐれ、よね？」不審がこぼれ落ちたのは必然だろう。

あちらはスポーツ万能の若い二人に対して、こちらはミスター平均点に加えて運動不足の社会人という、足したら戦闘力がマイナスになっていそうなペア。ワンサイドゲームの可能性だってあり得たはずが、先制点を奪っているのだから。

彼女の中で湧き上がった疑惑が、確信に昇華するまでにさして時間は要さなかった。

「ふぅ～、行けるかな？　うんうん、さっきの感じなら行けそうよね、余裕、余裕♪」

サーバーの渚は念入りに地ならしをして、唯一の不安材料と思われる足元のチェックに余念がない。立ち位置はあからさまにラインより離れていた。言わずもがな助走をつけるためにほ

かならず。

まさか、とあんぐりしている凛華が一歩、二歩とコートの後ろに下がっていく。彼女の予想通り、小走りに移行した渚はボールを宙に上げてそのまま自分も跳び上がる。風の影響を考慮してか高さは出ていなかったが、それでも目に見えて洗練されていた。

スパイクと同じ動作で放たれた球は、凛華のフローターサーブとは比べ物にならないスピードを発揮。ギリギリでネットをかすめて勢いを殺されるのだが、相手は二人とも後方に陣取っていたのが仇となり、そのまま誰もいないフロントゾーンにぽとりと落ちた。

ラッキーなサービスエースは、ポイント以上に精神的ダメージが大きかったようであり。

「ちょ、ま、これぇ……！」

未だに揺れているネットの向こう側、凛華は完全にイカサマを食らったカモの顔で呆けているのだが、その程度で試合が中断することはなく。

「ねえ、天馬〜！　またひっかかっちゃうかもしれないけど、久々で楽しいからもう一回ジャンプでやってもいい〜？」

背後から聞こえてきた無邪気な声に、

「うん、手加減はいらないからね。じゃんじゃん狙っていこう」

天馬は振り返りもせずに答える。勝手知ったるやり取りに、いよいよ確信犯だと気付いたらしい凛華は待ったをかけようとするのだが、一足遅かった。

渚が再び放ったジャンプサーブは、今度こそ完全にネットを越えて、麗良と凛華のちょうど間に飛んでいく。広いコートに二人という特性上、全体をカバーすることはままならず。バウンドしたボールが砂上にくっきりと丸い跡を刻むのだった。

「ポイント、矢代ペア。0対3」

笛の音と共に冷静沈着な沖田のコール。一方、落ち着いてはいられないのが凛華で、

「タイム、タイム、たぁぁぁぁいむ！」

両手で作ったT字をこれ見よがしにアピール。ビーチバレーにタイムアウトの制度があるのかは定かでないが、レフェリーとしても無視はできなかったのだろう。

「凛華様、いかがなさいました？」

「いかがもクソもないでしょーが！」

怒り心頭の女はもはや年上への敬いや猫かぶりなどすっかりかなぐり捨てて、売国奴でも発見したように切迫した表情で、ネットを挟んだ渚のことを指差す。

「そこにいる飲んだくれ女、一人だけレベルが違うじゃないのよー！　明らかに経験者の動きでしょうがー！　ふざけんじゃないわよゴラァ、オラァ、ヌラァ！」

「ねえ、天馬。凛華ちゃんってあんなに口悪かったっけ？」

ついでに顔も悪人面と化していた。渚の疑問に関しては、あれが本性だとしか答えようがないので後回しにさせてもらい。

「確かにお前の言う通り、姉さんは中高で六年間バレー部だったが」

「あ、ちなみに高校ではキャプテンね。大学時代も遊びならやってたわよ」

「意外と体育会系だったのねぇ⁉」

「俺たちが組むことに異存はなかったはず。不公平とは言うまいな」

「ぐぬっ……」

わかりやすく唇を噛んでいる凛華を目にすれば、心が痛まないわけでもないのだが。いわゆる必要悪――これも全て彼女たち仲良しコンビの絆を深めたいがため。憎まれ役を買って出た以上、今さら後戻りはできないのだ。

柄にもなくダークヒーローと化している天馬だったが、代償は思ったよりも甚大。

「矢代くん……まさか、そこまでして私たちに勝ちたかったんですか？」

あなたに限ってそんなはず、と。揺るぎかけた信頼に自分でも戸惑っている様子の麗良。崇高な目的を知る由もない彼女からはただ単純に、遊びにもかかわらずガチで勝利に固執する空気の読めないやつ、という最悪のレッテルを貼られてしまっていた。

だけど、大丈夫。理解者はいる。わかる人にはわかってもらえているはずだから、と。もう片方の女に天馬は一縷の望みを懸けるのだが。

「はぁ～……ヤダヤダ。きっとメイドの全身エステが楽しみで仕方ないのよ、あいつ。スケベなマッサージとか性的なサービスと勘違いしてるんだわ。盛りの付いた犬はこれだから」

汚物は目に入れたくないと言わんばかり、視線を宙に投げる凛華。

「お前もそっち側なわけ!? 俺はただ……」

「うるさいわね。慰めてほしいんならお姉ちゃんのおっぱいでも吸ってなさい」

罵詈雑言に謂れのない誹謗中傷まで混ざる最悪のコラボレーション。誰のために自分は戦っているのだろう。一人ぼっちの戦争に打ちひしがれている天馬の孤独を、理解できる者などいるはずもなく。

「大変ね、天馬。とりあえず一発吸っとく?」

「……気持ちだけ受け取っておくよ」

「えー、ご不満はおありでしょうが、そろそろゲームを再開しても?」

確認してくる沖田を、「ちょい待って」と制した凛華。この期に及んでクレームを入れるような見苦しさはなく、麗良の耳元で何やらゴニョゴニョ。作戦を吹き込んでいるのは想像に易かったが、唇の動きを手で隠す徹底ぶりのため内容はわからず。ただ気になったのは、チラチラとあからさまに天馬の方をうかがっている目の動きにあり。

「……はい。それが正攻法だと、私も思います」

と、最終的に頷いた麗良までもが天馬を見てくる。その瞳にはなぜか苦渋の決断、泣いて馬謖を斬るような色が宿っていた。

渚のサービスで試合は再開するのだが、力が入りすぎたのか特大のホームランを放ってしまいフォルト。相手チームは初めての得点となりサーブ権も移る。

「すいませーん……お覚悟を！」

なぜか謝罪しながら放たれた麗良のサーブは、真っ直ぐ天馬に向かってくる。レシーブは三段攻撃の起点であり、必然的に今度は天馬がスパイクする役割に回るのだが、重い足場では跳ぶどころか助走をつけるのもままならず（どう考えても渚が異常なのだ）。

結果、経験者の上げてくれた絶好のトスに対しても、アタックとは名ばかりのひょろひょろ球を返すだけ。狙いすましたかのようにネット際で待ち構えていた凛華は、両手を高く伸ばして垂直ジャンプ。お手本のようなブロックでボールを叩き落としてしまった。

「す、すげえ跳ぶじゃん、あいつ……」

足場が悪いとはいったいなんだったのか、ひとえに身体能力の高さがうかがい知れる。

「ナイッサー、麗良。完璧よ〜、今の感じでもう一本お願ーい！」

前傾姿勢のままで背後に伝える凛華は、ヒップラインに指をひっかけてもぞもぞ。思わずガン見しそうになるのは男の性。よく見れば麗良も似たような仕草。水着は激しく動き回ると容易く食い込んでしまうらしい。いかんいかん、と煩悩を振り払いつつ。

「……ナイッサー？」

ふとした疑問が生じる。一連のポイントは、サーブよりも明らかにブロックを決めた凛華の手柄に思えるのだが。違うのか。

些細に思えた違和感を増幅させるように、麗良のサーブはさっきと全く同じ軌道を描いて天馬を目指してくる。取ってくれと言わんばかりの放物線だったため、何も考えずにレシーブした。そこからは完璧に再放送。渚が綺麗なトスを上げて、今度こそ天馬は（素人なりには及第点の）スパイクに成功するのだが、凛華のブロックはそれ以上に練度を上げており、ボールを滝落としがごとく跳ね返してくる。

「ポイント、皇・椿木ペア。３対３」

追いつかれてしまった。偶然ではなく、凛華の戦略が奏功したのだろう。天馬の勘が正しければ、次も同じ得点ルートを狙ってくるはず。

「ほら、やっぱり俺に来やがった！」

わかっていても防ぎようがないからこその必勝法。三本目ともなればコントロールにも自信がついてきたのか、麗良のサーブは重さを増しており。腕に当たっただけのお粗末な天馬のレシーブ。あらぬ方向に飛んでいったボールにも、しかし、渚はなんとか追いついて砂の上にダイビング。普段のだらしなさからは考えられない機敏な反応だったが、片手で拾ったボールはそのままネットを越えて相手コートに返ってしまう。

それを見た凛華は、チャンスボールと判断したらしくニヤリ。いったん深く沈み込んでから大きく跳び上がって、

「おらぁ！」

ブロックどころか直接の強打で返してきた。それだけでも驚きだったが、虚を衝かれたのはスパイクコース。片方の選手がコート外に外れてしまっている現在、打ち抜くスペースはいくらでもあっただろうに、なぜかボールは棒立ちの男めがけて突進し、

「ぐえぇっ!!」

あえなく顔面に直撃、天馬の視界はブラックアウト。目を開いた次の瞬間には、

「………空が、綺麗だ」

砂上に大の字で寝転がっていた。悲しくもないのに涙が出ているのと、鼻の奥が鉄臭いのはなぜだろう。決死の顔面レシーブも得点には結びつかず。ドッジボール的にはセーフなのかもしれないが、どこをどう見てもセーフではない絵面に。

「矢代くーん！　生きてますかー?」

悲鳴混じりに駆け寄ってこようとする麗良。天使らしい真っ当なリアクションだったが、

「いぇ〜〜い！　逆転よ、麗良！」

彼女の進路に立ち塞がって無理やりハイタッチさせている女は、果たして悪魔という表現だけで済まされるのだろうか。

「ポイント、皇・椿木ペア。4対3」

感情のこもっていない沖田のコール。他に言うことないのか。いや、確かに顔を狙ってはいけないというルールはないのだろうが。某テニス漫画の審判だって、週刊連載の初期はまぶた

をカットしただけでも試合を止めていたんだぞ。後半は血だらけになっても分身しても無関心だったがな。

「す、め、ら、ぎ……」

ゾンビのように立ち上がった天馬に対し「なによ？」と心外そうに鼻を鳴らす凜華。

「ペアの競技で弱い方を標的にするのは定石。立派な戦術の一つでしょ」

「凜華ちゃん、だからって物理的にスパイクのターゲットにしなくても……」

「何か勘違いしてるようだが……俺は文句なんて一つもないんだぜ」

言葉の通り、不平も不満も天馬にはなかった。それどころか、くっくっくっく、と。唇の端から笑いが漏れてしまうほど。嬉しくてたまらなかったのだ。

——なぜかって？

ハイタッチに乗じて麗良の二の腕や腰回りをベタベタ触りまくっている、セクハラ女の姿を見たからだ。あるべき姿がそこにあった。夏の海でしか実現できない特別なスキンシップ。天馬を倒すという目標を共有することにより、奇しくも二人は結託。絆を強くしたのだ。悪に徹した甲斐があったというもの。

「その調子だ。俺にもっと見せてくれよ、新しい景色の向こう側」

面白くなってきたぜ、と。スポ根漫画よろしくサムズアップした天馬に、「えぇ……」というドン引きの反応を返してくるのが凜華。やっぱり何も伝わっていなかったが、むしろ僥倖なのかもしれない。彼女にとってそれは息をするように自然なことなのだから。

強欲な天馬は考える。どうせならもうワンステップ上に進みたい。スポーツには激しいアクションが伴うゆえに、普段ならば作為を疑われかねないハプニングさえも、試合に集中していたあまりにという免罪符が利く。

「天馬、ボーっとしてるけど平気？」

「ああ、わかってる」

「思ったんだけどさ。一球目、ちょっと無理してでもお姉ちゃんが取りに行くってのどう？」

「ま、好きにしていいよ」

まるっきり注意力散漫。天馬は目標の達成に思考を奪われるあまり、会話の内容が頭に入っておらず。四回連続で自分を狙ってきた麗良のサーブに対して、当然のようにレシーブの体勢に入っていたのだが、そこで起こってしまったアクシデント。

「ちょ、ちょ、ちょ、天馬、どいてって！」

「え、うおっ⁉」

手に触れたのは空気がパンパンに入ったボールではなく、横っ跳びで突っ込んできた渚の人肌——お尻をダイレクトに受け止めるような形になってしまい。そのまま二人でもつれるように回転しながら滑って、最終的には仰向けに倒れてしまった。

再び地面に背中を預ける天馬だったが、先ほどと違っているのは視界を柔らかい何かに覆われていた点。鼻孔をくすぐる香りにはほんのり汗の臭いも含まれているが、どこか安心させられるような。不思議と嫌な感じはしなかった。

「ごめんねぇ〜、痛かった？」

「……聞く前にまずはどいてくれ」

顔面を押し潰されたままなんとか声を発する天馬。覆いかぶさっているのは言うまでもなく渚だった。目を塞がれており詳細な部位までは特定できずにいたが、

「あんた、その年になってもまだ乳離れできないのーー!?」

凛華が答えを教えてくれた。

「まあまあ、わざとではないんですから……たぶん」

「転んでおっぱいに埋もれるとかあり得ないでしょーが、どういう星の下に生まれたの！」

そんなの天馬が聞きたいくらいだし、お姉ちゃんのおっぱいでも吸ってなさいとか言ってきたのはどこのどいつだ。断じて吸ってはいないんだけど。

「……はっ！」

しかし、天馬はそのとき閃いたのだ。今のこれを凛華と麗良の二人で再現できたとするならば、確実に大人の階段を上ったと評価できる。この合宿の総決算とも言える進歩だ。普段ならば彼女のセクハラを止める立場の天馬だったが、今日に限っては大盤振る舞い、行けるところまで行ってみろという積極策。

「あぁん！　急に起き上がらないでよ、擦れるから〜」

「…………」

姉を乱暴に押し退けて立ち上がった天馬は、胸の奥から湧き上がってくる情熱を、しかしながら大っぴらに公言するわけにもいかず。口パクと指差しの二刀流、地球外生命体と交信でもするかのように不可思議な動きで、凜華にメッセージを送るのだが。

「なによその目……さてはエロの才能とでも抜かす気？　ろくでもないわねこの男！」

一ミリも伝わらず。なんて察しの悪いやつなんだ。

「加減はなしよ、徹底的にぶっ潰すからね」

「だから、なんでそんなに怒ってるんだよ……」

「負けたら一時間、私専用の椅子にしてやるんだから」

「そんな罰ゲームは聞いてないぞ！」

理不尽ここに極まれりだったが、まだ試合終了までは時間があるので、今後の展開——ロマンスの神様による悪戯に期待しよう。いよいよ目的が謎になってきた。

一進一退の攻防を見せた試合を、惜しみながらダイジェストでお送りする。

まず、天馬を徹底マーク——一人狙いする作戦については、当然だが返球地点が読まれやすいという弱点にもつながっており。天馬がコートのど真ん中に立って、飛んできたボールを横からカットインしてきた渚がぶんどる方法により、割と早期に攻略できてしまった。

しかし、それを逆手に取って凛華たちは途端に空いているコートの隅を狙ってきたり、かと思えば再び天馬を標的にしたり、臨機応変に策を変える。

結果として、見た目は『平凡なビーチバレーの試合』が成立するという皮肉な流れに。もっとも、脳内では高度な心理戦が行われていたことは留意してほしい。

絵的に地味な展開が続いた中、主な見せ場といえば、天馬がコート外に飛んでいったボールを必死に拾いにいったシーン。脇目も振らずに走り込んだせいで、支柱の横に立っていた沖田と正面衝突——いや、沖田の方は一歩も体幹を崩していなかったので、『受け止められた』という表現が正確だろう。

いずれにせよ、鍛え抜かれているようで全く鍛え抜かれていない彼女の大胸筋に、天馬は見事に顔面を埋めてしまい。ちょうど良い高さなので不可抗力だったが、

「だ、か、ら、どうしていちいちそこに突っ込むのよ～!?　ゾーンでも発動してんの～!?」

まなじりを吊り上げている凛華に加えて、

「……わざとを疑われても仕方ありませんよ、そろそろ?」

麗良までもが笑顔の中に非難を織り交ぜてくる、一番怖いパターン。

本当に故意ではないのだから根拠のない中傷にほかならなかったが、公平なジャッジを下す

立場の沖田はきちんと理解してくれていた。

「ナイスチャレンジです、天馬様。お怪我はありませんか？」

「あ、はい……異常なほどに柔らかいクッションがあったので」

「脂肪の塊もたまには役に立ったようですね」

「はぁ〜!?　私が相手だったら即死だったって言いたいわけぇ!?」

「……なあ、今日のお前マジでどうしちゃったの？」

奇跡的に二回目の実演（？）を披露したにもかかわらず、凛華には自分がそのラッキースケベの主体になるという発想は生まれていなかった。どうしたんだ変態、なんのためのビーチバレーだ。心の叫びをテレパシーで送っても受信はされず。

迎えた最終局面、スコアは19対20で、矢代ペアのマッチポイントになっていた。しかもサーブの順番は渚に回ってきており、相手チームは万事休すかと思われたが。

「あはぁ、あはぁ、あはぁ……ひふぅ〜〜……オエッ！」

明らかに呼吸音がおかしい女。ボールを持ってコート外に出た渚は、サーブも打たずにぐったり膝を突いたまま。大粒の汗がぽたりと顎から滴る。

「大丈夫、姉さん……？」

「へへっ、お昼に食べた焼きそばがここまで上がってきてるわね……」

喉元を押さえる渚は顔色も悪く、明らかに限界だった。ガス欠——加齢と飲酒により衰えた基礎体力と慢性的な逆流性食道炎では、ワンゲームを戦い切ることすらままならず。

「どうしたのー？　あと百ゲーム、やるー？」

一方、わかりやすく煽ってくる凛華は見るからに体力が有り余っている。いい汗かけてますと爽やかに額の汗を拭っている麗良も、まだまだ余裕が感じられる。ただでさえ足を取られる砂浜の上、三十度超えの熱気で太陽に晒されながら長時間、駆け回っているというのに。やはり二人はポテンシャルが違う。

吐きそうではないにしろ、天馬も疲労困憊に変わりはなかったので、デュースを戦い抜けるビジョンはなかった。要するに、これがおそらくラストプレーになる。

「もう一本、頑張ろう。勝ったらマッサージもあるぞ」

「そ、そうよね……あとたった一点なんだもの。ライフはまだ、残ってる。ここを耐えれば、ぴちぴちの若いＪＫに勝てるんだから……！」

渚はなんとか立ち上がった。負けたとしても買い物に付き合わされるだけなので、ペナルティはないに等しいのだが、それでも緊張感が生まれるのは全員が本気でワンゲームを戦い抜いたという証拠。汗と涙の結晶だった。

「もう二度と大ジョッキを持てなくなってもいい……これで終わってもいい。だから今の私のありったけを、この一球に懸ける……！」

残り一球と考えれば力が湧いてきたのだろう。おでこに当てたボールに何事かを念じている渚は、インターハイの決勝戦と勘違いしているような集中力。願いが天に通じたのか、不規則に吹き続けていた海風がピタリとやんだ。

その瞬間を待っていたかのように、渚は間違いなく今日一番の高さを誇るトス。上空のボールを見つめながら砂を蹴った彼女は、美しいシルエットを描いて跳び上がった。体の反り具合から腕の角度に至るまで非の打ちどころがない。振り子のように繰り出された手のひらはボールをジャストミート。この土壇場で完璧なジャンプサーブに成功してしまう辺り、渚は生来の勝負強さを持っているのだろう。

高高度の打点から放たれた鋭い一撃に、これは返せない、と天馬は確信。ミサイルのようなサーブが襲来した金髪の少女は、それでもしっかりと反応はできており、腰を沈めたアンダーハンドで受け止めようとするのだが、速度を殺し切ることは叶わず。ボールを明後日の方向に打ち上げてしまった。

あれを拾いに行くのは不可能。球の行く末を確認するまでもなく勝利を悟った天馬は、

——危ない！

次の瞬間、声にならない声で大口を開けてしまう。

弾丸サーブの衝撃によって後方に吹き飛ばされる形になった麗良は、完全にバランスを崩しており、そのまま危うい体勢で倒れようとしている。誰か、誰でもいい。彼女の尾てい骨を守ってやってくれ——スローモーな世界の中で願うしかできない無力な天馬は、しかし、確かに

見たのだ。視界の端から颯爽とカットインしてくる救世主、一つの影を。

ずでーん、と。効果音が聞こえそうな転び方をした麗良は、苦悶の表情で天を仰ぎ。

「いったぁ～………く、ない、です！　あれれ？」

パチパチと瞬きを繰り返している。自分の身に何が起こったのか理解できない様子。いくら砂浜とはいえこれまでの試合でしっかり踏み固められている地面の上、派手な尻もちをついたにもかかわらず、思ったほど痛みがないのだから当然だろう。

一部始終を目撃していた天馬だけはその理由を正確に把握していた。現在進行形で彼女の下にいる存在――比喩的にではなく、尻に敷かれている人間がいることも。

「らいじょうふ、れいら……？」

「え、凛華ちゃんの声………わ、わわわっ!!」

くぐもった声が聞こえてきたことにより、ようやく麗良も気が付いた。

己のヒップの下でクッション代わりになっているのが、凛華の顔面だったということ。幼なじみの端整な顔の上で座り、今まさに圧殺しようとしている事実に。

「ごめんなさいぃぃぃっ！」

転がるように移動した麗良は、そのままの勢いで地面に手を突くのだが。

「なぜ、謝るの？」

仰向けに横たわったままの凛華に、気色ばむ要素は一ミリもなく。むしろ清々しいほどに満たされた、恍惚とも成仏とも解釈できる微笑みを湛えており。

「だ、だって、お顔が……凛華ちゃんの綺麗なお顔に、私の、私のぉ～…………うう、重かったでしょう？　痛かったでしょう？　なんてことをしてしまったんでしょうか……」

「馬鹿ね。怪我は、なかったんでしょう？　だったら私は、本望よ……」

「凛華ちゃ～ん！」

涙ぐんだ麗良が凛華に抱きつき、この世で最も清廉で透き通った雫が宙を舞う。

白い浜の上で折り重なった少女たちの柔肌。絡み合った金色と濡羽色の御髪。宗教画のような荘厳さを醸し出している情景は、一見すると清純な友愛によってのみ成立しているかのように思われる。実際、麗良からの感情は間違いなくそれに該当するのだが、幸か不幸か、彼女は半分しか理解していないのだ。凛華の口にした『本望』の真意を。

「あ、あいつ……」

――どこまで俺の予想を上回る気なんだ？

天馬は、見ていた。弾丸サーブのレシーブに失敗したあの瞬間、即座に危機を察知した凛華は、たっぷり余裕を持って麗良の背後に回り込んでいた。タイミング的には、腋の下に手を入れて受け止めることも十分に可能だったし、それだけでも凛華にとっては垂涎レベルのツバキニウム摂取量だったろうに、やつはその一瞬のうちに考えたのだ。

本当にそれでいいのか、と。合法的に麗良にボディタッチできる上に、窮地を救ったヒーローにもなれるという千載一遇のチャンスを、少しお触りする程度で終わらせてしまっても良いのか。どうせならもっと大胆な行動に踏み切るべきではないのか。

自問自答するのには一秒の半分もかからず。結果としてお尻を顔面でレシーブするという、考えうる選択肢の中で最も希少価値の高そうなシチュエーションを見事に実現。バストよりもヒップに行く辺り、顔で受け止める辺りからも、二重で玄人感が強い。

——それだよ、俺の求めていたお前は。

我知らずガッツポーズを取っていた天馬。おかえりなさいと言ってやりたかった。この瞬間をもって、本物の皇凛華が帰ってきたのだ。一回りも二回りも大きくなって。

「り、凛華ちゃん、それ」

「……あら?」

たらり、そのとき凛華の鼻から垂れた一筋の赤い線。物理的な衝撃で粘膜が傷付いたせいなのか、薄い布越しに美少女の臀部を押し付けられたせいでエクスタシーに達したのかは、おそらく本人でさえも判別はつかない。

麗良は再び動揺し始めるのだが、「安いものよ、これくらい」男らしく手の甲で拭った凛華。

「あなたのために流すなら、ね」

鼻水はリアクション芸人のダイヤモンドだと言った某プロフェッショナルに倣って、鼻血は変態にとってのレッドスピネル——誉れ高い勲章だと思っておこう。

ピー、と思い出したように鳴ったのはホイッスル。天馬はてっきり、試合終了を告げる音だと認識していたのだが。

「ポイント、皇・椿木ペア。20対20。デュースに突入します」

なぜか相手の得点。よくよく見れば、ボールはしっかり天馬たちのコートに転がっていた。

完全にアウトのコースと思っていた麗良のレシーブは、上空の気まぐれな風にでも流されたのかギリギリでイン。勝利を確信して油断した天馬にも責任はあるのだが、選手はもう一人いるはず……と、そこで初めて背後を確認したところ。

「いだだだだだ、いだぁぁぁぁぁぁぁい！」

無残に地べたをのたうち回って砂まみれになっている女に気が付く。とうとう痛風でも発症したのかと思いきや、

「つった、足、つったー！」

全盛期レベルのジャンプサーブは、二十四歳の肉体には酷だったらしい。

足を押さえて泣きそうになっている姉のもとに、すかさず飛んでいったのは沖田。ボクシングのレフェリーのように戦意を確認してくる彼女に対して、渚は速攻で首を振り返し。

立ち上がった審判はクロスさせた腕を高い位置に掲げる。

「えー、続行は不可能と判断しますので、本試合は皇・椿木ペアの不戦勝となります」

宣言した沖田は渚を軽々とお姫様抱っこ、別荘の中まで運んでいくのだった。

「負けた……のか」

終わってみれば実にあっけない。だけど、悔いはなかった。良いものを見させてもらったから。試合に負けて勝負に勝ったなんてありきたりな言葉で、賛美するつもりもなかった。試合にも勝負にも勝った、純然たる勝利者がいるのを知っている。

おめでとう、と。一人勝ちの凛華に向けて、祝福を送る天馬だった。

△

日もすっかり暮れてしまい、この別荘で過ごす最後の夜が訪れていた。

夕飯は外でわいわいと野性味溢れるバーベキューを堪能。

陰の者である天馬は元来、ＢＢＱなるものをパリピ専用の嗜好品と決めつけて半ば目の敵にしている節があり、率直に言ってあまり好んではいなかったのだが。

肉や魚介類や野菜が、どれも新鮮で高級品だったからなのか。はたまた炭や網を使ってじっくり焼くという行為によって、脳味噌になんらかの錯覚を発生させる効果でもあったのか。理由は定かじゃないが、蓋を開けてみれば想像していたより何倍も美味しく感じられて、とにかく自分でも不思議な気分だった。

ただ切って焼いただけなのに、分量や調理の工程に四苦八苦している普段の料理よりも、はるかに完成されて上質な味なのだから。感動を通り越して卑怯にも思えた。長期休暇になるとこぞって河川敷に集まって肉を焼きたがる名も知らぬ彼らの気持ちを、下味で材料にかけた一つまみの塩程度には理解できた気がする。

ちなみに成人二名は炭に火を点ける前から缶ビールで乾杯しており、片付けが終わる頃にはケースの中身はすっかり空になっていた。それでもまだまだ飲み足りなかったらしく、リビングでハイボールやワインを延々と飲み続ける始末。

アルコールの摂取に比例して呂律が怪しくなる渚に対して、沖田はどうやらザルという人種らしく、ジュースでも飲んでいるのではないかと疑いたくなるほど見た目にも口調にも変化はなし。あの図体で酒乱だったりしたら誰にも止められないので勿怪の幸い。

大人たちが晩酌している空間に子供が居座るのはどうにも場違いな気がしたので、天馬は外のウッドデッキに出ていた。夏の夜空に浮かぶ月と星々。東京にも変わらず浮かんでいるそれらが、いつもより幻想的に見えてしまうのは海が傍にあるから。

空との境界が曖昧になった水平線も、静かに寄せる波の音も、漂ってくる潮の香りも。全部抱きしめて持ち帰りたいくらいに愛おしく感じてしまった。

「夜になると涼しいですね」

サンダルを履いて出てきたのは麗良だった。風呂上がりの今は大きめのTシャツにハーフパンツ。こうして隙の多いラフな格好を見せられると、同じ屋根の下で寝泊まりしているという事実を否応なしに実感させられる。

天馬の隣までやってきて手すりにもたれた彼女は、暗い海の向こうに目を凝らす。

「なにか、見えるんですか？」

「なーんにも。ボーっとしてただけ」

「良いですね、そういうのも。明日はもう帰るだけですし。心残りはないようにしないと」

「心残り、ね……」

凛華の復活という最難関に思われる目標は、辛くも達成できていた。

その点では及第点だろうが、実を言えばもう一つだけ、こちらは天馬の個人的なひっかかりというか、自己満足の部類にすぎないおまけの目標なので、持ち帰って宿題としても構わないのだが、凛華にどうしても言っておきたいことがあったりして。

「そういえば、ありがとうございました」

「ん、なにが？」

「ビーチバレー、わざわざ凛華ちゃんと組ませてくれたんですよね？　おかげでものすご～く楽しかったです」

「良かった。椿木さんはちゃんとわかってくれてたんだね」

「私だけじゃありません。凛華ちゃんだって感謝しているはずですよ」

「だといいなぁ。俺は本気で嫌われたとばかり……」

「まあ、女性の胸ばかり狙って突っ込んでいくのはどうかと思いますが」

「……そっちは本気の怒りだったんだ」

だからわざとじゃないんだって、という供述は心証を悪くするので飲み込む。

それから、麗良と少しだけ長い話をした。

合宿中に起こった出来事を振り返ったり、帰ったら勉強もしなきゃとか、あるいは夏の大三角について誰でも知っていそうなうんちくを語ったり、取り留めもない会話だったけど。思えば行きの電車以外で、彼女と二人きりで話をするタイミングがなかった気がしたから。

「あ、一つ思いついたよ」

「なんです？」

「やり残したこと。花火でもすれば良かったね。どこかで買ってきて、海の近くでさ」

「それは本当に……ザ・夏の思い出って感じになりそうで、素敵ですね」

「もっと早く思いつけば間に合ったんだけど。惜しいことをしたなぁ」

「逆転の発想です。次のために、楽しみは取っておきましょう」

当然のように言った麗良は、「次って？」当然のように聞き返してきた天馬に対しても、気を悪くした素振りはなく。

「また来年、ここに来ましょう。みんなで一緒に。もっと人数が増えてもいいです」

「うーん……ちょっと今、想像してみたけど。姉さんは別にいなくても良くないかなぁ」

窓の向こうの飲んだくれを見て、天馬は苦笑いしてしまうのだが、

「凛華ちゃんは……」

麗良の、色素の薄いまつ毛が下を向く。

「その中に、凛華ちゃんはいましたか？」

「……」

「誘ったら、来てくれるでしょうか。来年も……」

そんなものは来年になってみないとわからないし。その質問に意味がないのはおそらく、麗良自身が一番よくわかっているはずだったけど。

「ごめんなさい。私、けっこうわがままを言っていますよね。今でも十分、幸せなのに……もっと、もっとって、思っちゃうんです」

わがままなんかじゃない。求めているものは皆、同じ。誰もが幸せになりたがっていて、誰もが幸せになってほしいと思っていて、だからこそ見つけるのは難しくって。

「来るよ、来年も」

天馬は自信を持って答えた。心に巣くった何かを振り払うように。

「たぶん、きっと。いや、必ず」

無責任かもしれないが、言葉には魂が宿る気がしていたから。

本音では、今と全く同じではいられない――だなんて。脳裏につきまとってくる不条理な感

覚に、抗う術を必死に探していたのだと思う。

——ないなら、作ろう。

自らの手で生み出すしかない。誰もが納得できる、ハッピーエンドの結末を。

△

真夜中を越える少し前。昨日に引き続き別荘には夜更かし禁止令が施行され、割と健康的な時間帯に消灯となっていたわけなのだが。

「またかよ、たくっ……」

電気を消してしばらくすると窓を叩かれてしまい。カーテンを開けてみれば案の定、ベランダには布団を抱えている凛華の姿があった。二回目ともなれば侵入する方もされる方も慣れたもので、彼女が布団をセッティングしている間も天馬はベッドで横たわったまま。

「当然のように今夜も同じ部屋で寝る、と」

「なに、文句でもあるわけ？」

ガラの悪い凛華の睨みつけに対しては、「いんや」否定と肯定の中間くらい、絶妙なトーンで答えておく。不満が全くないと言えば嘘になるのだが、仕方ないかなという妥協の念、諦めがついていたのが本音だった。

なにより、今日は泳ぎとバレーによってくたくたになるまで体力を消耗していたため、すでに天馬はうつらうつら。もう五分と意識を保っていられる自信がなかったため、隣の女が気になりすぎて寝付けないという、同じ轍を踏む心配はなさそうだったから。

「おやすみなさい、ね」

布団を被った凛華の声に、「……おう」重いまぶたに抗えなかった天馬は短く答える。

ここまでは昨晩のデジャブ。ここからも変化はなく、てっきり会話の一つもなしにお互い自分の世界に入ってしまうのだろうと、天馬は考えていたのだが。

「私がここで寝るの、嫌だったりする？」

予想に反して話しかけてきた凛華。

一方の天馬は――合宿の目標を達成した解放感も手伝ったのだろう――心地好い眠気の中でほとんど意識と無意識の境界線を彷徨っており。ともすれば深層心理の顕在化、質問に対して本心のままに答えるロボットと化していたのは、当人にも自覚がなく。

「……嫌では、ないぞ」

「本当に？」

「……ただ、ムズムズするんだ」

「どこがよ」

「……わからないから、ムズムズなんだよ。こんなんじゃ駄目だろ俺って」

「なにそれ。意味わかんない」

笑いの混じった凛華の声が耳をくすぐる。それは小気味好くて、妙な安心感もあって、自分がほどなくして眠りに落ちるのを天馬は確信する。

「言い忘れてたけど、ありがとね」

「……？」

「バレーのチーム、麗良と組ませてくれて」

「……ほんと、お前らってさ」

「ん、なに？」

「……いや。椿木さんにも、まんま同じお礼をされたから。似た者同士だよ……やっぱり、ベストパートナーだなぁって……」

「私は別に、あなたとだって――」

「…………」

「ねえ、聞いてるの？」

随分前から思考は夢の彼方に旅立っていて。深く沈んでいった海の底に背中をつけながら、水面に上がっていく綺麗な泡の粒を見送っているような感覚。

瞬きした次の瞬間にはあっさり消えてしまう、儚くも尊い思い出――覚醒したあとの天馬の記憶の中にも、それらの言葉が残されていることはなかった。

△

「寝ちゃったか」

ベッドの上の男が返してきたのは、どこか可愛らしくも聞こえる寝息のみ。

こっちの気も知らないで、と。凛華が腹を立てることはない。自分が世界で一番くらいにわかりづらい性格をしているのは、不本意ながらも熟知しているつもりだったし。それを知った上でも見捨てないでくれる、矢代天馬という男には感謝もしていたから。

「じゃあ、ここからはただの独り言」

急に威勢が良くなった自分の声に、若干の不甲斐なさを覚えてしまう。誰にも見られていない場所でしか仮面を外すことができなくって。素顔を見せるのって、素直になるのって、どうしてこんなにも恥ずかしいのだろう。

「この合宿、目標がどうのこうのって、あなたはずっと盛り上がっていたけどね。知らないでしょ？　私の中でもひっそり、こっそり……努力目標、みたいなものがあったりして」

きっかけはもちろん、麗良が彼にキスしたのを見てしまったから。

ショックが大きかったのも否定できないが、同時にすごいと思っていたのだ。彼女にそこまでさせる、そこまで思われている男が、この世にいるだなんて。

昔の凛華だったら、こんな感情は絶対に抱かなかったはず。ただひたすらに麗良を独占したいと願い続けていた頃の、天馬に出会う前の狂犬じみた女ならば、怒りに支配されて周りの全てを——自分自身の心と体さえも、滅茶苦茶に破壊していたに違いない。

けれど、そうはならなかった。成長、と呼ぶのはあまりに手前味噌なのでやめておくが。変わったのは確かだろう。もっと正確には、変えられたと表現するのが正しいか。

「改めて思うの。麗良が好きになったのが、あなたで良かったって」

他の誰でも成立しなかった。バラバラに砕けてしまった。彼のおかげで今がある。感謝しかないはずなのに、だったら手放しに喜べるのかといえば、人の心は厄介なもの。本人でさえ制御は利かないし、本質を捉えるのは容易くない。

凛華は、戸惑っていたのだ。あのとき、胸の奥に生まれた感情の正体がわからず。

「だからきっと、確かめたかったんだね、私は。昨日も、今日も、今も……」

麗良の思いが本気であるように。自分の中に生まれたそれが、本物であるのかどうかを。

気が付けば凛華は体を起こして、天馬の様子をうかがっていた。幸せそうな寝顔がなんだか憎らしい。寝返りを打ってその顔が見えなくなったので、

「…………」

ゆっくり、焦らず、慎重に、ベッドに体重を預けていく。心配せずとも彼が目を覚ます気配はなかったけど、万が一にでもそうなったら悶え死にする自信があったから。

たっぷり時間をかけて、同じベッドの上、天馬の隣で横になるのに成功した凜華。背中がほんの少し合わさっているだけなのに、胸のドキドキは抑えられそうになくって。

——ああ、やっぱり。

今の凜華にとってはまだ、これくらいがちょうど良かった。これだけでも十分に、見極めることはできたから。

「本当に、良かった。あなたを、好きになって」

仮面を脱ぎ捨てたあと、真実の言葉だけが残されていた。

△

完全に寝過ごしてしまった一日目の教訓を活かし、爆音のアラームをセットして眠りに就いたにもかかわらず。

「五時、六分……」

アラーム関係なしに目が覚めてしまったときの、虚しさたるやない。

ぼりぼりと頭をかく男がベッドに一人。凜華の姿は見当たらなかった。昨日と違って記憶はないが、おそらく日の出と共に自分の部屋に戻ったのだろう。快眠の甲斐もあって二度寝する眠気すら残ってはいなかったので、やむを得ず起床。

大人組は就寝前まで飲みふけっていたため、ダイニングには空き缶や空き瓶の山ができていた。鉄人の沖田といえどもさすがに寝入っているらしく、朝食を用意してくれることはなかったし、巨大な別荘は天馬しか泊まっていないように静まり返っていた。

どこにいても居心地が悪かったので、柄にもなく散歩でもしようかと思い立って寝間着のまま外に出たのだが、これが想像以上の高揚感をもたらしてくれた。ＲＰＧで初めてワールドマップ上に出たときの、一気に世界が広がった気分に近い。

朝日に照らされた細長い波止場や、積み重なったテトラポッドも新鮮で、色あせた灯台を遠くに見つけただけで得した気分になれる。浅瀬に見覚えのある水鳥が集まっているのは、魚の群れでも泳いでいるからなのだろうか。そんな風に勝手に想像して、海沿いの道路を当てもなく歩いているだけでも、けっこう楽しめてしまうのだからすごい。

「もっと早く、外に出るべきだったな」

この個室で二泊三日が完結しても良い、とか真面目に思っていた一昨日の自分に、特大の喝を食らわしたくなった。出不精は可能性を狭める呪いだ。

帰りは浜辺を歩こうと決めて、歩道の脇にある階段を下りて砂の上に降り立った。

日が昇ったばかりの海から寄せる波は、どこか眠たげでおっとりしているような。完全に思い過ごし——見る者の気分に左右されているにすぎないのだろうが、こうしていると大自然にも表情があるように思えてくる。

しかし、半ばプライベートビーチと化している別荘付近のエリアからは、随分と離れているはずなのだが、未だに誰ともすれ違ってはおらず。少しもったいない気がしてきた。

「ま、住んでる人間からすれば当たり前の景色だもんなー……って、お？」

言ったそばから人影を発見。女の子の丸い背中。波打ち際に座り込んでいた彼女はおもむろに立ち上がり、何をするのかと思って見ていれば、

「ヤッホ――――！」

おそらく誰も見ていないつもりだったのだろう。山じゃねえんだよ、というツッコミを受けること必至のワードを海に向かって叫んでいた。見知らぬ通行人の立場ならば空気を読んで聞かなかった振りをするのだが、その声には聞き覚えがあったため素通りはできず。

「バカヤロ――――――！」

背後でいきなり叫び声を上げた男に、びくんと身震いした長軀の女。天馬と同じで寝間着のまま。風になびく長い髪を押さえながら恐る恐る振り返った凛華は、てっきり不審者でも現れたと思っていたのか、そこにいたのが見知った男でほっと胸を撫で下ろした様子。

「なんだ、矢代か……え、馬鹿野郎？」

「海に叫ぶんなら、こっちが王道かと思ってな」

「あー、そうよねー……は？　き、聞いてたの⁉」

「安心しろ。俺も今ものすごく恥ずかしいから」

羞恥心のせいか互いに目も合わせられず。海に向かって力の限りに叫ぶのは、無人島に遭難した人間にのみ許された特権なのだと、身をもって思い知らされた。

しかし、やはり自然の力は偉大。太陽に照らされて真っ白に輝いている水平線を眺めていたら、だんだんと心も落ち着きを取り戻してきて。

「……楽しかったわー、合宿」

意識の外から漏れ出てしまったような凛華の呟き。波や風の音にさらわれそうなほど小さなそれを聞き逃さなかったのは、肩が触れ合いそうな距離に天馬が立っているから。

「満足できたみたいで何よりだ」

「うん。麗良の尻肉の感触もねっとり味わえちゃったしね」

「その思い出が一番に出てくる辺り、本当に完全復活したんだな……」

「不死鳥のごとくね。ま、百点満点じゃないの？　大成功だわ。あなたも喜んでおきなさいよー……って、どうしたの、露骨に辛気臭い顔しちゃってさ。お腹でも壊した？」

「いや、まあ……どうでもいいこと、一つだけ聞いてもいいか？」

「今なら出血大サービス、二つでも三つでも聞きなさいっての」

終わりよければ全て良し。このまま気持ちよく帰らせてやりたいのはやまやまだったが、本人の許可は一応出たわけだし、気がかりは解消しておくに限る。

「プロムナード、コンサート」

「え？」

声が上ずっているのは自分でもわかった。その単語を口に出すのが怖かったのだ。

「ピアノソロ、大須賀先生から推薦されてるんだろ。出る気はないのか？」

言った。ついに言ってしまった。ここ二か月ほど、天馬の胸の内にわだかまっていたモヤモヤの原因。触れてはいけないのではないかと最大限に警戒していたのに、勢いで口に出してしまった。しかし、触れてしまったからにはもう後戻りはできない。元通りにはならないのだから、この際全て吐き出してしまうのが賢明だろう。

「うわっ、驚いたー。あなた、星プロとかイベントごとに興味なんかあったのね」

「なかったよ。なかったけど……仕方ないだろ、皇が出るかもしれないって言うんだから」

「私が出たらなんなの」

「自慢じゃないけどな。俺はお前が関わることには全部、無関心じゃいられないんだよ。調子乗ってるとたしなめたくなるし。へましたら助けてやりたいし。悩んでたら相談に乗りたくなる」

「それって……」

「何もなくたって、視界に入ったらちょっかいかけたくなる。放ってはおけないんだ。そういう体に仕上がってるんだよ、とっくに……って、何の話をしてるんだ、俺は」

ひどい脱線事故を起こしていた。今のは忘れろ、と。慌てて訂正する天馬にも、凜華が嘲笑を返してくることはなく、続きの言葉を静かに待ってくれていた。

「お前、学校ではずっと雰囲気おかしかっただろ。クラス全体がお通夜みたいだからどうにかしろーって、相沢先生から変な宿題まで出されてたんだからな」

「あの元ヤンがねぇ」

「先生だけじゃないぞ。まやまやさんとか軽音部のメンバーに、颯太とか、椿木さんだってもちろんそうだけど、けっこう心配してくれてるんだ。ありがたく思えよ」

少し、卑怯な言い方をしたと思う。他の誰かなんて本当は関係ない。誰よりも自分が一番気を揉んでいる自信が、天馬にはあったのだから。

「お前の家庭の事情とか、音楽がどういう意味を持ってるのかも、俺は知らないけど」

「………」

「やってみたらどうだ。すごい才能があるんなら。俺にはそういうの、からっきしだから。誰かから求められているんなら、それに応えるのも天才の義務なんじゃないかって……凡人なりの勝手なひがみで、思ったりするんだよ。すまん、それだけだ」

言い終えてから大きく一息、この瞬間をもってして、天馬の目標はコンプリートされた。長かった気がする。やっとすっきりできた。これを言うためだけに、どれだけ時間を要してしまったのだろう。伝えられる距離まで近付くのに、えらく苦労してしまった。

空気が抜けた浮き輪のように脱力している天馬を見て、

「ふぅん。じゃ、出てみようかしら」

「は、はぁ⁉」

あまりにあっけらかんと凛華(りんか)は言ったのだから、ずっこけて波に突っ込みそうになる。冗談かと思って穴が空くほど見つめるのだが、けろりとした顔に変化はなく。

「まさかあなた、それを言いたくてずっとタイミングをうかがっていたわけ？」

「だったらなんだよ」

「アッホくさ〜。やけに深刻に考えちゃってたみたいだけどさ、別に悩んでるってほどじゃなかったのよ。私は、ただ単に……」

う〜〜ん、と。気だるそうに伸びをした女は、大きく息を吸い込んでから、拡声器代わりに両手で作った三角形の中心に向けて、

「乗り気じゃなかったってだけぇぇぇぇぇぇー‼」

海からうるせえと怒られそうな大音声(だいおんじょう)。ボーカリストだけあって腹式呼吸の使い方が素晴らしいのだが、重要なのは中身であって。

「乗り気じゃ、なかった？」

「モチベーションさえ上がれば、出演するつもりでいたのよ。先生にもそう言ってあるし。ピアノは今でも好きだもん。誰のために弾けば良(い)いのか、わからなかっただけ」

「……」

「お母さんのこととか……他にも、まあ、とある糞野郎の件とか？　色々あってね」

依然として凛華はあっさり喋っているが、おそらく本当はもっと複雑な問題。

ただ、ピアノが好きだと断言している部分については、少なくとも偽りや誤魔化しはないはずだったから。それを知れただけでも天馬にとっては十分な収穫だった。

「その理論で行くなら、モチベーション上がったわけだよな。どういう心境の変化？」

「矢代は、聴きたいと思ってるんでしょ？　私の演奏」

凛華の真っ直ぐな瞳が、今は天馬の姿だけを映し出しているのに気が付いて驚かされる。

皆は、という表現を彼女は使わなかった。麗良は、とも。意識的になのか無意識なのか、目の前に天馬がいるから、リップサービスに興じただけなのか。真相の究明は困難だったので、どうせならめいっぱいに自惚れて、勘違いして、喜んでおこう。

「……聴きたいに、決まってるだろ。だって、すげえすげえって異口同音に絶賛されているのを聞くばっかりで、俺はお前の演奏なんて一昨日の一曲しか知らないんだぜ？」

「脳内ハードルばっかり上がる最悪なパターンだ」

「おう。これで優勝できなかったりしたら、誇大広告で消費者庁に訴えるぞ」

「こっわ。心してかからないといけないわね」

もちろん凛華に怖がっている雰囲気など微塵もなく。むしろニヤニヤ笑っていて、よもやこんな風に軽口を叩けるとは思ってもいなかった。

「……とっとと話せば良かったな」

それなりの一大決心をしたつもり——少しくらい嫌な顔をされても仕方ない、なんだったら顰蹙や拒絶も覚悟のうちだったのに、結局は独り相撲にすぎなかった。天馬の考えているよりも凛華はずっと理性的なのだから、救われた気分になる。

「やっぱりあなた、相当にお人好しよね」

凛華は気の抜けた嘆息を一つ。呆れたようでいてどこか嬉しそうでもあるような。

「普通、赤の他人のことでそこまで悩んだりしないわよ」

「赤の他人じゃねえんだよ。他人なわけ、ないんだよ。お前の幸せってなんなんだろうって、気が付けば俺は考えてばかり……」

まるで生涯の伴侶について語っているような。馬鹿なことを口走ったとまたもや後悔するのだが、今度は否定するのも面倒になった。まあいいかと、諦めもついた。

ただし、凛華の瞳を直視する勇気はなく。

「ねえ……そっちばっかり、一人ですっきりするのは、不公平だと思うから」

「ん？」

「私も一つだけ、どうでもいいこと言っておいても構わない？」

「律儀に許可なんて取るタイプじゃないだろ」

「じゃ、勝手に言うわね」

と、そこで一呼吸の間を空ける。やけにもったいぶってきた。どうせ大した内容ではないくせにと高をくっていた天馬は、

「あなた、麗良にキスされたでしょ」

「…………………」

絶句。往来ですれ違いざま、通り魔に刺されたような。不意打ちだったのだ。時間差で腹に突き刺さっているナイフに気が付いて、

「はぁぁぁぁぁぁ!?」

抜いたら一気に血が噴き出した。ここまではあくまで比喩。現実の天馬は大げさに飛び退って凛華から三メートルくらい距離を取っていた。

「き、キスって、な、なぜそれを……?」

「たまたま、見ちゃってたのよ。ごめんなさいね」

見てしまったことをなのか。黙っていたことをなのか。あるいは両方。隠していたという意味では天馬も同罪なのに、先にごめんねされると謝るタイミングを失ってしまう。

しかし、だとするなら——と。その瞬間に納得できてしまった。合点がいった。テスト明けまで、魂が抜け落ちた人形のようになっていた凛華。死に絶える一歩手前のようにさえ見えていたのも、よそよそしかった理由も、一挙に説明できてしまう。

「お前、おまえっ……」

声が詰まって上手く出てこない。途端に鼻の奥がつんとしてきた。全身の血液が逆流してくるような。熱い感情の正体ははっきりしていた。想像してしまったのだ。

どれだけ——どれだけ、つらかったのだろうか。

誰にも話せなくって。一人で抱え込んで。眠れずに泣いた夜もあったのではないか。

「なんであなたが泣きそうなのよ」

情けなくなったからだ。彼女の幸せを一番に考えているとか偉そうに宣っておいて、そのくせ一番つらかったときに、傍にいてやれなかった。資格すらなかった自分に、腹が立った。

「言っとくけど。私はあなたと違って鈍感スキルなんて持ち合わせてはいないんだから、あの娘があなたに惹かれているなんて、とっくの昔に気付いてたんだからね？」

だとしても、頭ではわかっていたとしても、実際に見せつけられるのとでは訳が違うはず。

「謝るのは、禁止ね。あなたを好きになった麗良に対しても、失礼だから」

予言するように封じられてしまい、いよいよ天馬は何も言えなくなってしまう。あたふたしてばかりの男とは対照的に、彼女は悟りを開いたように冷静だった。当たり前か。昨日、今日に始まった話ではなくって、もう何日も考え抜いたあとで、半ば自分の中で答え合わせをするように語っているのだろうから。

「私は麗良が好き。麗良はあなたが好き。その気持ちに嘘をつけないのは……私が一番、よくわかっているつもり。誰だって一生懸命でいつだって本気なんだから」

強いと思った。強がりではない、本当の強さ。魂の頑丈さを目の当たりにした気分。目の前にいる彼女も、そしてここにはいないもう一人の彼女も、同じくらいに。

「時間を、くれるらしい」

「ん？」

「椿木さん、今はまだ答えはいりませんって。俺には言ってくれたから……安心してくれってのも変だけど。一応、情報の共有を」

「…………」

凛華は、何も答えなかった。

ラッキーだったわね、とか。感謝しないといけないわね、とか。実はそれも知ってたの、とか。天馬が次の言葉を思い浮かべている間もずっと、遠くの空を見上げていた。

澄んだ空気の向こう側に、あるいは白い雲の内側に、大地の上で生きる人間には決して見ることのできない、絶対に手の届かない天空城でも探しているかのように。

思案しているのかいないのかも判別できない沈黙。深い静寂が辺りに広がり、

「ねえ、矢代」

しばらくして口を開いた彼女は、名前を呼びながらも視線は合わさず。

「もしも、だよ？　もしも、私が――」

その瞬間、耳障りな音で声が途切れる。

不意に強く吹き荒んだ浜風に、目を閉じて長い黒髪を押さえつけた凛華。着地点を失った言葉の続きを、天馬はいつまでも待っていたのだが、風が収まってから彼女が言ったのは、

「そろそろ帰りましょうか」

なんでもない、と誤魔化すことすらなく。完全になかったことにして歩き出してしまったので、天馬はただ彼女の後ろについていくしかできず。

浜辺に二人分の足跡が綺麗に重なる。二人で一緒に歩いた証。いくら消えないでほしいと願っても、明日の今頃には風や波にさらわれてすっかり消えてしまっているのだろう。

それでもこの夏——天馬と凛華は、確かにここにいて。

忘れたくない思い出はしっかりと、心の砂浜に刻まれていた。

エピローグ

二泊三日の小旅行は、長かったようで短かった——なんていう陳腐な表現が全く当てはまらないくらいに濃密なものであり。

天馬(てんま)からすればもう一生分の夏を遊び尽くした気分になっていたが、日本という国土の基準に則(のっと)れば出発前と季節はなんら変わっておらず。

車を運転する大人組とは別行動、来たときと逆の順番で列車を乗り継いで、戻ってきたのは二日前と同じ、二十三区外に存在する某都市のターミナル駅だった。高いビル群に埋もれてしまうような感覚。非現実感は失われ、否応(いやおう)なく現実に引き戻されていた。

太陽が一日で最も高くなる時間帯、改めて思うが、排ガスと人口密度が織りなすコンクリートジャングルの熱気は異常だ。

「帰るまでが遠足ですので、みなさんお気を付けて！」

定型句を今度こそ正しく使えてご満悦な麗良(れいら)の宣言により、改札の前で解散となった。

しかしながら、天馬(てんま)には旅の余韻を楽しむ暇などなく。

「おい、大丈夫か？」

「……だるい。ねえ、どうして電車を降りたら家の寝室につながってないの？」

「小学生みたいな文句を垂れるなよ」

呆れながら背中を擦ってやる現在。大きな子供のお守りを余儀なくされていた。

寝こけていた行きの車中とは打って変わって、アドレナリンでも分泌されていたのか異常にテンションが高かった凛華は、降車する十分ほど前から明らかに顔色がおかしくなり。

どうやら完璧に酔ってしまったらしく、ふらふら歩いて電柱に頭をぶつけないか心配だったので、家まで送り届けることにしていた。

凛華の自宅は四月に一度訪れたきりなので、詳細なルートは覚えておらず、

「前を見て歩けっての。道、こっちで良かったっけ。良かったよな？」

「この先、三十メートル先の信号を右折よ……」

カーナビみたいな台詞に従って進むこと数分足らず、高額納税者がしこたま住んでいそうなタワーマンションが現れる。こちらはさすがに一度見れば忘れなかった。

「……おえっ！」

吐き気の山を迎えている女は横でうーうー唸っているため、部屋まで荷物持ちくらいはしてやろうと思い立ったのだが、エントランスの自動ドアは前に立っても開く気配はなく。横の操作盤にはテンキーやカメラが並んでいた。

「これって鍵を使うのか。それとも暗証番号？」

「どっちも行けるけど、番号は覚えてない……」

「で、鍵はこれの中と………あー、もお！」

スタイリッシュじゃないとか抜かして財布すら手に持たない馬鹿を恨めしく思いながら、キャリーバッグをひっくり返す天馬。透明な扉越しの受付にコンシェルジュ的なお姉さんの姿が見えているので、察して開けてくれる可能性にも少し期待していた、そんなとき。

コツ、コツ、コツ、と。背後から誰かがゆっくり近付いてくる足音。ああ、そうか、他の住人に紛れて入り込めば鍵を使う必要なんてないじゃないか、と。空き巣みたいな突破法に気が付いた天馬は、急いでバッグを閉じて操作パネルの前を譲ったのだが。


「驚いたぞ」


唸るような低い声に振り返れば、すらりと背の高い男が一人。

見た目は三十代後半くらい。オールバックに固められた髪と、季節感を感じない背広姿から几帳面さが漂う。痩せた狼とでも表現すればいいのだろうか、パッと見かなりのオーラが溢れる人物であり。やっぱりタワマンにはこういう人ばっかり住んでいるんだな、と的外れな感想を抱いていた天馬は、

「あんた……」

絞り出された凛華の声に、遅れて気が付く。彼女が今にも噛み付きそうな形相で、敵意をむき出しにしているのを。しかしながら当の相手は気圧された様子もなく。

「久しぶりに会ってみれば、まさか男連れでいるなんてな」

軽くあしらうように一蹴。空気を凍らせるようなその眼差しも、整っているのにどこか冷たさを孕んだ相貌も、始業式の日に見た狂犬の凛華と瓜二つであり。

「なにしに来たのよ」

「それが実の親に対する口の利き方か？」

その瞬間、平穏な日常が音を立てて崩れ落ちるような。

真夏の蒸し暑さに晒されながらも、言いようのない寒気に天馬はただ恐怖していた。

あとがき

私事になってしまい恐縮ですが、普段は平凡な事務員として電話を受けたりパソコンをカタカタしたり、指紋がなくならないか不安に思っている今日この頃です。

その実体はライトノベル作家、とか言えば聞こえは良いのですが、恥ずかしがり屋の私はデビューした事実どころかサブカル的な趣味があることすら周りには明かしておらず。

物書きにはやはり、締め切りの恐怖がつきまといます。幸いまだ仕事に穴は空けておりませんが、いつの日か限界が訪れて「明日、休ませてください！」と頼み込むのではないか。お世話になっている事務所の大先生くらいには、諸々の事情を説明しておくべきだと、頭では十分にわかっているのですが、なかなか言い出せず。

というのも、先生は中高一貫のミッションスクール出身で、両親と姉が医者で自分は弁護士だったり、幼少期にピアノやバレエを習っていたり。創作の設定みたいな経歴を詰め込んだお嬢様なものですから、純文学以外の書物なんて鼻で笑い飛ばすに決まっております。

おまけに野生の勘が鋭いのか、今日こそは全て詳らかにしようと決意した日に限って、

「私、数ある小説の中でも恋愛モノが断トツで嫌いなんだよね～。〇〇さんはどう？」

と、急にピンポイントすぎる世間話で心を抉ってくるのですから、エスパーを疑います。

見えざる攻防が続いていた折、転機は三巻の初稿を上げる締め切り日に訪れました。

疲労を読み取った先生から体調を心配され、「実は徹夜で執筆を……」と答えた流れで、私はついにぶっちゃけたのです。一世一代の大一番。寿命が縮まるんじゃないかと思うほど心臓がバクバクしている中、彼女はコーヒーをすすりながら言いました。

「へぇ～、本が出たんだ、すごいね。あ、そういえば昨日テレビで……」

――めちゃくちゃ興味なさそうにしている!?

突っ込んだ質問をされたらどう誤魔化そうかと悩んでいたのですが、全くの杞憂に終わりました。案ずるより産むが易し。もしも学校や職場で秘密を打ち明けられずに悩んでいる方がいたら、どうぞ参考にしてやってください。

最後に、謝辞を。

榛名の書いたよくわからん文章から、今回も珠玉の逸品を生み出してくださったてつぶた様。「フリルのビキニだけどガーリーにはしないで！」とか謎の注文をつけてすみません。

プロットから脱線してばかりの新人にも呆れず、粘り強くお付き合いくださった担当様。ナマコの汁をヒロインにかけるかどうかで激論を交わしたのは良い思い出です。

そして本書を手に取っていただいた全ての方々に、厚く、熱く、限りない感謝を申し上げます。またどこかでお会いできる日まで、末永くご健勝のこと。

榛名千紘

凛華の想い。麗良の願い。
ゆっくりとそれぞれの気持ちを
形にしはじめる彼女たち。

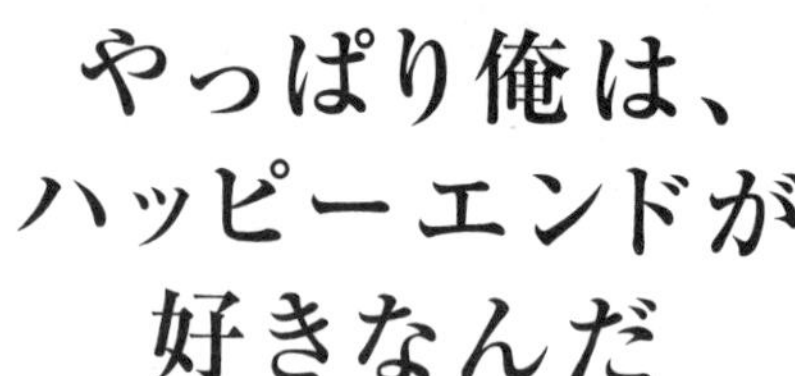

それを受けて次に踏み出すのは
果たして彼か、それとも……?
「もっとも幸せな三角関係」は、
誰もまだ見ぬ方向へ――!

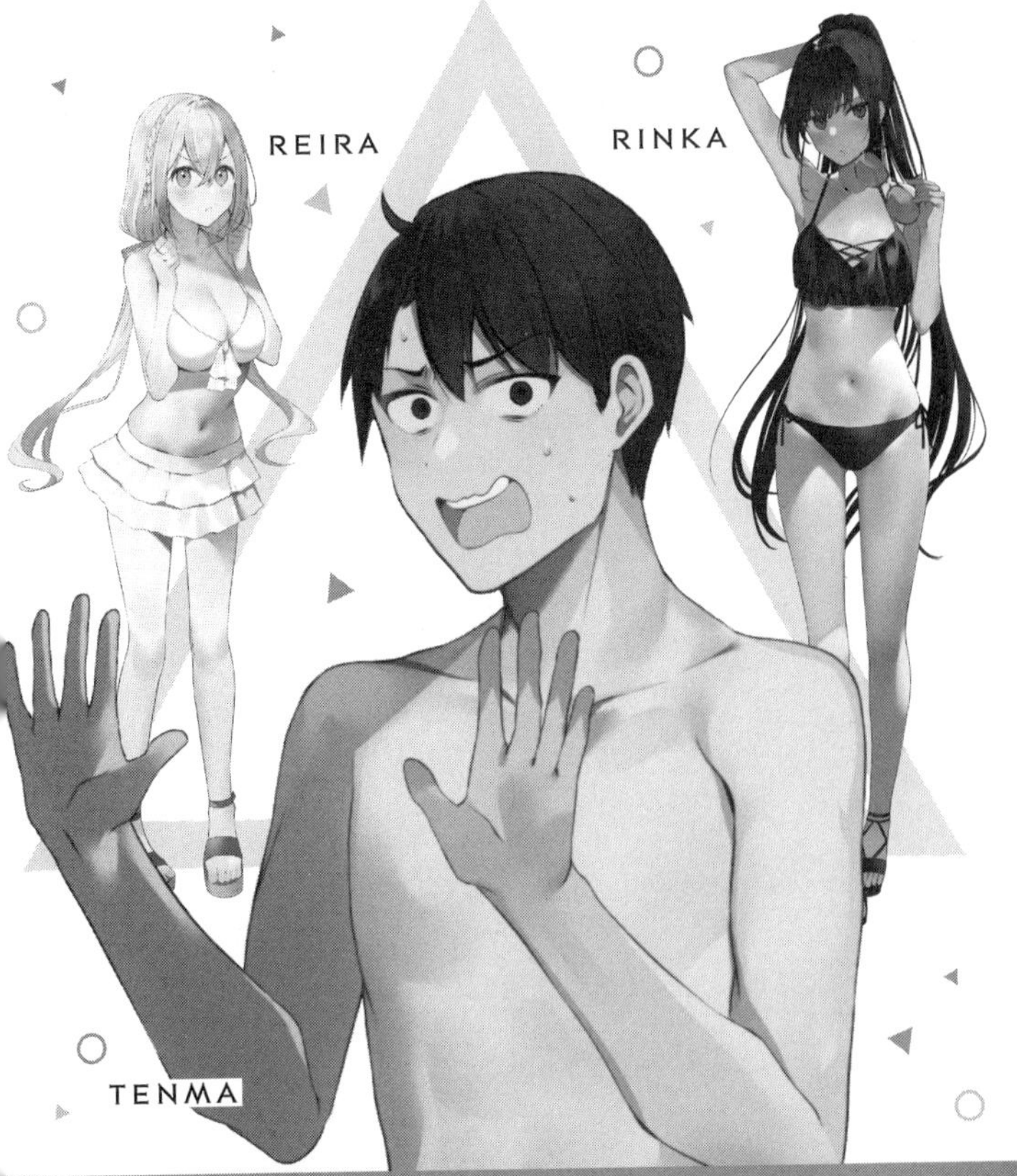
REIRA
RINKA
TENMA

◉榛名千紘著作リスト

「この△ラブコメは幸せになる義務がある。」（電撃文庫）
「この△ラブコメは幸せになる義務がある。2」（同）
「この△ラブコメは幸せになる義務がある。3」（同）

本書に対するご意見、ご感想をお寄せください。

ファンレターあて先
〒 102-8177　東京都千代田区富士見 2-13-3
電撃文庫編集部
「榛名千紘先生」係
「てつぶた先生」係

本書は書き下ろしです。

電撃文庫

この△ラブコメは幸せになる義務がある。3

榛名千紘

2022年12月10日　初版発行

発行者　山下直久
発行　株式会社KADOKAWA
〒102-8177　東京都千代田区富士見2-13-3
0570-002-301（ナビダイヤル）
装丁者　荻窪裕司（META＋MANIERA）
印刷　株式会社暁印刷
製本　株式会社暁印刷

●お問い合わせ
https://www.kadokawa.co.jp/（「お問い合わせ」へお進みください）
※内容によっては、お答えできない場合があります。
※サポートは日本国内のみとさせていただきます。
※ Japanese text only

※定価はカバーに表示してあります。

ISBN978-4-04-914576-2　C0193　Printed in Japan

電撃文庫　https://dengekibunko.jp/

電撃文庫創刊に際して

文庫は、我が国にとどまらず、世界の書籍の流れのなかで〝小さな巨人〟としての地位を築いてきた。古今東西の名著を、廉価で手に入りやすい形で提供してきたからこそ、人は文庫を自分の師として、また青春の想い出として、語りついできたのである。

その源を、文化的にはドイツのレクラム文庫に求めるにせよ、規模の上でイギリスのペンギンブックスに求めるにせよ、いま文庫は知識人の層の多様化に従って、ますますその意義を大きくしていると言ってよい。

文庫出版の意味するものは、激動の現代のみならず将来にわたって、大きくなることはあっても、小さくなることはないだろう。

「電撃文庫」は、そのように多様化した対象に応え、歴史に耐えうる作品を収録するのはもちろん、新しい世紀を迎えるにあたって、既成の枠をこえる新鮮で強烈なアイ・オープナーたりたい。

その特異さ故に、この存在は、かつて文庫がはじめて出版世界に登場したときと、同じ戸惑いを読書人に与えるかもしれない。

しかし、〈Changing Times,Changing Publishing〉時代は変わって、出版も変わる。時を重ねるなかで、精神の糧として、心の一隅を占めるものとして、次なる文化の担い手の若者たちに確かな評価を得られると信じて、ここに「電撃文庫」を出版する。

1993年6月10日
角川歴彦

電撃文庫DIGEST　12月の新刊

発売日2022年12月9日

青春ブタ野郎は
マイスチューデントの夢を見ない

著／鴨志田 一　イラスト／溝口ケージ

12月1日、咲太はアルバイト先の塾で担当する生徒がひとり増えた。新たな教え子は峰ヶ原高校の一年生で、成績優秀な優等生・姫路紗良。三日前に見た夢が『#夢見る』の予知夢だったことに驚く咲太だが——。

豚のレバーは
加熱しろ（7回目）

著／逆井卓馬　イラスト／遠坂あさぎ

超越臨界を解除するにはセレスが死ぬ必要があるという。彼女が死なずに済む方法を探すために豚とジェスが一肌脱ぐことに！　王朝軍に追われながら、一行は「西の荒野」を目指す。その先で現れた意外な人物とは……？

安達としまむら11

著／入間人間　キャラクターデザイン／のん
イラスト／raemz

小学生、中学生、高校生、大学生。夏は毎年違う顔を見せる。……なーんてセンチメンタルなことをセンシティブ（？）な状況で考えるしまむら。そんな、夏を巡る二人のお話。

あした、裸足でこい。2

著／岬 鷺宮　イラスト／Hiten

ギャル系女子・萌寧は、親友への依存をやめる『二斗離れ』を宣言！　一方、二斗は順調にアーティストとして有名になっていく。それは同時に、一周目に起きた大事件が近いということで……。

ユア・フォルマV
電索官エチカと閉ざされた研究都市

著／菊石まれほ　イラスト／野崎つばた

敬愛規律の「秘密」を頑なに守るエチカと、彼女を共犯にしたくないハロルド、二人の溝は深まるばかり。そんな中、ある研究都市で催される「前蛹祝い」と呼ばれる儀式への潜入捜査で、同僚ビガの身に異変が起こる。

虚ろなるレガリア4
Where Angels Fear To Tread

著／三雲岳斗　イラスト／深遊

絶え間なく魍獣の襲撃を受ける名古屋地区を通過するため、魍獣群棲地の調査に向かったヤヒロと彩葉は、封印された冥界門の底へと迷いこむ。そこで二人が目にしたのは、令和と呼ばれる時代の見知らぬ日本の姿だった！

この△（さんかく）ラブコメは
幸せになる義務がある。3

著／榛名千紘　イラスト／てつぶた

麗良の突然のキスをきっかけに、ぎこちない空気が三人の間に流れたまま一学期が終わろうとしていた。そんな時、突然麗良が二人を呼び出して——「合宿、しましょう！」　夏の海で、三人の恋と青春が一気に加速する！

私の初恋相手が
キスしてた3

著／入間人間　イラスト／フライ

「というわけで、海の腹違いの姉でーす」　女子高生をたぶらかす魔性の和服女、陸中チキはそう言ってのけた。これは、手遅れの初恋の物語だ。私と水池海。この不確かな繋がりの中で、私にできることは……。

新作
君はこの「悪【ボク】」を
どう裁くのだろうか？

著／二丸修一　イラスト／champi

親友の高城誠司に妹を殺された菅沼拓真。拓真がそのことを問い詰めた時、二人は異世界へと転生してしまう。殺人が許される世界で誠司は宰相の右腕として成り上がり、一方拓真も軍人として出世し、再会を果たすが——。

新作
天使な幼なじみたちと過ごす
10000日の花嫁デイズ

著／五十嵐雄策　イラスト／たん旦

僕には幼なじみが三人いる。八歳年下の天使、隣の家の花織ちゃん。コミュ力お化けの同級生、舞花。ポンコツ美人お姉さんの和花菜さん。三人と出会ってから10000日。僕は今、幼なじみの彼女と結婚する。

新作
優しい嘘と、かりそめの君

著／浅白深也　イラスト／あろあ

高校１年の藤城遠也は入学直後に停学処分を受け、先輩の夕凪茜だけが話をしてくれる関係に。しかし、茜の存在は彼女の「虚像」に乗っ取られており、本当の茜を誰も見ていない。遠也の真の茜を取り戻す戦いが始まる。

新作
パーフェクト・スパイ

著／芦屋六月　イラスト／タジマ粒子

世界最強のスパイ、風魔虎太郎。彼の部下となった特殊能力もちの少女４人の中に、敵が潜んでいる……？　彼を仕留めるのは、どの少女なのか？　危険なヒロインたちに翻弄されるスパイ・サスペンス！